新　潮　文　庫

さとり世代探偵のゆるやかな日常

九頭竜正志著

新　潮　社　版

目　次

さとり世代探偵のゆるやかな日常

第一話

前向きに

1

「そしたらさ、ダグラスはこう言ったんだよ。日本人は優しい。駐車場まで励ましてくれる、って」

大学の校舎へ向かう途中、灯影院(ほかげいん)はそう言った。

「どういう意味だよ。駐車場まで励ましてくれる、って」

僕は、学生たちが近道として利用している駐車場の通路を歩きながら、そう尋ねた。

「ほら、ああいう看板のことだよ」

灯影院はちょうどすぐ近くにあった、その看板の方を指さした。教職員用の駐車場に建てられた看板には「前向きに」と書かれていた。ここは隣の民家と接しているので、排気ガスが流れて迷惑をかけないように前向きに駐車することになっているのだろう。

「ああ、そういうことか。前向きに駐車しろ、っていうのを、前向きに生きろとか、そういう意味に勘違いしちゃったのか。日本人ならしないような勘違いだけど、留学生ならあり得るか」

「いや、ダグラスは日本人だったけど？　フルネームは鈴木ダグラス」

「あー……、ハーフとかクォーター？」

「いや。ダグラスは父方も母方も先祖代々石川県で農民をやっていたという由緒正しき日本人だった。ちなみに、帰国子女でもなく、日本生まれの日本育ち」

「さっきの僕の『留学生ならあり得るか』という発言を撤回したい……。要するに鈴木ダグラスって奴は、月極とか定礎を会社名だと勘違いするようなタイプだったってだけの話じゃないか」

僕がそう言ったとき、灯影院は急に立ち止まった。灯影院は駐車場に停められている一台の車の方を見ている。

僕はその視線を追い、今まさに車から降りるためにドアを開けようとしている男と窓越しに目が合った。見覚えがある。背が高い四十歳代くらいのその男は、今日の一限目の講義を担当している笹丸教授だった。スーツの上着は着ておらず、ワイシャツにネクタイ姿だった。

「笹丸先生、おはようございます」

男が車から降りるのを待って、灯影院はそう挨拶した。僕も慌てて、おはようございます、と言った。

「え？　あ、ああ。おはよう」

笹丸先生はなぜか困惑したような表情でそう言った。最近はこんなふうに挨拶をする学生は少なくなったからだろう。実際、僕も灯影院が立ち止まって先に挨拶をしなかったら、気付かないふりをして通り過ぎていただろう。

別にそれ以上話をするほどの間柄でもなかったので、僕たちは軽く会釈(えしゃく)をして笹丸先生と別れた。笹丸先生は一度教務課のある本館へ寄るらしく、鞄(かばん)だけを持ってそちらの方へ歩いていった。僕たちは直接、一限目の講義がある三号館へ向かう。

僕は何となくポケットからスマホを取り出し、そこに表示された時刻を見た。もう八時五十五分だった。一限目は九時に始まることになっているのだが、本館に寄っていたら講義開始ギリギリの時間になるか、間に合わない可能性が高いだろう。講義に遅れてくる講師が多い中で、笹丸先生は珍しく、時間に厳しい方だ。チャイムが鳴り終わったらすぐにカードリーダーで出欠をとり、一分でも遅れてくる学生がいたら遅刻扱いにするような教授なのだ。その自分が遅れるというのは恰好(かっこう)がつかないのではないだろうか、何かあったのかな、と他人事(ひとごと)ながら少し心配になった。

僕たちは三号館に入り、混雑しているエレベーターに乗り六階まで上がった。定員四十人ほどの小さめの教室に入る。灯影院はさっそく、何人かに挨拶をした。本当に社交性が高い奴だなあ、と羨(うらや)ましく思いながら、僕も挨拶をした。

僕と灯影院が後ろの方の席を選んで着席したのは、九時になる二分ほど前だった。

最初は教室の中は静かだったが、チャイムが鳴り終わっても笹丸先生がやって来ないと、急に教室の中はざわめき始めた。

「もっと普通の名前に生まれたかった。こんな灯影院なんていう厨二病っぽい名前じゃなくて」

灯影院も早速、雑談を始めた。灯影院が自分の名前を嘆くのはこれが初めてではなかった。いや、むしろ耳に胼胝ができるくらい聞かされている台詞だった。僕と灯影院は、灯影院が小学校に転校してきてから今までずっと同じクラスだったという腐れ縁なのだが、少しでも会話が途切れると、いつも灯影院はこの話題を振ってくるのだ。

「何で？　いい名前じゃないか、灯影院って。ともしびという意味の灯影と、中国語で映画館という意味の影院が合わさってるんだから、映画スターみたいな名前で恰好いいと思うけど」

僕は何度目になるか分からない、我ながら心の籠もっていない言葉を口にした。

心が籠もらないのは仕方のないことだ。なぜなら、もし仮に僕が改名することができるとしても、わざわざそんな厨二病っぽい名前になりたいとは思わないのだから。

「でもさあ、実際問題、俺が映画スターになるのは無理だろ？　既に五回もオーディションに応募してるのに、毎回毎回必ず二次選考の面接で落とされるし」

「ま、マジで応募してたのか……」

僕は身体の位置をずらし、灯影院から距離をとった。

が、これはおそらく冗談だろう。もしも本当にオーディションに応募して一次選考を通過したのなら、灯影院はその時点で僕に自慢する性格だからだ。いや、それ以前に、こんな田舎ではオーディションを受けることすら困難だ。どうしても泊まりがけになってしまうから、近所に住む僕が知らないはずがない。

「だってアヤタがいつも『お前はイケメンだし絶対映画スターになれるよ！　というか灯影院が映画スターにならないのは人類の損失と言っても過言ではないよ！　僕が合格間違いなしって保証するから俳優のオーディションに応募してみようよ！』って言うから……」

灯影院は似ていない僕の物真似をした。

田中綾高というのが僕の名前であり、灯影院や妹はファーストネームを縮めてアヤタと呼んでいる。

「いや、言ってない言ってない。まず名前が芸名っぽいと言っただけであって顔がイケメンだと言った憶えはないし、俳優のオーディションに応募したけど落とされたという黒歴史を、自分は自信がなかったのに僕が無理矢理勧めたせいだ、と責任転嫁しようとしているのが見え見えだし」

「あ、でも逆に言うと毎回一次の書類選考は受かってたんだぞ？　これってやっぱりエントリーシートに添付した顔の画像のおかげだよな？」

「誰も訊いてないって」

「つまり顔だけなら俳優になれるってことだ」

「つまり性格や演技力に問題があるから二次の面接で落とされたってことだ」

「そうだよなあ。やっぱり芸能人になるにはもう少しアクの強い性格じゃないといけないみたいで、俺みたいな真面目人間は不利なんだよなあ」

「あれ？　ここ、突っ込むところだよね？　まあ、もうめんどくさいからツッコミ入れないけど」

「おいおい。ちゃんと突っ込んでくれよ。アヤタがツッコミを入れてくれないと、俺が本物のナルシストみたいに見えるじゃないか」

「いや、僕がツッコミを入れるかどうかに関係なく、お前はどこからどの角度で見ても百パーセント天然もののナルシストだからな？」

「ああ、灯影院なんていう名前のせいでナルシスト扱いされる始末！」

「だから名前のせいじゃないって」

「やっぱりそうなると、もはや灯影院という名前の俺に残された道は探偵になるしかないか」

「人の話聞けよ。というか、探偵ってこれまた唐突な……」

「いや、実は最近お前から借りて読んだ本に『探偵の苗字には三文字の名前が多い』っていう文章があったから、これだ！　と思ったんだよ。三文字姓の俺は探偵になるべきなんだ、って――」

「思い出した。そう言えば、早くあの本返せよ」

「え？　あ、ああ……そのうちな」

　灯影院は僕から目を逸らした。

「いや、そのうちとか言ってないで明日大学に持って来いよ」

「まあそれはさておき」

「さておくな。おまわりさーん！　ここに人の物を借りたまま返さない泥棒がいますよ！　捕まえてくださーい！」

「それはさておき！　いつか灯影院探偵事務所を開いた暁には、アヤタを栄えあるワトソン役に任命してやろう」

「どうしようかな。これはもうツッコミを入れるより、手ごろなサイズの鈍器で頭を殴って黙らせた方が早いんじゃないだろうか」

「おまわりさーん！　ここに物騒なことを考えてる奴がいますよ！　捕まえてくださーい！」

「探偵を目指してるんだったら警察に頼らずに自分で解決しろよ」

「いやいや、探偵の仕事はあくまでも事件の推理をして真相を暴き犯人を特定することであって、犯人を捕まえることじゃないからな。たとえ結果的に犯人を自殺に追い込んだとしても知らんぷりする厚顔無恥さが探偵になるための条件の一つなんだよ」

「ああ、その台詞でいったい何人の過去の名探偵を敵に回したことか……」

「先人の偉業というものは、後人に否定されるためにあるものなのさ」

「なぜこのタイミングで名言っぽい台詞を言う」

「それはさておき、アヤタはサークル決まったんだっけ？」

それはさておき、というのが灯影院の口癖である。都合が悪くなったり、会話に飽きたりするとすぐに話題を変える。

「いや、まだだけど」

今は大学一年生の四月下旬だ。インターネットで調べた情報によると、大学ではサークルに入らないと「ぼっち」になってしまい、就職にも苦労するらしいので、何でもいいからサークルには入ろうと決めていた。

ところが、いざサークルの勧誘に行ってみると、不安になるのだ。本当にこのサークルでいいのだろうか。他にもっといいサークルがあるのではないか。自分はこれを四年間続けることができるのだろうか。この人たちと四年間過ごすことになるが、本当にそれでいいのだろうか、と。

結局、優柔不断なのだと思う。いや、いつか誰だったかに——たぶん妹に——「優柔不断っていうか、無気力なんだよね、アヤタは」と言われたことがあるのを思い出す。「優柔不断な人っていうのは、普通は自分に自信を持てないからそうなるんだけど、アヤタの場合はそうじゃないよね。本当はやりたいことなんか何もないんでしょ。アヤタには夢がないいんだよね。だから何も決められないんだよ」

そんなことを言われたことがある。世の中には「お兄ちゃんには夢がない」と言われたのをきっかけに実の妹を殺す兄もいるらしいが、僕にはそんな気力すらない。殺気力がない。人を殺すのにもエネルギーがいるのだが、僕にはまずその殺意に必要な容量のエネルギーを貯めるだけの器がない。

誰かを殺すなんて、面倒くさい。殺意を抱くことすら面倒くさい。

サークルを選ぶのも面倒くさい。誰か僕の代わりに決めてくれないかな、とすら思っている。

「じゃあさ、俺と一緒に探偵同好会に入ろうぜ！」

灯影院はいい笑顔でそう言った。

前言撤回。やっぱり他人に決められるのは嫌だ。

「何だよ、探偵同好会って。そんなサークルあったっけ？」

僕はそう言いながら、入学式のときに貰ったサークル案内という冊子を鞄から取り出した。まだ入学したばかりだということもあり、僕は学生便覧や講義概要などの、電話帳並みの大きさの本を持ち歩いていた。

いや、待てよ？　そのうちいつか、紙の冊子を意味する電話帳という言葉が死語になるときが来るのだろうな。そのときのために、小さな鞄並みの大きさの本、と言い換えておいた方がいいだろうか？　重量感がなくなるのであまりいい比喩(ひゆ)ではないが。

「いや、サークルと同好会は違うぞ。えーと、この大学では、学生三人以上で申請をすれば同好会を設立することができ、メンバーが六人以上で顧問がつけばサークルとして認められ、部室と部費が支給されるらしい」

灯影院は僕から奪った冊子の最後の方のページに書かれた文章を読み上げた。

何でこいつはナチュラルに他人の持ちものを奪うことができるのだろう。貸してくれの一言も言えないのだろうか。

「はいはい。じゃあ訊き直すけど、探偵同好会なんて同好会あったっけ？」

「いや、まだない。これから作るんだよ。三人いれば同好会を作れるんだから、あと一人勧誘するくらい楽勝だろ」

「あと一人って、既に僕をメンバーに入れてるのか？」

「ああ。だって、どうせアヤタは、入りたいサークルなんかないんだろ？　小学校のときも中学校のときも高校のときもずーっと、俺が選んだクラブや部活に、アヤタもくっついて入部してたもんな」

「あ、あれはたまたま同じになっただけだ」

今度は僕の方が目を逸らしながらそう言った。

「そして必ず、途中で嫌になって幽霊部員になったり退部したりするんだよなあ。アヤタ、その飽きっぽい性格直した方がいいぞ」

「いや、他人事みたいに言ってるけど、幽霊部員になったのも退部したのも毎回必ずお前の方が早かったからな。僕にしてみれば、上った梯子を外されたような気分だったんだけど」

「つまり別の視点から見れば、アヤタは幽霊部員になったり退部したりするという消極的な行動すら、俺が先にとった行動をなぞっているに過ぎないわけだ。今だって、口では探偵同好会に入りたくないなんて言ってるけど、本当はどうでもいいと思ってるんだろ？　どうでもいいんだったら、探偵同好会に入ってもいいじゃないか。何もしなくていいから、名前だけ貸すと思って入部してくれよ」

「いや、別に入るのが嫌だとは言ってないけど……」

「じゃあいいじゃん。決まりな。はい、田中綾高くんは、探偵同好会に入ることに決定しました！」

「そうやって勝手に決められるのが嫌なんだよ。そもそもお前、ミステリーとかまともに読んでるのか？」

「アヤタから借りた本は全部読んだけど」

「他には？」

「毎年発表されるランキングの上位に入ってる本を読むくらいかな。でも、ミステリー系のドラマや映画や漫画とかは好き」

「その程度でミステリーサークルを作ろうっていうのか？」

「え？　俺、別に宇宙人には興味ないけど？」

「そっちのミステリーサークルじゃねえよ！」

「おそらく全国のミステリー好きの大学生たちは、田んぼや麦畑のせいで、本当はミステリーサークルと名乗りたいのにミステリー研究会と名乗ることを余儀なくされているんだろうなあ」

「いや、悪いのはミステリーサークルを作った宇宙人であって、田んぼや麦畑じゃないだろ！」

「え？　お前いま、何気に宇宙人の存在を肯定した？」

「こいつ、死ぬほどめんどくせえ！」

　僕は小さな鞄並みの大きさの冊子で灯影院の頭を殴りたい衝動に駆られた。

「何か勘違いしてるみたいだけど、俺が作ろうとしているのはミステリー研究会じゃない。探偵同好会だ。まあ、いずれはメンバーを増やして探偵サークルに格上げしたいところだけど」

「ミステリー研究会と探偵同好会って、サークルと同好会であること以外には何が違うんだ？」

「その名の通りだ。ミステリー研究会は推理小説とかについて研究するサークルだ。一方、探偵同好会は探偵について研究する同好会だ。もっと分かりやすく言うと、探偵を目指すための同好会だ」

「あ、そう。一人で勝手にやってろよ。そんなこっぱずかしい厨二病に僕を巻き込むな」

「こっぱずかしいとは何だ。生きることは恥の連続だ。少しくらい恥の上塗りをした方が人生楽しいぞ」

「だからなぜこのタイミングで名言っぽい台詞を言うんだ」

「いいじゃん。どうせお前は探偵同好会に入ることになるんだから、無駄な時間稼ぎするなよ」

「あー、分かった。じゃあ、灯影院の探偵としての素質をテストさせてもらおうか。そのテストに合格したら僕も探偵同好会に入ってやるよ」

「はい、少年漫画っぽい燃える展開いただきました！」

「そこは嘘でもいいからミステリーっぽい展開って言えよ！　依頼人が探偵の資質をテストする作品はいっぱいあるのに」

「で、どんなテストだ？」

「えーと、そうだな……」

何か手頃な問題はなかったかと考えた、そのときだった。

「おい、今日の講義、休講らしいぞ」

前の方の席でスマホをいじっていた男子が、隣の席の男子にそう言うのが聞こえた。

慌てて僕も上着のポケットからスマホを取り出し、大学の公式サイトにログインし、休講案内を見ると、確かに今日の一限目の笹丸先生の講義は休講になっていた。今朝起きてすぐに休講案内を確認したときには休講にはなっていなかったはずなのだが。いや、それ以前に、ついさっき笹丸先生本人と会ったのだが。急病か何かだろうか。

周囲の学生たちは、ラッキー、とか、せっかく来たのに休講かよ、とか、それぞれ違った反応を見せつつも教室から出ていった。

「俺たちはどうする？」

灯影院は僕にそう尋ねた。

「まあ、他に行くところもないし、二限目も講義あるから今から帰ることもできないし、しばらくここで時間を潰そうか」

「そうだな」

「それにちょうどいい暇潰しもできたことだしな」

「暇潰し？」

「さっき言った、お前の探偵としての素質をテストするための問題、笹丸先生が急に講義を休講にした理由を当てる、というものにするよ」

「そんなんでいいのか？」

「ああ。今朝――二時間ほど前に確認したときには休講になっていなかった。そして十分ほど前には大学に来ているのを目撃した笹丸先生が突然休講にしたのはなぜなのか。どうだ、灯影院。これはちょっとした日常の謎だとは思わないか？」

　ミステリーの世界には、派手な殺人事件の起こらない「日常の謎」というジャンルがある。

「まあ、それもそうだな。じゃあ、行こうか」

　そう言って、灯影院は立ち上がりかけた。

「行こうか、ってどこに」

「教務課」

「えーと、念のために聞くけど、教務課へ行って何をするつもりなんだ？」

「笹丸先生が休講にした理由を訊く」

「おい！　それじゃあテストにならないだろ！」

「じゃあ教務課に電話して訊く」

「それも駄目だ。僕としては、そんな靴底をすり減らすタイプの刑事ものじゃなくて、安楽椅子探偵ものっぽい推理を期待して問題を出してるんだから、純粋に推理だけで当ててくれよ」

「でもさあ、現時点だといくらでも可能性があって絞りきれないぞ。例えば、この教室へ向かうために階段を上っている途中階段を踏み外して転倒し、骨折したのかもしれない。朝に食べた昨日の夕食の残りが傷んでいて、大学に着いてからお腹が痛み出して救急車で運ばれたのかもしれない。家族が危篤だという電話がかかってきて、慌てて家に帰ったのかもしれない」

「うーん、確かにちょっと、情報が少なすぎて可能性を絞りきれないかもな。でも、教務課に聞きに行くっていうのはルール違反な気がするんだけど……」

「そうでもないぞ。例えばお前が、好きな作家の本の発売日だから授業サボりたいと思った場合、馬鹿正直にそんなことを言わないだろ？」

「まあ、そうだな。僕は本の発売日だからなんて理由で授業をサボることはないけど、その場合仮病を使うだろうな」

「笹丸先生も、他人に言えないような理由で休んだ場合は仮病を使うとか、親戚が急に亡（な）くなったことにするとか、何らかの嘘をついているだろう」

「つまり、教務課に話した理由が本当かどうかも含めて推理する、ってことか」

「ああ。それなら、教務課に確認しに行くのはルール違反にはならないだろう。他の方法で情報を集めるのも同じだ。それに、教務課へ行くのには別の理由もある」

「別の理由、と言うと？」

「もしも俺の想像が当たっているのなら、笹丸先生と仲の悪い教職員の子供が今朝、行方不明になっている可能性がある」

2

「……は？」

あまりにも思いがけない言葉に、僕は間抜けな声を出してしまった。

「もしかすると子供ではなく孫だったり、姪（めい）や甥（おい）だったり、年の離れた弟や妹だったりするかもしれないけど」

灯影院は僕の困惑を無視して話を進めた。

「ちょ、ちょょっと待てよ。どういう意味だ。笹丸先生と仲の悪い教職員の子供が行方不明になってるかもしれない、っていうのは。それが、笹丸先生が急に休講にした理由と何か関係があるのか」

「それについては、時間の節約のために教務課へ向かいながら説明しよう」

灯影院がそう言いながら立ち上がったので、僕も立ち上がり、灯影院と並んで歩き出した。灯影院は話を続ける。

「まず、俺はさっき笹丸先生を駐車場で見かけた時点で、変だな、と思っていたんだ」

「変？　僕は何も気付かなかったけど」

「おいおい。本当に気付かなかったのか？　笹丸先生は、車を後ろ向きに駐車していたじゃないか」

「後ろ向きに……あ」

どうして今まで気付かなかったのだろう。

僕は先ほど「車から降りるためにドアを開けようとしている笹丸先生と窓越しに目が合った」ではないか。それは、笹丸先生が通路側に車の前面を向けて駐車していた――つまり、後ろ向きに駐車していたことを意味している。

「あの駐車場は前向きに駐車しなければならないことになっている。実際、他の車はみんな前向きに駐車されていた。それなのに、あの車だけが後ろ向きに駐車されていたから、気になって俺は立ち止まったんだ」

「そうだったのか」

　挨拶するために立ち止まったわけではなかったらしい。

「どうして笹丸先生は後ろ向きに車を駐車していたのか？　毎日駐車しているのに、間違えるなんてことがあるだろうか？　どうだ、アヤタ。これはちょっとした日常の謎だと思わないか？」

　灯影院はエレベーターのボタンを押しながら、そう問いかけた。

「お前には、笹丸先生が後ろ向きに駐車した理由が分かっているのか」

「想像だけどな。笹丸先生は車のトランクを通路側に向けたくなかったんじゃないだろうか。なぜトランクを通路側に向けたくなかったのか？　それは、トランクの中に、他人に見られたくないものが入っていたからではないだろうか。もちろん、トランクには鍵がかかっているだろうけど、心理的に少しでもトランクが目立たないようにしたかったんだろう。――結果的には逆に目立ってしまったんだけどな」

「トランクには何が入っていたんだろう」

「おそらく、笹丸先生が車で轢いてしまった被害者の遺体だ」

　灯影院はエレベーターに乗り込みながら、さらりとそんなことを言った。

「……どうしてそう思う」

「今朝会ったときに、笹丸先生がスーツの上着を着ていなかったからだ。前回の授業で見かけたときには、先生はちゃんとスーツの上着を着ていた。どうして今日に限ってスーツの上着を着ていなかったんだと思う？」

「それはたぶん、暑かったか、汚してしまったからだろ」

「そうだな。ただし、今日は俺もお前も上着を着ているくらい肌寒いし、暑かったからということはないだろう。汚してしまった可能性が高い。おそらく、被害者の血で汚してしまったんだ」

ドアが開き、僕たちはエレベーターから出た。

「いや、それはお前の妄想だろ？　車の中でコーヒーでも溢して汚したのかもしれないじゃないか。――って、おい、どっちに行くんだよ。本館はこっちだぞ」

灯影院が違う方向へ進んでいったので、僕は呼び止めた。

「ついでだから、駐車場も見ておこうと思って」

「それならそうと言えよ」

僕は文句を言いながら灯影院の隣に並んで歩いた。

「話を元に戻すけど、確かにアヤタの言う通り、スーツの上着を脱いでいたのが被害者の血で汚れたからだというのは、状況証拠に過ぎない。一旦、その問題は棚上げしよう。ところで、もし仮に笹丸先生が轢き逃げの被害者の遺体をトランクに隠していたとして、それでも大学に来たのはどういう理由があったんだと思う？」

「どうって言われても……。そうだなあ。やっぱり、普段とは違う行動をとると疑われるから、ひとまず講義だけは予定通り消化しておこうとか、そういう理由じゃないのか」

「そうだろうな。ところで疑問なんだけど、どうして笹丸先生は遺体をトランクに入れておいたんだろう。わざわざ大学まで運ばなくても、自宅に保管しておいて、夜になったら頃合いを見て処分すればいいと思わないか」

「そんなことをしていたら遅刻すると思ったんじゃないのか」

「それはつまり、笹丸先生は通勤途中、家から離れた場所で事故を起こしてしまったことを意味するよな。家の近くだったら引き返せばよかったんだから」

「ああ、そうなるな。——おっと、笹丸先生はもう帰ったみたいだな」

　笹丸先生の車は既に駐車場にはなかったので、僕と灯影院は踵を返し、本館へ向かう。

「そこで、とりあえずトランクの中に隠すことにしたわけだが——果たして、笹丸先生は遺体を直接トランクの中に横たえたんだろうか？　そんなことをしたら、トランクの中が血で汚れてしまうかもしれない」

　交通事故の被害者の遺体が必ずしも血まみれとは限らないが、僕は野暮なことは言わなかった。

「遺体をトランクに入れる際、遺体の下にスーツの上着を敷いたと言いたいのか。でも、もしも僕が笹丸先生の立場だったら、自分のスーツよりは、座席カバーとかを使うと思うけど」

「でも、座席カバーは掛かっていた」

「え？」

「さっき笹丸先生と会ったときの時点では、運転席も助手席も後部座席も、全部座席カバーが掛けられていた」

「お前、あんな一瞬のやり取りの間に、そんなことまで観察してたのかよ」

目聡過ぎて少し気持ち悪い。

「ここでちょっと、笹丸先生の気持ちになって考えてみようか。通勤途中、笹丸先生は余所見をしていたのか、相手が突然飛び出してきたのか、それとも全く別の事情があったのかは分からないけど、とにかく誰かを轢いてしまった。轢いてしまったことに気付いたらすぐにブレーキを踏み、車を停めて被害者に駆け寄ったことだろう。被害者が軽傷の場合はその方が心証が良くなるし、人命救助をしようとしたのかもしれない。その際、スーツに血が付着してしまったんじゃないだろうか。しかし被害者は亡くなり、蘇生することはなかった。偶然にも、事故の一部始終は誰にも見られていないようだった。まあ、通勤ラッシュの時間帯とはいえ、裏道を通っていればそういうこともあるだろう。

このとき、笹丸先生の耳元で悪魔が囁く。逃げてしまえ、と。日本では轢き逃げの検挙率は非常に高いけど、それはあくまでも轢き逃げとして事件の捜査が始まったときの話だ。遺体を別の場所に遺棄し、ただの行方不明者として捜査が始まるのなら、検挙率は格段に落ちる。逃げ切れるかもしれない、と思い、笹丸先生は一旦トランクの中に遺体を隠そうとする。しかし、トランクの中が被害者の血で汚れるのはまずい。そこで、アヤタが言うように座席カバーを使うという方法も頭に浮かんだことだろう。しかし、どうせスーツの上着は血で汚れてしまっているんだ。まだ汚れていない座席カバーと既に汚れてしまったスーツの上着だったら、後者を犠牲にしようと考えるのが普通だろう。スーツの外側にしか血が付いていないなら、裏返せば充分役に立つし」

まるで見てきたように話す奴だ。

「でも、ちょっと待ってくれ。スーツの上着なんて、被害者の遺体の下に敷くには面積が小さすぎるんじゃないか？」

僕たちは、本館の中に入った。二限目以降に講義がある学生はまだ登校しておらず、一限目の授業中という時間帯であるため、本館の中は閑散としていた。僕たちは入り口正面の階段で二階へ上がる。

「大人なら、な。でも、被害者が小さな子供だったら、むしろちょうどいい大きさだったんじゃないだろうか。上着のボタンを留め、袖で縛るようにすればスッポリと納まるくらい小さな子供だったら」

「ああ……。それでさっきお前は、子供が行方不明になっている可能性がある、と言ったのか。でも、その子供が笹丸先生と仲の悪い教職員の子供だっていうのは、どういう意味なんだ？」

「それこそが、最初にアヤタが出した問題『大学に来ていた笹丸先生が突然休講にした理由は何か？』の答えだ。笹丸先生は、自分と仲の悪い教職員——仮にAとしようか——の子供が行方不明になっていると聞いたから、突然休講にしたんだ」

「いや、だから説明不足過ぎて全然答えになってないんだけど」

「自分の子供、あるいは甥や姪や孫などが行方不明になっていることを知ったAは、大学の教務課に電話して今日は休講にすると伝えたんだろう。休講にする理由も正直に言ったはずだ。小さな子供が行方不明になってるんだから、皆、誘拐や事故死など最悪の事態も想定したことだろう。教務課の中はその噂で持ちきりになる。三号館へ行く前に教務課に寄った笹丸先生は、その噂を耳にして、どう思っただろう。自分が轢いた子供が、実はAの子供だったのかもしれない、と思ったんじゃないだろうか。おそらく、Aが子供を見失った場所というのも話題の一つになっていただろうし、それが一致してたら、笹丸先生は確信を持ったことだろう」

「でも、よく考えると、別に笹丸先生が轢いた子供がAの子供だったからといって、笹丸先生が休講にして帰る理由にはならないんじゃないのか？」

「確かにそうだな。笹丸先生とAが良好な関係を築いていたら、な」

「言っている意味がよく分からないんだけど」

「だから、笹丸先生の立場に立って考えてみろと言ってるだろ。もしも笹丸先生とAの仲が悪かったら、Aの子供の失踪に笹丸先生が関係しているのかもしれないと疑われるじゃないか」

「ああ……そうか。やっと灯影院の言いたいことが分かってきた。小さい子供が攫われた場合、警察はその子供の親に恨みを持つ人物の犯行かもしれないと考えるのか」

「そういうことだ。小さい子供本人が誰かに殺意を持たれるほど恨まれるということは考えにくいからな。警察はAに対して、何か心当たりはありませんか、と尋ねて、Aは笹丸先生の名前を挙げるかもしれない。きっとそれほど仲が悪かったんだろう。その話を聞いた警察はどうすると思う？」

「大学にやってきて、笹丸先生に事情聴取をするかもしれない……？」

「そうだ。そしてその際に、刑事は笹丸先生の車に不審な点を抱くかもしれない。スーツの上着を着ていないことを不自然に思うかもしれない。そんな不安を抱いた笹丸先生は、急いで休講にして、どこかへ死体を処分しに行った、というわけだ」

　灯影院がそう言ったのは、ちょうど教務課の前に着いたときだった。

「なるほど……」

どこか騙(だま)されているような気もしたが、僕はそう頷(うなず)いた。

「じゃあ、確認してみるか？」

灯影院は気軽な調子でそう尋ねた。

「ああ……」

僕が頷くと、灯影院はカウンター越しに事務員に話しかけ、自分たちは笹丸先生の講義を受講している学生だが、笹丸先生の講義が休講になった理由は何なのかと尋ねた。

「それでしたら、突然ギックリ腰になったので、今日は全部休講にしたいと言われました」

二十歳代半ばくらいの女性の事務員は、そう答えた。

「そうですか。でも、もしかして教務課には来てたんじゃないですか？」

「はい、そうですね。今朝までに提出してほしいと頼んでいたレジュメを渡しに来てました」

「ところが、突然休講にした、と？」

「ええ。あの――それが何か？」

「いえ、ちょっと気になったので。ところで、他にも今朝になってから休講を決定した先生がいるんじゃありませんか？」

「はい。塚原先生と藤沢先生がそうですけど」

「もしかして、そのどちらかは笹丸先生と仲が悪いんじゃありませんか？」

「いえ、そんなことは……」

事務員は言葉を濁した。立場上、教授同士の確執について公言するわけにはいかないのだろう。

「そうですか。ところで、塚原先生だったか藤沢先生だったかは忘れたんですけど、どちらかのお子さんが行方不明になっているという噂を聞いたんですけど」

「はい。塚原先生の息子さんが一、二時間ほど前から行方不明になってるらしいですが……。学生の間にも、もうそんな噂が広まってるんですか？」

事務員は少し驚いたような表情で訊ねた。

「ええ。——あ、それじゃあ、友人を待たせているので失礼します」

灯影院は僕を促し、歩き始めた。

「でも、これからどうする？」

事務員に話が聞こえなくなるところまで待って、僕は灯影院にそう尋ねた。

「どうするって、何が？」

「どうやらお前の推理は当たっていたらしい」

「おや、認めるのか。だったら、探偵同好会のメンバーに入ってくれる、と考えていいのかな」

「ああ、いいよ。それより、これからどうするんだよ。警察に行って、笹丸先生が怪しいって話をしてくるか？」

「いや、それはやめておいた方がいいかな。俺の推理なんて妄想みたいなものだし、それが外れていた場合、名誉毀損で訴えられるかもしれない」

「じゃあ、どうするんだよ」

「とりあえず、公衆電話からA――塚原先生に電話して、笹丸先生が怪しいって教えておこうか」

「そうだな。それがいい。でも、塚原先生の電話番号なんて知ってるのか？」

個人情報の管理にうるさい時代だ。少なくとも一般の学生には教授個人の電話番号は教えられていないし、教務課に行って尋ねても教えてくれないだろう。

「ええと、ちょっと待ってろ。誰か塚原先生の電話番号を知ってそうな人を探すから。そうだな……坂本先輩がいいかな」

灯影院は、僕が貸していたサークル案内の冊子を開き、そんなことを呟いた。

「あ、忘れてた。その本早く返せよ」

「そのうちな」

「いや、そのうちじゃなくて、今持ってるんだから今返せよ」

「分かったよ、ほら」

灯影院は僕に本を渡し、スマホで坂本久生先輩に電話した。どうやら坂本先輩はキャンパス内にいたらしく、学生会館で待ち合わせをすることになった。

渡り廊下を通り学生会館へ行くと、人が少なかったこともあり、すぐに坂本先輩を発見した。

「やあ、二人とも久しぶり」

坂本先輩はそう言って、高校生だった頃と何も変わらない笑顔を見せた。二人とも、と言ったが、おそらく「久しぶり」という言葉は僕に対して向けられたものだろう。灯影院は数日前に偶然キャンパスの中で再会していたらしいが、僕が坂本先輩と会うのは、先輩の高校の卒業式以来のことだった。つまりこれが二年ぶりの再会ということになる。

お久しぶりです、と僕も挨拶を返した。

――坂本先輩は、僕と灯影院が高校に入学し文芸部に入ったときに部長だった先輩だ。当時は途中で退部することになり、迷惑をかけてしまったと思う。実を言うと、僕は坂本先輩がこの大学に進学しているとは知らずに受験していた。まあ、この大学は数少ない地元の国公立大学なので、同じ高校の出身者が多い。坂本先輩もその中の一人というだけの話だ。

灯影院は、新しい同好会を設立しようとしていることや、僕がその同好会に入る条件として賭けをしたことや、その賭けから笹丸先生が塚原先生の子供を轢き逃げしたのではないか、と推測したことなどを説明した。

「ふうん、なるほどな。そういう事情だったら、塚原先生の電話番号、教えてもいいよ」

坂本先輩は何か別のことを考えているような表情でそう言った。

「って、先輩、塚原先生の電話番号知ってるんですか」

僕がそう尋ねると、坂本先輩は不思議そうな表情になった。

「あれ？　何だ、俺が入ってるボウリング・サークルの顧問が塚原先生だと知ってて電話してきたわけじゃなかったのか？」

その質問に、僕は灯影院の方を見た。先ほどサークル案内の冊子を見てから坂本先輩に電話したのはそういう事情だったらしい。

「あ、言ってなかったっけ」

灯影院は頭を掻きながらそう言った。

「真相が明らかになるまで肝心なことを黙っているという探偵の悪い癖を発揮するのはやめろ。まだ『笹丸先生休講事件』の推理が正しかったかどうかも分からないくせに」

「おい、アヤタ。そのタイトルだと異常なほどつまらなそうな事件に見えるからやめろ」

「じゃあ灯影院は何てネーミングしたら満足なんだよ」

「イケメン大学生探偵灯影院の事件簿⑤『突如として姿を消した大学教授は冷酷な殺人鬼なのか？　鮮血に染まるウエディングドレスの謎を灯影院が追う！』」

「いくら何でも長すぎだよ！　二時間ドラマのタイトルかよ！　自分でイケメンって言うな、このナルシストが！　っていうか勝手にシリーズ化して五作も作るな！　お前が主役だったら視聴率取れないからそんなに何作も作られるわけないだろ！　それ以前に、鮮血に染まるウエディングドレスとか捏造するな！」

「ツッコミがくどいなあ。ここはどれか一つに絞って、もっと鋭い切り口のツッコミを入れるべきだと思うぞ」

「お前にだけは上から目線で駄目出しされたくないよ！」

　僕がそう言うと、僕と灯影院のやり取りを見ていた坂本先輩が笑い出した。

「いやあ、お前らは本当に仲がいいなあ。三年前、文芸部にいた頃と何も変わらない」

「成長してないのは灯影院だけです。一緒にしないでください」

「いや、正直、俺には同レベルに見えるよ」

「そ、そんな……」

　地味にショックだった。

「それにしても、まさか灯影院が探偵を目指すようになるとはなあ。探偵っていうのは、あれだろ？　犯人のトリックを暴いて犯罪を立証しておきながら、犯人に同情すべき理由があったと分かるや否や、犯人を庇ったり罪が軽くなるように画策したりする、マッチポンプな人種のことだろ？　お前が謎を解かなければ丸く納まってたのに！　と突っ込んだのは一度や二度じゃないよな？」

坂本先輩は嘆かわしそうな表情でそう言った。ちなみにマッチポンプとは、自分で火をつけておきながら自分で火を消すように、自作自演をするという意味である。

「いや、そんな偏った物の見方に同意を求められても困るんですけど」

ああ、そうだ。坂本先輩はこういう人だった、と僕は文芸部に所属していた頃の感覚を思い出しながら言った。

「俺は全面的に同意します！　そういうマッチポンプな探偵に、俺はなりたい」

灯影院が挙手した。

「灯影院はちょっと黙ってろ。っていうか、話が逸れすぎです。塚原先生に連絡をとることを優先しましょう」

僕はそう提案した。

「そう言えば、どうして先輩は大学では文芸サークルじゃなくてボウリング・サークルに入ったんですか？」

灯影院は僕の提案を無視した。

「お前、僕の話聞いてたか？」

「本当は、俺は文芸サークルというか、文学部に入りたかったんだけどね。残念ながらこの大学には文芸サークルも文学部もなかったから」

坂本先輩も僕の提案を無視し、灯影院の質問に答えた。この程度のことでいちいち落ち込んでいては灯影院や坂本先輩と友人関係を築くことなどできないので、僕はさらりと受け流すことにした。

「文学部に入りたかったんなら、別の大学を受験すればよかったんじゃないですか？」

僕はそう尋ねてから、失敗したと思った。坂本先輩の顔から笑みが消えたからだ。おそらく、何か事情があったのだろう。

「そう言えば、ボウリング・サークルって今、ヤバいことになってるんじゃありませんでしたっけ」

灯影院が話題を変えた。有難く、僕はその話題に乗っかることにする。

「ヤバいことって、何が？」

「確か、昨日の夜、うちの大学のボウリング・サークルの新入生歓迎会で、新入生の一人が急性アルコール中毒で運ばれた、って聞いたんですけど」

灯影院がそう言うと、坂本先輩はさらに表情を曇らせた。

「ああ。実はそうなんだ。とうとう今日の未明、その新入生――鈴木ダグラスくんは搬送先の病院で亡くなった。俺は鈴木くんとはあまり話したことがなかったけど、いい奴だったのに、残念だよ」

鈴木ダグラス。先ほど出てきた名前だ。そう言えば——あのとき灯影院は、鈴木ダグラスについて話すとき、過去形を使っていたような気がする。

「それは……お気の毒です」

僕は混乱しながらもそう言った。

「実は今朝も、その件で大学に呼び出されてたんだ。と言っても、俺は体調が悪かったからその新歓には参加してないんだけど、以前から新入生にアルコールを飲むのを強要するような習慣があったのかと事情聴取されてたんだ」

「ああ、なるほど。一限目の最中なのに俺たちが会いたいと言ったらすぐに会ってくれたのはおかしいなあと思っていたら、そんな事情だったんですか」

灯影院は納得したように頷いた。

「うん。それで、この件のせいでサークルが廃部になるらしくて、困っちゃっててさ」

「そうですね。就職活動とかで事実を話すと印象が悪くなるかもしれないし、サークルに入ってなかったって言っても、それはそれで印象が悪くなりそうですしね」

僕がそう言うと、坂本先輩は腕を組んだ。

「ああ。本当にどうしようかな」

「それだったら、探偵同好会に入りませんか？」

早速、灯影院が勧誘した。

「そうだな。三年生にもなって今さら既存のサークルに入るのは気まずいし、それが無難な選択かな」

坂本先輩は溜め息混じりにそう言った。

こうして、本当に探偵同好会のメンバーが集まってしまい、なし崩し的に新しい同好会を設立することになった。ちなみに、同好会の会長は坂本先輩で決まり、僕はホッとした。灯影院に比べたら、坂本先輩の方が常識人だからだ。

3

ところで——灯影院の推理は間違っていたことが、後日明らかになった。
まず、笹丸先生は本当にギックリ腰になっていた。スーツの上着を脱いでいたのは、車の震動を少しでも和らげるために丸めてクッションの代わりにしていたからであり、車を後ろ向きに駐車していたのも、腰の痛みを和らげるためだったのだそうだ。車を前向きに停めてしまうと、駐車スペースから出るときに腰を捻(ひね)って後部を確認しなければならないのだが、腰を捻ると激痛が走るため、後ろ向きに停めたのだそうだ。後ろ向きに駐車するときはサイドミラーで左右の車の幅を確認すればいいだけなので、腰への負担も最小限に抑えることができるらしい。

そして塚原先生の子供が行方不明になっていた件については、鈴木ダグラスの父親が、飲酒を止めなかったサークル顧問の塚原先生を恨んで誘拐していたのだった。子供を失う親の気持ちを少しでも分かってほしかった、と後に鈴木ダグラスの父親は語ったのだという。

まあ、一見もっともらしそうな推理が見当はずれだったというのは、灯影院らしいオチである。

第二話

車は急に

1

　僕たちの世代は、最近、さとり世代などと呼ばれ始めている。お酒を飲まず、煙草(たばこ)を吸わず、パチンコや競馬をせず、車を欲しがらず、恋愛をしたがらず、高級ブランド品を買いたがらず、海外旅行に行きたがらず、お金持ちになりたがらず、現状に満足して消費活動をしないため、揶揄(やゆ)を込めて、悟っているようだと言われている。

　ものごころついたときには既に日本は不景気であり、しかし、かつては三種の神器などと言われたテレビ、洗濯機、冷蔵庫は既にどこの家にも揃(そろ)っていて、電話も炊飯器もエアコンもパソコンもゲームも持っていて当たり前だった。ある程度学年が上がれば自分専用の携帯電話も買ってもらえた。

　最低限生きていくのに必要なものは既に揃っており、ある程度現状に満足している。

　今よりも生活水準が下がるのは嫌だが、別に血の滲(にじ)むような努力をしてまで生活水準を上げたいとは思わない。

　お酒を飲んだり煙草を吸ったりして身体(からだ)を壊したり、パチンコや競馬をして無駄遣いをしたり、身の丈に合っていない高級ブランド品を身に着けたりするのは、むしろ恰好悪いことだと考えている。僕たちの世代では既に、そういう考え方の人がマジョリティなのだ。

もちろん、お金がないからそうなったというのもある。実のところ、マスコミが好んで使用する「若者の○○離れ」なるものの正体の九十九パーセントは、「若者のお金離れ」である。

僕たちの世代は貧乏だ。

国民年金はネズミ講同然のシステムで、最初に年金を貰い始めた世代や団塊世代はプラス収支になるのに、僕たちの世代はどう考えても数千万円単位のマイナス収支となり、貧乏くじを引かされることになる。税金だって、昔よりずっと多く取られるようになる。大学進学率は上がり続けているが、同時に奨学金を貰う大学生も増え、今では奨学金を貰っていない大学生よりも貰っている大学生の方が多数派になってしまったくらいだ。

その一方で、電話代やインターネットの接続料金など、毎月かかる通信費は昔よりずっと多くなっている。

その上、今、若者の二人に一人は正規雇用に就くことができないというのが現実なのだ。平均年収もバブルが弾けて以降、ずっと減り続けている。昔より毎日の生活に必要なお金は増えているのに、収入は減っているのだ。

個人という単位で考えれば、お金を使わず節約し、無駄な努力はしない方が賢い。国という単位で考えれば、そういう考え方の人が増えると景気が悪くなるから困るのだが。それなのに、バブルを経験した上の世代の人たちはそんな僕たちのことをゆとり世代だのさとり世代だのと馬鹿にする。

誰のせいでこんな世の中になったと思っているのだろう。腹を立てることはあるが、みんな不満をネット上に書き込むだけだ。上の世代の人たちのように、それが大規模なデモに発展することはない。

僕たちは、我慢を強いられることに慣れている。小さい頃から、欲しいものがあって親にねだっても、数十回に一回しか買ってもらえなかった。子供番組を見ていると、購買意欲をそそるCMが次から次へと流れる。が、全部揃えようと思うと、その値段は子供にとって――多くの場合、親にとっても手が届かない金額になる。どうしても、本当に欲しいものだけ買うようにする、と取捨選択を迫られることになる。それは我慢することに他ならない。

それでも昔なら、いつかお金持ちになって欲しい物を全部買えるようになってやる、と思えたかもしれない。

が、僕たちの世代は、既に格差が固定されていることを知ってしまっている。職業別の平均年収や生涯賃金が公表され、現実を知ってしまっている。金持ちの子供はより金持ちになるが、そうでない家の子供はそれなりの収入しか得られないことに気付いてしまっている。もちろん例外は山ほどあるが、自分がその例外になれると信じることができないのだ。

夢を見ることができない。

未来に希望を抱くことができない。

そんな若者は増える一方だろう。

せめて、限りある収入をやりくりして、今の日常を何とか楽しもうとしているのに、どうして上の世代の人たちはそんなに僕たちを責めるのだろう。

本当に欲しい物だけを買おうとするのが、そんなにいけないことなのだろうか。

逆に言えば、欲しい物があるのなら、僕たちだってお金がかかっても渋々手に入れようとする。

例えば、運転免許証だ。別に高級車は欲しくないが、こんな田舎に住んでいると、車がないと不便だ。例えば今は、一両編成で一時間に二本しか来ない電車と、バスを乗り継いで、片道一時間以上かけて大学に通っている。が、自家用車があれば最短距離を通ることができるので、片道三十分程度に短縮できる。

ガソリン代、自動車税、車検代、保険料と、車の維持費用こそボッタクリだと思うが、これぱかりは田舎に生まれたことを呪うしかない。土地が余っているおかげで駐車料金がかからないだけでも、都会で車を維持するよりは楽だと考えるしかない。

車を運転するためには免許証を取得する必要がある。免許を取得するのにも、泣きたくなるような大金を取られるのだが、一度取得してしまえば長期間有効な身分証明書を手に入れるためだと自分を納得させるしかない。

というわけで、今日、僕と灯影院はせっかくの土曜日を教習所で過ごすべく、教習所のバスが来るのを待っていた。国公立大学は受験の日程が遅いため、教習所が混雑する春休み期間中に免許を取得することができなかったのだ。

バスの待ち合わせ場所のすぐ近くには潰れたガソリンスタンドがあるので、その低い塀に座らせてもらっている。厳密には不法侵入なのかもしれないが、おおらかな田舎町なので、そのことに文句を言う人はいない。

「ジャジャーン！」

灯影院が口で効果音を言いながら紙の束を僕の目の前にかざしたのは、そんなときだった。紙の束には文字がプリントアウトされていて、それをダブル・クリップで綴じてあった。

「何だよ、これ」

「ミステリー小説だよ。ちなみに、俺の作詞作曲」

「小説に詞と曲は要らないだろ。っていうか、何でミステリーなんて書いたんだ？　どこかの新人賞に応募するのか？」

「違う、違う。探偵同好会設立の許可を貰うために書いたんだ。最初は申請書の活動内容の欄に『探偵について研究したり探偵のコスプレをしたりする』って書いたんだけど、却下されちゃってさ……」

「いや、それはお前が悪い。あと、言っておくけど僕は絶対にコスプレなんかしないからな」

「コスプレはしなくてもいいから、変装はしてくれ」

「ミステリーっぽく言い換えても駄目なものは駄目だ」

「それはさておき、同好会設立の申請の話に戻るけど、自治会と相談した結果、申請書に書く分かりやすい活動内容としては、文化祭で文集を出すのが一番だってことになったんだ。でも、何かいまいち信用されてないらしくて、とりあえず一作だけでも書いて自治会に提出しないと同好会の設立を認めないとか言われちゃってさ……」

「何でお前そんなに信用されてないんだよ。っていうか、そういうのは会長である坂本先輩の仕事なんじゃないのか？」

「坂本先輩は貴族だからな。そういう汚れ仕事はしてくれないんだよ」

灯影院はふてくされたように言った。

「ああ……分かるような気がする。上に立つ者っていうのは、ナチュラルに他人に仕事を押し付けてくるからな」

「というわけで、アヤタも何か書いてくれ」

「おい、勝手に決めるな。何が『というわけで』なんだよ」

「できれば夏休みまでには書いてくれると有難いな。短い話でいいから」

「人の話聞け。お前が自治会に信用されてない理由が分かったよ……。そもそも、僕は何もしなくていいって言うから、名前だけ貸すつもりで同好会に入ることにしたんだけど」

「別に賞とかに応募するわけじゃないんだから、適当でいいってば。ほら、俺の書いた小説を貸してやるから参考にしろ」

「まあ、暇潰しにはちょうどいいかな」

　僕は灯影院がどんな話を書いたのか少し気になり、読んでみることにした。

　原稿用紙換算枚数三十枚程の短編で、『悲しい行き違い』という酷い タイトルだった。直球勝負にもほどがある。

　大学生の主人公は、同じ大学に通う女と恋人関係になる。やがて、その女が妊娠してしまったことをきっかけに結婚を決意し、主人公は女の家を訪れる。ところが、家柄が釣り合わないとか、既に娘の結婚相手は決めてある、という時代錯誤な理由で、女の父親に反対されてしまう。そこまで言うんだったら駆け落ちする、と女が言ったとき、女の父親は女に向かって『早く死ね』という意味のことを言う。それから数日後、女は自殺してしまった。主人公は女が自殺したのは結婚に反対し『死ね』と言った女の父親のせいだと思い、女の父親を殺害してしまう。

二時間ドラマのような展開だが、ここまではいい。

問題は、解決編だった。

主人公は刑事から、実は女の父親は『早く死ね』などとは言っていなかったことを教えられる。物語の舞台となった地方——福井県では『〜しろ』というのを『〜しね』あるいは『〜しねま』と言うのだ。正確には女の父親は、駆け落ちできるもんだったら『はよしねま（早くしろ）』と言いたかったのではないか、と刑事は推理する。ということは、やはり女が自殺したのは妊娠させた主人公の責任であり、真相を知った主人公は号泣する。というところで話は終わる——え？　これで終わり？

呆気にとられて顔を上げると、得意げな表情をした灯影院と目が合った。

「どうだった？　面白かっただろ？」

「その自信はどこから来るんだよ……」

「えーっ。面白くなかったのか？」

「正直に言わせてもらうと、こういう勘違いネタを某推理漫画で読んだことがあるような気がする。確か、あれは方言じゃなくてローマ字だったけど」

「あ、あれ？　そうなのか？　こんなしょうもないネタを思いつくのは世界中で俺だけだと思ったのに」

「お前、今しょうもないネタって言ったか？　実は自覚あったのか？」

「……いや、ちょっと『しょうもない』と『秀逸な』を言い間違えただけだ」

「言い訳してもらったのに申し訳ないけど、その二つの単語はお前が思っているほど語感似てないぞ。まあ、最初から灯影院の小説には期待してなかったけどな。それより、坂本先輩がどんな新作を書いてくれるのかの方が楽しみだな」

「ああ、それは俺も楽しみだな。『非常階段の青』の続編とか書いてくれないかな」

灯影院の言った『非常階段の青』というのは、高校時代に坂本先輩が書いた長編青春小説である。いや、もしかすると坂本先輩本人は純文学のつもりで書いていたのかもしれないが。

『非常階段の青』の主人公は、毎日昼休みになると教室の自分の席をリア充グループに占拠されてしまうので仕方なく非常階段でお弁当を食べている男子高校生だ。雨の日も雪の日も、主人公は冷たい非常階段に腰掛けながら、一人で黙々とお弁当を食べ続ける。並の小説家なら、主人公以外にも非常階段で昼食をとる「お仲間」のキャラを出して徐々にそいつと仲良くなっていく展開にするところだが、坂本先輩はそうしなかった。本当に最初から最後まで、主人公はひとりぼっちのままなのである。それでどうやって話を進めるのかというと、主人公がひたすら気持ち悪い妄想を繰り広げるのだ。主人公が非常階段にいる間に、教室に隕石が墜落してしまってクラスメートと教師が全員死亡するとか、主人公が階段で足を滑らせて頭を打って死んでしまい、地縛霊として蘇るものの、他の地縛霊からも仲間外れにされてしまい、結局死後も自分の居場所がないままだったとか、そのご都合主義満載な妄想がバラエティに富んでおり、独特の面白さがあるのだ。

「いや、あれはミステリーじゃないし、続編ものとか書いても、新規の読者にはついてこられないから駄目だろ。個人的には『守護霊ゲーム』みたいな、ファンタジーとかSFっぽい設定の中で起こる殺人事件を描いたミステリーが読んでみたいな」

僕が例に挙げた『守護霊ゲーム』も、坂本先輩が高校時代に書いたオリジナルの小説だ。守護霊が可視化され、それが当たり前になった世界で連続殺人が発生する、というストーリーである。殺人事件の被害者が守護霊として蘇ったり、探偵役も守護霊だったりと、なかなかカオスな内容の作品だった。ただ、新キャラが登場する度に、いちいちそのキャラが生きている人間なのか守護霊なのかを説明しなければならず、説明くさくなっていたのが残念だった。どちらかと言えば、小説よりも映像作品に向いている内容だったと思う。

「それもいいな。まあ、坂本先輩は器用貧乏な感じの人だけど、筆は早いし、すぐに新作のミステリーを書いてくれるだろ」

灯影院は楽観的な口調でそう言った。

「そうだな。——あ、バスが来た」

教習所のバスに向かって、僕はタクシーを停めるときのように手を挙げた。僕と灯影院、そしていつの間にか少し離れた場所にいた中年女性も、十数人乗りのバスに乗り込んだ。運転手に教習所のカードを見せると、僕と灯影院は一番後ろの席に、中年女性は真ん中くらいの席に座った。

教習所で渡された受講カードを、バスに乗るときにも見せるのには理由がある。教習所に通っているわけでもないのに、無料路線バスとして乗る人が後を絶たないのだ。その対策としてカードを見せないとバスに乗ることができないようにし、卒業時にはカードを返還することになったらしい。紛失した場合は、その紛失した人の名前が運転手に告げられ、そのカードを使った人は警察に通報されることになっている——という説明を、入学する際に担当の教官から聞かされた。

「あのおばさん、またバスに乗ってきたな」

灯影院は小声で言った。

あのおばさんというのは、僕たちと一緒にバスに乗り込んだ中年女性のことだ。バスを待つ場所が同じなので、その女とは何度も顔を合わせている。一度も話をしたことはないが。

何回か前に気付いたのだが、その女は教習所でバスから降りると、教習所の中には入らずに近くのスーパーへ買い物に行ってしまった。そして一時間ほどでスーパーの袋を下げて戻ってくると、やはり教習所の中には入らずに帰りのバスに乗り込んでいったのだった。つまり、彼女は教習所のバスを、スーパーへ買い物に行くための路線バス代わりにしているらしい。スーパーの中には買った商品を食べるためのスペースもあるので、そこで友達とおしゃべりでもして時間を潰しているのかもしれない。これもバスの悪用だと思うのだが、カードを持っているから授業料はちゃんと払っているのだろうし、たまに買い物だけではなく授業にも出ているため、不正を告発しにくい。

「今日はスーパーに行くかどうか賭（か）けるか？」

「アヤタはどっちに賭けるんだよ」

「行く方」

「俺も」

「それじゃ賭けにならないだろ」

「賭け事というのは参加者が少なければ少ないほど賭けが成立しないものだからな。人生もまた然（しか）りだ」

「だからなぜこのタイミングで名言っぽい台詞（せりふ）を吐くんだよ……」

しかも意味が分からないから性質が悪い。それこそ賭けてもいいが、絶対に含蓄なんかなく、その場の思いつきで適当に言っているだけだと思う。

2

バスに乗ってから十分ほどで、教習所に到着した。乗客を降ろしたバスが去り、バスを降りた生徒たちの大部分が教習所の中に入ると、例のおばさんは教習所の敷地から出て行った。

「やっぱり今日も不正乗車してたな」

灯影院は教習所の中に入りながら言った。

「うん」

僕は緊張していて口数が少なかった。

前回の試験で、ようやく仮免許を取得できたので、今日からいよいよ一般道で車を走らせることになるのだ。教習所の中の狭いコースを走るのと、普通の車も走っている一般道を走るのでは、おのずと覚悟が違ってくる。後ろの車に煽られたり事故を起こしたりしたらどうしよう、とネガティブなことばかり考えてしまう。

「そんなに緊張するなって。もっとリラックスしろよ」

一足先に仮免許を取っていた灯影院は、余裕の表情で言った。

「うん……」

僕と灯影院は受付に行き、自分が乗る車の番号と担当の教官の名前を確認した。今日の最初の時間は僕も灯影院も技能講習だった。

建物の外に出て、灯影院と別れ、自分の番号の車の前で教官が来るのを待つ。

「やあ。えーと、田中くん？」

眼鏡をかけた小太りな四十歳過ぎくらいの男性の教官が話しかけてきた。胸には「酒井」というネームプレートをつけている。

「あ、はい、そうです」

僕は受講カードと、講習の進み具合が書かれた書類を渡した。

「田中くんは仮免許を取ったばっかりで、外に出るのは今日が初めてなんですね」

「はい」

「じゃあ、今日は一番簡単なコースにしましょう。市内をぐるっと回って戻ってくるだけのコースだから、そんなに緊張しなくていいですよ」

そんなに緊張しているように見えるのだろうか。

僕は運転席に、酒井さんは助手席に乗った。

「じゃあまずは、あそこの出口から外に出てください。ゆっくりでいいですから」

僕は「はい」と短く答え、ブレーキを踏みながらキーを回してエンジンをかけ、シフトをドライブに変更した。今日運転している車はオートマなので、後はブレーキから足を離すだけで、ゆっくりと車が動き始めた。ハンドルを操作し、何とか車を外に出すことができた。

「じゃあ、あの信号を左折して、しばらくまっすぐ進んでください」

「はい」

僕は言われた通り、教習所の近くにあるスーパーに面した交差点を左折した。

「確か、田中くんとは前にも会ったことがありますよね？」

「はい。坂道発進のときに……」

「ああ、思い出した。坂道発進、ちゃんとできるようになりましたか？」

「はい。何とかエンストせずに発進できるようになりました」

僕が取ろうとしているのはAT限定の免許ではないので、坂道発進は鬼門だった。自宅にある車は全て（すべ）オートマだし、自分の車を買うとしたらオートマを選ぶつもりなので、僕自身はAT限定の免許でいいと思っていたのだが、「綾高（あやたか）が将来就職する会社の社用車がマニュアルだったときに困るでしょ」と母親に押し切られてしまった。当然だが、大学に入学したばかりの僕は就職が決まっていないので、将来のことを盾にされると反論できなかった。

そのせいで、半クラッチって何だよ馬鹿野郎、という感じの余計な苦労を強いられていた。

「外を運転する感じはどうですか？」

「緊張します。どこかにぶつかったらどうしよう、って」

「それくらい慎重な方がいいですよ。運転も上手な方ですし、もっと自信を持ってください」

酒井さんはそう言ってくれたが、今日の僕は運転に違和感を覚えていた。何となくだが、いつもより強めにアクセルを踏まないと車が前に進まないような気がするのだ。おそらく、初めての公道の運転に緊張して、足に力が入らないのだろうが。あるいは、車によって癖があるので、この車はアクセルを踏み込まないと進まないタイプなのかもしれない。

「次の交差点で右折してください。対向車に気をつけてくださいね」

「はい……」

公道の交差点で右折するのは初めてだ。一応、教習所内のコースにも交差点や信号はあったのだが、公道を運転する車はスピードが出ているので怖かった。右折レーンに入り、酒井さんの許可が出るのを待つ。

「対向車が来ていますから、まだ待ってくださいね。次の車も見送ってください。……はい、いいですよ。曲がってください」

何とか右折することができた。そのうち、一人で右折のタイミングを計らなければならないときが来るのだと思うと、今から不安だった。正直、僕のネガティブで気が弱い性格は運転に向いていないような気がする。教官たちに言わせれば、僕みたいな性格の人の方が、気が強く楽観的で、無謀な運転をする人よりは安全運転できるのでいいのだそうだが。

「田中くん。ここからちょっと行った先に道が広くなっている場所がありますから、路肩に停めてください」

「あ、はい」

僕は言われた通りの場所に車を停車させた。シフトをパーキングに変え、念のためにハンド・ブレーキも引く。

僕の後ろを走っていた車が五、六台ほど追い越していった。教習所の車は法定時速を完璧（かんぺき）に守っているが、一般の車は常に十キロほどオーバーしているため、どうしても後続車が連なってしまうのだ。そこで、こうやって時々停車させて後続車を先に行かせるのだという。

「もういいですよ。前後左右を確認してから発車してください」

「はい」

僕はシフトをドライブに戻し、ハンド・ブレーキを解除した。曲がる合図を出し、車を発進させる。

やがて僕は、同じ教習所の車が後ろからやってきているのに気付いた。運転しているのは灯影院だった。しかし、灯影院は僕に気付く様子もなく僕の車を追い抜いていった——いや、違うか。灯影院は運転中だから余所見（よそみ）できなかったのだろう。

しばらく、僕は灯影院の後ろを走ることになったが、やがて僕たちのコースは分かれてしまった。

「公道を運転してみた感じ、どうですか？」

先ほどと殆（ほとん）ど同じ質問をされたので、僕も同じような答えを返す。

「やっぱり大変です」

「そうですか。でも、はっきり言って、うちの教習所のコースは全国的に見ても一、二位を争うくらい楽だと思いますよ」

「田舎ですからね」

僕は左右の田んぼをチラ見しながら言った。

「雪国だから道幅は広いし、人口が少ないから交通量も少ないですしね。——田中くんは何のために免許をとろうとしてるんですか？」

「通学のためです」

「車は好きですか？」

「好きでも嫌いでもないです」

「どうでもいい感じですか？」

「まあ、そうですね。興味がないというか」

「最近の若い子って、みんなそう言うんですよね。無気力な感じで。——あ、その交差点を左折して、しばらく道なりに進んでください」

「はい」

「僕が若い頃は、とにかく彼女が欲しくて、彼女を作るためにはいい車に乗っている必要があったので、そのために必死にバイトしてローンを組んで、いい車を買ったものなんですけどね。若者の車離れとか、恋愛離れって言うんですか？ 今の若い子はそういうがっついた雰囲気がなくて、草食系とか言われるのも頷（うなず）けますね」

上の世代の人たちはそうやって、すぐに「今どきの若い者は」とか「若者の○○離れ」とか言う。

だが、今の若い世代の方が犯罪率は低いし、公共の場でのマナーもいいし、いいところだっていっぱいあると思う。運転していると分かるのだが、ルールを守らず、無謀な運転をするのは意外と年配の人の方が多いような気がする。

上の世代の人たちには「若者はこうあるべきだ」という理想の若者像があり、僕たちにそれを強要しているように思うときがある。その理想から少しでも外れると、一斉に批判してくるのだ。そのことに対して反発心を持っている若者は多いだろう。

だが、結局、僕たちは今の少子高齢化の日本の社会の中で、少数派なのだ。

「僕たちは上の世代の人たちを満足させるために生きてるんじゃない！」

と声を上げても共感してくれる人は少なく、多数派の人たちの「数の暴力」により、僕たちの意見は封殺されてしまう。

だからこそ、直接相手に言わずにネット上に自分の意見を書き込むのだ。ネット上ならば、人口ピラミッドが逆転し、若い人の方が多数派になるから。

酒井さんの意見に反論したところで、雰囲気が悪くなるだけだ。密室の中でこれから数十分も一緒に過ごすことになるのだから、空気が重くなると疲れるだけだ。

そんなわけで、僕は酒井さんの言葉に反論せずに無言でやり過ごした。こういうのが、無気力だと言われる原因なのだろうが。

そのとき、僕は、空き缶の詰まった袋を自転車に載せ、自転車を押して歩いている人を見かけた。身なりが汚れており、髭（ひげ）は伸び放題で、見るからにホームレスのようだった。こんな田舎でホームレスをやるなんて大変だろうな、と僕は思った。

3

　こんな調子で、僕は五十分ほどかけて市内をぐるりと回った。今は元来た道を辿り、教習所へ向かっているところだった。

「ちょっと、そこの路肩に停めてください」

「はい」

　僕は何度目になるか分からない動作を繰り返し、路肩に停車した。後続車両が僕の車を追い抜いて行く。

　進行方向には、教習所の近くにあるスーパーの出入り口があった。やっと戻ってきた、と思い、僕は急に疲労を覚えた。

「初めての公道の運転はどうでしたか？」

　酒井さんは正面を向いたまま訊いた。

「最初は不安でしたけど、実際にやってみれば何とかなるな、という感じでした」

「それはよかったです。じゃあ、そろそろ教習所に戻りましょうか」

「はい」

僕は前後左右を確認し、交差点へ向かった。赤信号なので、あまりスピードは出さない。僕は右足をアクセルからブレーキへ移動し、いつでも停止できるようにする。こういうとき、オートマはシフトをドライブに入れておくだけで、勝手に前に進んでくれるので楽だと思う。将来、就職先で乗ることになる車がオートマなのかマニュアルなのかは分からないが、少なくともプライベートではオートマの方がいいな、と僕は思った。

目の前の横断歩道を、おばさんが歩いている。例の、バスに不正乗車していたおばさんだ。僕の車はゆっくりとそのおばさんに近づいていく——。

そのとき、けたたましいクラクションの音が鳴り渡った。

僕は反射的にブレーキを踏み、車を急停車させた。

横断歩道を渡っていたおばさんは立ち止まり、目を見開いて僕の方を見た。おばさんの視線が助手席の方に動く。おばさんは何かを言っているようだが、クラクションの音が五月蠅(うるさ)くて聞こえない。

僕はバックミラーの中に、こちらに近づいてくる教習所の車を見つけた。その車の運転席にいるのは灯影院だった。灯影院は僕の車のすぐ後ろに自分の車を停めると、クラクションを鳴らすのをやめた。たちまち、あたりに静寂が戻ってくる。灯影院はハザードランプを点滅させ、エンジンを切った。灯影院の教官が何か言って止めようとしているのを振り切って、灯影院は車から降りてきた。

「大丈夫ですか⁉」

灯影院は緊迫した表情でそう言いながら、横断歩道で立ち尽くしているおばさんに駆け寄った。

「え、ええ……。大丈夫だけど」

おばさんは訳が分からないという表情で言った。

「横断歩道の信号が変わります。危ないので、こっちへ」

灯影院はそう言うと、おばさんの手を引いて、スーパーの前の歩道へ誘導した。

僕もぼうっとしているわけにはいかないので、エンジンを切り、ハンド・ブレーキを引いてから外に出た。

「おい、灯影院。クラクションなんか鳴らして、何やってるんだよ。緊急時以外はクラクションを鳴らしちゃいけない、って学科教習で何度も言われてただろ」

僕がそう言うと、灯影院は呆れたような表情で僕を見た。

「緊急時？　これが緊急時じゃなくて何だっていうんだ？　お前は今、このおばさんを撥ねるところだったんだぞ」

4

とにかく、交差点の近くに車を長時間停車させるのは迷惑である。特に今は、技能講習から戻ってきた教習所の車が集まってきているので、たちまち渋滞になってしまう。ということで、関係者――僕と酒井さんと灯影院と灯影院の教官と、バスに不正乗車していたおばさんの五人は、教習所の駐車場へ移動することにした。おばさんは、灯影院の車の後部座席に乗り込んだ。

灯影院は自分の車に戻る際、僕にこう忠告した。

「アクセルの踏み過ぎに注意しろよ」

「言われなくても。初心者なんだから、安全運転には心がけてるよ」

僕はそう言い返したのだが、先ほどの事態に動揺していたのだろうか、今までと同じくらいの強さで踏んだつもりだったのに、アクセルを踏み過ぎてしまい、急発進してしまった。バックミラーに写る灯影院が、言わんこっちゃないと言ったような気がした。

教習所はスーパーに面した交差点から本当に近いので、数十秒で移動できた。僕は車庫入れにはまだ自信がないので、両隣が空いている場所を選んで、普段は送迎の車が使っている駐車スペースに車を停めた。灯影院は悠々と、その隣に車を停めた。

関係者全員が車から降りて、灯影院からクラクションを鳴らした事情を聞くことにした。

「で？　結局、さっきのは何だったんだ？」

僕は灯影院にそう訊いたのだが、スルーされた。

「その前に確認しておきたいんですけど、この人――酒井さんとはどういう関係なんですか？」

灯影院は酒井さんを手で示しながら、おばさんにそう訊いた。

「……別居中の夫よ」

おばさん改め酒井夫人は苦虫を嚙み潰したような表情でそう答えた。

「別居中、ですか。失礼ですが、別居することになった理由は？」

「この人が浮気したのよ。アルバイトで来ていた受付の若い女の子に手を出したの。酷い話でしょ？」

酷い話というより、よくある話と言った方がいい気もするが。

「えっ。酒井さん。そうだったんですか？」

灯影院の教官をしている、若い男性が驚いた様子で言った。

「いや……えーと、その……。まあ、なんだ。結果的にそういうことになってしまったんだ」

酒井さんは煮え切らない様子で言った。

「ふうん、なるほど。今でもその女の子とは関係が続いているんですか？」

灯影院は冷めた表情で訊いた。

「とんでもない。女房にバレた時点で、すぐに別れたよ。あの子はアルバイトだったから、女房にバレた時点でさっさと辞めてしまったし、それ以来一度も会っていない。――だいたい、浮気したのだって三年も前のことなんだ。俺は何度も何度もこいつに謝った。それなのに、こいつは許してくれないんだ。それどころか、本気で免許を取りたいわけでもないくせに、こうやって毎日教習所に通ってきているんだ。俺にプレッシャーをかけるのが目的で」

「そうなんですか？　バスに不正乗車までして教習所に通っているのは、別居中の旦那さんにプレッシャーをかけるのが目的だったんですか？」

「それは……ええ、そうよ。悪い？」

酒井夫人は開き直ってそう答えた。

「悪いですよ。そのせいで危うくアヤタが交通事故の加害者に仕立て上げられるところだったんですからね。あ、アヤタっていうのは、こいつのことなんですけど」

灯影院は僕の方を手で示した。

「灯影院。全く話が見えないんだけど、そろそろ説明してくれないか？」

僕は待ちきれなくなり催促した。

「分かった。そもそも、俺が変だなと思ったのは、教習所を出てすぐのことだった。何台か前を走っているアヤタの車のブレーキランプが点いていたんだ。そのときは、どうせハンド・ブレーキを戻すのを忘れて運転してるんだろうな、くらいにしか思わなかった。しばらくして、アヤタの車が路肩に停車していたから、再び発車するときに気付くだろうと思っていた。ところが、俺の教官に確認してみると、ハンド・ブレーキをかけた状態で車を走らせても、ブレーキランプは点かないらしい。ということは、ブレーキとアクセルを同時に踏んでいることになる。変だなと思いながらも、後でどういうことなのかアヤタに確認すればいいか、くらいにしか思っていなかった。しかし、それから四十分以上も経って、教習所の近くに戻ってきたというのに、まだアヤタの車はブレーキランプを点けたまま走っていた。アヤタはともかく、隣に乗っている教官が気付かないのはおかしい。これは何かあるな、と思って、俺は考えた」

ブレーキをかけている状態だと、車の後部にあるブレーキランプというのが点くようになっている。これは後続車両に前の車がブレーキをかけていることを教えるためについているものだ。

「考えたって、何を？」

「助手席に座っている教官がブレーキを踏み続けている理由を、だよ」

「……は？」

「教習所の車は普通の車と違い、助手席にもブレーキペダルがついている。アヤタがブレーキを踏み続けたまま走っているのでなければ、助手席の教官がブレーキを踏み続けていたことになる。それも、教習所を出てから何十分もの間ずっとだ。尋常じゃないだろ。何か目的があってやっているに決まっている」

そう言われてみると、僕は運転中、今日に限っていつもよりアクセルが重いと感じていた。あれは酒井さんがブレーキを軽く踏み続けていたせいだったのだろうか。

僕の隣に立ち、目を伏せている酒井さんの顔色を窺（うかが）うと、心なしか蒼褪（あおざ）めているような気がした。

「酒井さんの目的は、いったい何だったんだ？」

「それはギリギリになるまで俺にも分からなかった。酒井さんの目的が分かったのは、スーパーの駐車場の出入り口から、このおば――酒井さんの奥さんが出てきて、横断歩道を渡ろうとしているのを見たときだった。アヤタの教官の目的は、おば――酒井さんの奥さんを車で撥ねることだったんだ、と分かった。つまり、こういうことだ。酒井さんは、今日アヤタが運転している間中ずっと、ブレーキを踏み続けて、アヤタの感覚を狂わせていた。アヤタは今日、酒井さんがブレーキを踏んでいる分を相殺するために、通常よりも強めにアクセルを踏む癖がついてしまった。そしてそれは、例のスーパーの前の交差点へ車がさしかかり、車の前をおば——酒井さんの奥さんが横切ろうとしたときに初めて利用価値が生まれることになる」

「もうおばさんでいいわよ。十代の子から見たら確かにおばさんだし」

酒井夫人はぼそっと言った。

「すみません。——アヤタの運転する車が赤信号で停車しようとし、その前をおばさんが横切ろうとしているその瞬間に、酒井さんがそれまで踏み続けていたブレーキペダルから足を離せばどうなると思う？　運転感覚を長時間狂わされていたアヤタの車は、そんなつもりじゃないのに横断歩道に飛び出し、酒井さんの奥——おばさんを撥ねることになってしまっていただろう」

「いや、そこはわざわざおばさんって言い直さなくてもいいだろ！」

僕はすかさずそう言った。僕がツッコミを入れてあげなかったら、灯影院は本当にただの失礼な奴で終わってしまうところだった。危ない、危ない。

少し補足しておくと、酒井さんが自分の代わりに酒井夫人を撥ねる役として僕を選んだ理由は、僕が仮免許を取得したばかりで公道での運転に慣れていなかったからだろう。また、バスに不正乗車した酒井夫人が、スーパーで時間を潰して戻り、またバスに乗って帰るということは、僕や灯影院ですら知っていたのだから、別居中の妻に注目していた酒井さんも知っていたはずだ。スーパーに面した交差点に差しかかる前に車を路肩に停車させたのは、タイミングを見計らっていたのだろう。灯影院に言われなくても、僕もそのくらいなら想像できた。

「どうして奥さんを車で撥ねようとしたんですか？」

僕は酒井さんにそう訊いた。巻き込まれた僕には聞く権利があると思った。

「別に、殺すつもりはなかった。それほど大怪我をさせるつもりもなかった」

「それはそうでしょうね。元々僕は赤信号で停車させようとしていたわけで、ノロノロ運転でしたし、せいぜい転ばせるくらいの効果しかなかったでしょう」

「その程度の効果で充分だった。ただ俺は、今の宙ぶらりんであやふやな状態から抜け出したかっただけなんだ。俺のことを怖がった女房が退校するのならそれでいいし、事故をきっかけにして復縁できたらもっといい、みたいな感じだった。——田中くんには本当に申し訳ないことをしたと思っている。すまなかった」

酒井さんはそう言って、僕に頭を下げた。

「……この人を追い詰めすぎちゃった私にも責任の一端があるわ。田中くん、ごめんなさい。できれば許してあげて」

酒井夫人も神妙な顔でそう言った。

5

それから約二週間が経過し、僕と灯影院は無事に運転免許を取得することができた。

酒井さんはそのまま教習所で教官を続けているが、酒井夫人はそれから真面目(まじめ)に教習所に通って免許を取得し、卒業した。

——結局、酒井夫妻は正式に離婚したらしい。酒井さんは事故をきっかけにして復縁できたらいいと言っていたが、自分に危害を加えようとしていた男と復縁するほど、おばさんもお人好(ひとよ)しではなかったのだろう。ただ、離婚した後の酒井さんはどこか晴れ晴れしたような、解放感のある表情をすることが多くなったような気がした。

それと、僕は酒井さんから慰謝料として十万円も貰ってしまった。

「事故が起きていたら一生の汚点になってたんだし、示談金として貰っておけよ。十万円じゃ少ないくらいだ。あと、そのお金には口止め料も含まれているんだろうし、酒井さんを追い詰めすぎるとまた何をするか分かったもんじゃないから、これで終わり、という意味で受け取っておけ」

正直に言うと、僕は慰謝料なんて受け取りたくなかったのだが、灯影院がそう言うので貰っておくことにした。こんなことを言うと、また妹から、アヤタは主体性がなさすぎる、とか言われてしまうのだろうが。

第三話

買ったばかりの弁当を捨てる女

1

「そう言えば、アヤタの小説はどうなってる？」

　空き教室で探偵同好会の活動をしているときに、坂本先輩がそう話しかけてきた。活動と言っても、同好会のメンバー三人で適当にミステリーを読んでいるだけなのだが。

「まだ一行も書いてません。……以前、灯影院（ほかげいん）の書いた小説を読ませてもらったとき、あんなに馬鹿（ばか）にするんじゃなかった、って後悔してます。あの『悲しい行き違い』は酷（ひど）い内容でしたけど、あれよりまともな話を書ける自信がありません」

　あんな内容の話でも、きっと灯影院は苦労して書いたのだろう。

「時間はたっぷりあるから、焦（あせ）ることはないって。最悪、九月の終わりまでに書き終われば間に合うから」

　坂本先輩は励ますようにそう言った。

「はい……。坂本先輩はどれくらい小説書きましたか？」

「俺？　俺も一行も書いてないけど」

「……じゃあ、さっき、何であんなに上から目線で物を言ってたんですか？」

「俺は小説じゃなくて評論にするつもりだから」

「えっ。坂本先輩、小説書かないんですか？」

僕は驚きながらそう訊いた。

「ああ」

坂本先輩はそう言うと、五百ミリのペットボトルに入ったスポーツドリンクを飲んだ。

「何で小説書かないんですか？」

灯影院も、納得がいかない様子でそう訊いた。

「まあ、色々あってね。もう小説は書かないことにしたんだ。でも、メンバーが三人しかいないのに文集に何も載せないわけにはいかないから、俺はミステリーの評論を書くことにするよ」

坂本先輩はスポーツドリンクの成分表示に目を落としながらそう答えた。

「そうなんですか……。あ、でも、昔のストックを流用してもいいですよ。『自由落下』なら、そのまま文集に載せられるんじゃないですか？」

灯影院はそう訊いた。

『自由落下』は坂本先輩が高校時代に書いたミステリーだ。一月一日の未明の同じ時間帯に、同じクラスの高校生二十人が殺されるのだが、その二十人はバラバラの場所にいたため、単独犯では犯行が不可能だった。当然、複数犯の犯行ということになるのだが、クラス全員が殺されたわけではないため、ミッシング・リンク的な要素も絡んでくる
――という感じのあらすじだ。

「『自由落下』か……。あれはトリックと動機の両方にかなり無理があったから、あれを載せるわけにはいかないな」

坂本先輩は、スポーツドリンクから目を離さずにそう言った。

「『自由落下』が駄目なら、『守護霊ゲーム』でもいいですけど」

灯影院はそう食い下がった。

「悪いけど、俺はもう自分の小説を発表するつもりはない。だから、今回は評論でいかせてもらう」

坂本先輩は頑なにそう言った。

「分かりました……。じゃあ、評論でいいです」

灯影院はそう妥協した。

「坂本先輩の新作が読めないのは残念だけど、別に小説を書くことに拘らなくてもいいっていうのは目から鱗だな」

僕はそう言った。できれば小説を書きたくない僕にとっては、有難いアイデアだった。

「そうだな。どうせならアヤタはミステリーの漫画を描けよ」

灯影院が口を挟んできた。

「小説はある程度読まないと巧拙を判断できないけど、絵は上手い下手が一瞬で分かっちゃうから小説より漫画の方がハードル高いんだけど。っていうか、漫画なんて描いたことないし」

「じゃあ、ミステリーのドラマの撮影でもいいけど」

「だから何でハードル上げてるんだよ。今の話の流れだと、僕も坂本先輩の真似をして評論にしようって話になるだろうが」

「それは駄目だ。三人しかいないのにそのうち二人が評論だと興ざめだろ」

灯影院も、ここは譲れないという口調でそう言った。

興ざめ、か。某海外古典ミステリーの日本語訳を読んでいると「興ざめ」という単語が頻出するのだ。灯影院は影響されやすい性格なので、口癖がうつってしまったらしい。

「じゃあ、僕が評論で坂本先輩が小説ということでも……」

「評論は評論で別の才能が必要になるんだぞ。アヤタには小説の才能があるから大丈夫だってば。俺が保証するよ」

灯影院はいい笑顔でそう言った。

「お前の保証なんか何の役にも立たないんだけど」

「まあ、そんなに焦らなくても夏休みがあるから何とかなるだろ。小説、頑張れよ」

坂本先輩はさらりとそう言った。僕に評論を書くのを譲る気はないらしい。

「そうですね。さすがに夏休み中には……」

僕はそう答えた。しかし、今の様子だと、締め切り間際に泣きながら書いている自分の姿が想像できてしまうのが悲しい。せめてミステリーという縛りがなければもう少し書きようがあるのだが。

「夏休みと言えば、合宿とか行きたいよな」

灯影院がまた思いつきで物を言った。

「探偵同好会の合宿って、何するんだよ」

「決まってるだろ。吹雪の山荘でサバイバルゲームをするんだよ」

「その場合のサバイバルゲームはエアガンとBB弾を使い迷彩服を着て遊ぶサバイバルゲームのことじゃなくて、文字通りの殺し合いって意味だろ？　っていうか、夏休みの時期に吹雪の山荘は無理だろ」

「そうでもないぞ。南半球とか標高の高い山に行くという手がある」

「何でそこまでしないといけないんだよ。どうしても吹雪の山荘に行きたいなら冬まで待って一人で行けよ」

「冷たいなあ。吹雪の話だけに」

「全然上手くないし！」

「分かった、分かった。じゃあ、妥協して嵐の孤島でいいよ。夏休みの後半ならいい感じで台風も来るだろうし」

「低い妥協もあったもんだな！」

「――吹雪の山荘は無理だけど、孤島なら心当たりがあるよ。嵐になるかどうかは分からないけど」

　灯影院に触発されたのか、坂本先輩はそんなことを言い出した。

「孤島に別荘でも持ってるんですか？」

　まさかそんなことはないだろうと思いつつ、僕は尋ねた。

「いや、別荘と言うか、実家だな。俺の実家は流麗島っていう、本土から船で一時間くらいの孤島にあるんだ。で、一応実家が民宿もやってるから、二、三人くらいなら泊まれるんだ」

「いいですね、それ！　よし、夏休みは流麗島で探偵同好会初の合宿だ！」

「灯影院。盛り上がってるところに水を差すのは悪いけど、やっぱり迷惑じゃないか？」

「いいや、そんなことない」

　そう言ったのは坂本先輩ではなく、灯影院だった。

「お前が言うな！」

「別に迷惑じゃないよ。お客が少ない村だから、来てくれるとみんな喜ぶし。そうだ。確か、アヤタには妹がいるんだよな？　もしよかったら、妹さんも誘ってみてくれないか？　女の子がいた方が楽しいし」

今度こそ、坂本先輩が言った。

「カナですか？　うーん、どうだろう」

「カナっていうのは、あれだろ？　日本語の表音文字のことだろ？」

「平仮名とか片仮名の仮名（かな）じゃないです！」

「ああ、ごめんごめん。疑問を意味する、終助詞の連語の『かな』の方だったかな？」

「わざわざ語尾に『かな』をつけて例文にしてもらったのに申し訳ありませんけど、そっちの『かな』でもないです！　人名のカナです！」

「うん。とにかく、せっかくだし、カナちゃんを誘うだけは誘ってみてくれないかな？」

「ええ。じゃあ、折を見て聞いておきます。――すみませんけど、僕はこの辺で。夕方からバイトがあるので」

「アヤタは何のバイトしてるんだっけ？」

「コンビニです」

「コンビニっていうのは、あれだろ？　数百万円の入場料を支払えばアイスのケースの中に入って涼むことができる施設のことだろ？　一時期流行ったよな」

「そのネタは危険なのでマジでやめてください」

　僕は急いでそう言った。すると坂本先輩は僕の期待に応えて言い直してくれた。

「分かった。別のネタにしよう。――コンビニっていうのは、あれだろ？　本部に騙されて奴隷契約書にサインさせられた名ばかり店長は莫大な借金を抱え込み、その上サービス残業を強いられて過労死に追い込まれ、店員は最低賃金の非正規雇用ばかりで、レジの金額が合わないときは自腹でマイナスを補填させられるのが業界の慣習になっているという、日本を代表するブラック企業のことだろ？　年中無休、二十四時間営業を売りにしているところが多いけど、それってつまり、従業員に三百六十五日二十四時間死ぬまで働き続けろと言っているようなものだし」

「……坂本先輩に期待した僕が馬鹿でした」

「とにかく、そういうわけで、俺も帰ります。アヤタをコンビニまで送って行かないといけないので」

　灯影院はそう言い、鞄を手にした。

「あれ？　確かアヤタも免許取ったって言ってなかったっけ？」

「そうなんですけど、ガソリン代節約のために、特に用事がない日は交替で同乗することにしているんです」

灯影院はそう答えた。

「ふうん。そうなんだ。じゃあ、バイト頑張れよ」

「はい。さようなら」

坂本先輩に見送られ、僕たちは空き教室を出た。

「坂本先輩のことなんだけど、やっぱり文学部に進学できなかった時点で小説のことはすっぱりと諦(あきら)めちゃったのかな」

少し歩いたところで、灯影院はそう言った。

「灯影院もそう思うか？　高校時代は部活の時間、ずっと私物のノートパソコンで小説を書いてたのに、今は小説を書きたくないなんて……。よっぽどのことだな、と思ったから深入りしなかったんだけど」

「ストックを再利用するのも嫌っていうのは深刻だよな」

「あるいは、全部消去しちゃったのかも」

「自分で消去したんならいいんだけどな……」

灯影院は憂鬱(ゆううつ)な表情でそう呟(つぶや)いた。

「他の誰かに消去された可能性もあると思うのか？」

「ああ。本当は文学部に行きたかったのに進路変更したってことは、普通に考えたら親に反対されたんだろ。そのとき、書き溜(た)めた小説のデータを全部消されたのかもしれない」

「世の中には色んな親がいるからな……。でも、今は一人暮らしなんだし、別に文学部に行かなくたって小説は書けるのに」

「俺もそう思ったから、文化祭の出し物として文集を選んだのにな」

「うん？　そんな理由だったのか？」

前に聞いたときと理由が違っているような気がする。単に、複数の理由があり、その中の一つという意味なのだろうか。……いや、灯影院のことだから、きっとその場の思いつきで物を言っているだけなんだろうな。

2

灯影院の運転する車が、僕のバイトしているコンビニの駐車場に着いた。

「送ってくれてありがとう」

僕は車を降り、灯影院にお礼を言った。

「来週は俺がお前に大学まで送り迎えしてもらうんだから、いちいちお礼言うなよ」

「いや、でも、こういうことはきっちりしておかないと。親しき仲にも礼儀ありって言うし」

「相変わらず律儀な奴だな。じゃあ、バイト頑張れよ」

灯影院はそう言い、車で去っていった。

「こんにちは」

僕は挨拶をしながら入店した。バックヤードで制服に着替え、スキャナーで名札の裏のバーコードを読み取らせた。

少し遅れて半田さんも入店してきて制服に着替えた。半田さんは二十四歳の男性で、大学を中退以降、ずっとこの店で働いているらしい。

「じゃあ、半田くん、田中くん、後はよろしく」

店長はそう言って、そそくさと帰っていった。よっぽど疲労が溜まっているのだろう、肌が荒れ、目の下には隈ができていた。シフト表を見ると、今日、店長は朝の六時から十八時まで働いていたことになっていた。休みは月に一日、あるかないかだ。確かにこれは、坂本先輩からブラック企業と言われても仕方がないな、と思った。

今日の僕のシフトは、十八時から二十二時まで、半田さんは二十三時までだった。

夕方のこの時間は、ガムやスナック菓子など、賞味期限の長い食品や、文房具や服などの商品が納品されることになっている。

半田さんが検品し、空いていた棚に商品を補充している間、僕は接客を担当していた。しかし、駅前にある店舗なので、電車が到着したときとそうでないときの来客人数の差が激しい。

ちょうど、暇だなと思ったときに三十歳代くらいの女性が来店した。彼女はこのコンビニが入っているビルの三階にある動物病院で働いている人だ。今日は白衣は着ていなかったが、顔に見覚えがあるので分かった。

「六百四十八円のお買い上げでございます。温めますか？」

今日、その女性が買ったのは「がっつりトンカツ唐揚げ弁当」だった。ボリューム満点で、持つとずっしりと重い。

「いえ、結構です」

女性はそう答え、財布から千円札を出した。その間に、僕は弁当を袋詰めし、箸(はし)を入れた。

「千円お預かりします。三百五十二円のお返しです。ありがとうございました」

女性を見送った僕は、レジ下の引き出しに箸が残り少ないことに気付き補充した。そこへ、また誰かが入店した音が聞こえた。

「いらっしゃいませ。……何だ、カナか」

次に入店したのは、僕の妹の田中彼方(かなた)だった。十三歳の中学二年生で、一、二年ほど前から急激に生意気な性格になりつつある。外見はあまり僕とは似ていなくて、可愛い感じだ。

「何だとは何よ。それがお客様に対する態度？」

「それが兄貴に対する態度か？」

「うっさい、アヤタ」

カナは僕のことをアヤタと呼んでいる。と言うよりも、最初に僕のことをアヤタと呼び始めたのがカナなのだが。

カナは自分の田中彼方という名前を気に入っておらず、教師には苗字で呼ばせ、家族や同級生や親しい人にはカナと呼ばせている。他人に自分のことをニックネームで呼ばせている反動なのか何なのか知らないが、カナは他人のことも決して本名では呼ばないのだ。……いや、「お兄ちゃん」とか「兄貴」というのも本名ではないので、これだとカナが僕のことをアヤタと呼ぶ理由にはなっていないが。

「そんなことよりさ、さっき出て行った女の人って、お弁当を買っていった？」

カナがそんなことを訊いてきた。動物病院で働いていて、がっつりトンカツ唐揚げ弁当を買っていった女性のことだろう。

「うん。買っていったけど、それがどうかしたのか？」

「えっと……その女の人が、コンビニから出たときに下げていた袋を、そのまま外のゴミ箱に捨てて行ったから、気になっちゃって。ゴミ箱の中を覗いたら、未開封っぽいお弁当がそのまま入ってるし」

「ちょっと待ってろ」

　僕はレジを出て、外のゴミ箱を覗きに行った。上の方までゴミが溜まっているので、蓋を開けなくても中身が見えた。そしてその中には、カナの言う通り、未開封のがっつりトンカツ唐揚げ弁当が袋のまま入っていた。袋の中には割り箸も入っている。

　釈然としないまま店内に戻ると、カナが話しかけてきた。

「どうだった？」

「確かに、お弁当が入ってた。しかも、どうやらさっき買っていったばかりのお弁当みたいだ」

「あの女の人、何で買ったばかりの捨てていったんだろうね。――あ、まさかアヤタ、あの女の人に変なことしたんじゃないでしょうね」

「変なことって何だよ。人聞きが悪いな」

　僕は他にお客がいないか店内を見回したが、幸い、誰もいなかった。半田さんも今はバックヤードで検品中だ。

「変なことは変なことよ。アヤタが変なことをしたせいで、気持ち悪くなってお弁当を食べられなくなって捨てていったんじゃない？」

「お前って、本当にナチュラルに、血の繋(つな)がった身内を傷つける発言をするよな……。僕は兄貴だからまだいいけど、お父さんは本気で傷つくからもう少し優しくしてやれよ」

本当は内弁慶な小心者なので、よその人にはこんな失礼な態度はとらないのが救いと言えば救いなのだが。

「うっざい、アヤタ」

カナはそれで会話を切り上げ、籠(かご)にお菓子を詰め込んでレジに戻ってきた。

「十点で千二十二円のお買い上げでございます」

「千円におまけして」

「できるわけないだろ」

「ちぇっ」

「あ、そうだ。聞いておきたいことがあるんだった。探偵同好会のメンバーで夏休みに孤島へ合宿しに行くんだけど、カナも来る？」

僕はカナから千百円を受け取り、お釣りを返しながらそう訊いた。

「行く」

「即断即決だな、おい！　もう少し考えろよ」

「だって、無人島でしょ？　私、山育ちだから海とか無人島とかに憧(あこが)れてるんだよね」

「いや、孤島だとは言ったけど無人島とは言ってないんだけど。というか、坂本先輩の実家があるんだから確実に有人島だぞ」

「坂本先輩って誰？」

「僕が高校一年生のとき、文芸部の部長だった人だ。今は探偵同好会の会長をやってるんだ」

「ああ、入部してから僅か二ヶ月で幽霊部員になって、そのまま辞めちゃったっていう、あの文芸部ね」

「わざわざ補足説明を入れなくていいから……」

僕が溜め息交じりにそう言うと、そこへ半田さんがやってきてこう訊いた。

「何だ？　随分と仲がいいみたいだけど、田中くんの彼女か？」

「冗談はやめてください。妹ですよ、妹」

「ほほう。これはまた似てない兄妹だな。本当に血が繋がってるのか？」

「繋がってますよ。耳の形とかそっくりだし」

「確かに、人を見分けるときは耳の形に注目しろって言うけど……。逆に言うと、そんなところしか似てないとも言えるな」

「遠回しにカナの容姿を褒めているつもりなんでしょうけど、こいつ、性格はかなり悪い方ですよ」

僕がそう言うと、カナは半田さんに見えない角度で僕を睨んでこう言った。

「そんなことないですよ。——アヤタ、変なこと言わないでよ」

「へえ、田中くんのことをアヤタって呼んでるんだ」

半田さんは面白そうに言った。

「カナは他人のことを決して本名では呼ばない女ですからね」

「じゃあ、俺のことは何て呼ぶ？」

半田さんがそう質問すると、カナは少し首を傾げながらこう訊いた。

「お名前を教えてもらってもいいですか？」

「半田勝彦」

「じゃあ……ハムカツっていうのはどうですか？」

空気が凍った。と言うよりも、半田さんの表情が凍った。

カナは全く空気が読めないわけではないので、「——なんちゃって」と取り繕った。

これで結構小心者なのだ。

「は、はは……。じゃあ俺、さっき届いた商品を品出ししてくるから」

「はい、お願いします」

僕は半田さんを逃がしてあげた。

気まずくなったカナが帰ろうとしたとき、灯影院が来店した。

「よう、アヤタ。――ん？　そこにいるのはカナちゃん？　久しぶりだな」

「ほかげっち？　久しぶり」

カナは灯影院のことを「ほかげっち」と呼んでいる。正直、ほかげっちよりはアヤタの方が何倍もマシだよな、と僕は密かに思っていた。

「灯影院、何でまたここに戻ってきたんだ？」

「いやあ、それが……。本屋へ寄った後、九番らーめんに行ったら定休日だったんだよ」

九番らーめんは駅の裏にある、野菜ラーメンの美味しいラーメン屋だ。

「いい加減、水曜日は定休日だって憶えろよ。もう何年も通ってるんだから」

「コンビニみたいな年中無休のお店に慣れちゃうと、ついつい定休日の存在を忘れちゃうんだよな。で、しょうがないから今日はコンビニ弁当にしようと思って戻ってきたというわけだ」

「あ、そうだ。さっき、カナが言ってたんだけど――」

僕は、先ほどカナが目撃したという、女が買ったばかりのお弁当を捨てていったという日常の謎について灯影院に説明した。

「きっと、アヤタが変なことをしたから、その女の人は気持ち悪くなって捨てちゃったんだよ」

カナはわざわざ持論を付け足した。

「カナ。マジで傷つくから、そういう発言はやめてくれ……」

「ふうん、なるほどね。カナちゃんが見たとき、その女の人はどんな様子だった？」

灯影院はカナに向き直った。

「どんなって言われても……」

「堂々としているとか、コソコソしているとか」

「その二者択一なら、コソコソかな。ちょっと辺りを見回してからゴミ箱にお弁当を突っ込んでた感じだった」

「辺りを見回したってことは、その女性はカナちゃんの存在には気付いてたんだよね？」

「……だと思うけど」

「つまり、女性がお弁当を捨てるところを見られたくない相手っていうのは、不特定多数の人じゃなくて、特定の人物だったんだろうな」

「だとしたら、何か変わるのか？」

僕はそう訊いた。どうして灯影院がそこに拘るのかよく分からなかった。

「全然違うよ。それについて説明する前に、今日は何曜日か分かるか？」

「水曜日だろ。さっき僕が言ったばっかりじゃないか」

「そう。今日は水曜日だ。そして俺の推理が当たっているのなら、動物病院に勤めている女性は、毎週水曜日に同じ行為を繰り返しているんじゃないだろうか」

「同じ行為って言うと、買ったばっかりのお弁当を捨てる、ということをか？」

「そうだ」

「彼女は何のためにそんなことをしているんだ？」

「水曜日だけ、というのがポイントだな。水曜日は何の日だ？」

灯影院にそう訊かれ、僕は毎週読んでいる週刊漫画の発売日だと答えたのだが、それは関係ないと言われた。

「あ……もしかして、九番らーめんの定休日？　って、そんなわけないか」

僕は自分で言って自分で否定したのだが、灯影院は頷いた。

「いや、それで当たってるよ」

「え？」

「つまり、こういうことだ。ここは田舎だけど、ホームレスが一人もいないわけじゃない。アヤタだって、アルミ缶の詰まった袋を載せて自転車に乗っている人を見かけたことがあるだろう。あれはアルミ缶を持っていくと買い取ってくれる業者があるから、ホームレスが収入源として集めているんだ。本当は、資源ゴミとして出されたものを指定の業者以外が回収するのはいけないことなんだけど」

「それで？」

「アルミ缶の回収だけでは食べていけないから、ホームレスの人はゴミ箱を漁って、食べられそうなものを捜している。ここらへんだと、九番らーめんはゴミ箱を店の裏に置いているから、ホームレスの人は毎日あそこのゴミ箱を漁っているんじゃないかな。とはいえ、この季節だから食べ物はすぐに傷んでしまうし、前の日のゴミを食べるわけにはいかない。九番らーめんが定休日となる水曜日は、ホームレスの人はどうすると思う？」

「このコンビニのゴミ箱を漁る……？」

僕はそんな場面は見たことがないが、店員は基本的に店の中にいるせいだろう。

「そうだ。だからその女性は、毎週水曜日に買ったばかりのお弁当をゴミ箱に捨てていたんだよ。ホームレスの人を陰ながら支援するために」

「ゴミ箱にお弁当を入れる前に見られたくなかった相手っていうのは、そのホームレスの人のことだったのか？」

「ああ。きっと、その女性はホームレスの人がホームレスになる前に、どこかで知り合っていたんだろう。もしかしたら血縁者かもしれない。しかし、あからさまにホームレスの人に食べ物を援助するとつけこまれるかもしれないから、こんな迂遠な方法で援助していたんだろうな」

灯影院は腕を組みながらそう説明した。

ふと、黙って聞いていたカナの様子が気になって窺うと、カナは目を丸くしていた。

「へぇ。ほかげっちって、凄い人だったんだね」

「いや、これくらいで凄いって言われてもなあ」

「もしかして、クイズとか得意なタイプ？」

「く、クイズって……。日常の謎と言ってくれよ」

名探偵志望者はカナの発言に傷ついた様子だった。

僕は、夏休みにカナを坂本先輩と引き合わせるのが、今から心配だった。

こいつ、絶対に坂本先輩にも失礼なことを言うぞ。

3

翌週の水曜日にも、動物病院で働いている女性は夕方にお弁当を買った。

そして予想通り、彼女は買ったばかりのお弁当をゴミ箱に捨てていったのだが、先週と違い、僕は温かい気持ちになった。

第四話

七夕伝説と、坂本先輩の推理

1

七月一日、月曜日。一限目が終わると、僕はキャンパスの中を散歩していた。気持ちの良い快晴で、この時間は気温もさほど高くなく、絶好の散歩日和だった。

月曜日の一限目には必修科目が入っているのだが、次の講義は午後からなので、昼休みも合わせると二時間以上も暇を持て余すことになる。

大抵、こういうときは灯影院と適当に無駄話をして時間を潰すのだが、今日は灯影院は夏風邪を引いて休みだった。

散歩にも飽きてきたので、図書館棟へ行き、レポートを書くことにした。すると、図書館の前の広場に人だかりができているのが見えた。

興味本位で人だかりに近づいていくと、どうやら短冊に願い事を書いて笹に吊るすというイベントをやっているようだった。テーブルの上にマジックが用意してあり、何人もの学生が真剣な表情で願い事を書いていた。既に笹には何枚も短冊や飾りが吊るされており、風情があった。

「よかったら、願い事書いていきませんか」

「日本文化研究会」という腕章をつけた、短髪で優しそうな顔立ちの男がそう言いながら、僕に短冊を渡した。短冊には既に穴が開けられ、白い紐が通されていた。

反射的に受け取ってしまったものの、どうしようかと困ってしまった。願い事と言われても……いや、すぐに思いついた。

僕はテーブルへ行き、水色の短冊に黒いマジックで「小説が無事に完成しますように」と書き、笹に吊るした。灯影院から依頼されていたミステリー小説を、まだ一行も書けていないのだ。最終締め切りは九月の終わりなので、まだ三ヶ月近くあるが、ずっと心の隅に引っかかっていて気持ち悪かった。それをこうやって実際に文字にしてみると、何だか達成感がある。実際には何もしていないのに、一歩前に進んだような錯覚に陥る。

「小説家になりたいんですか？」

先ほどの「日本文化研究会」という腕章をつけた男に声をかけられた。

うわ、恥ずかしい。まさか願い事を読んだ上でもう一回話しかけてくるとは思っていなかったので、油断していた。

「あ、いいえ、そういうわけじゃないんですけど、同好会で文集を出すことになってて」

咄嗟に誤魔化すこともできず、僕は正直に答えた。

「——もしかして、探偵同好会の人ですか？」

「あれ？　ご存知なんですか？」

「ええ。坂本が以前、そんなことを言ってたので」

「ああ、坂本先輩の友達なんですね。実体のない同好会なのに、いつの間にそんなに知名度が上がっちゃったのかと思いましたよ」

「友達……まあ、そんな感じだね。あ、まだ自己紹介してなかったね。僕は広瀬だ。よろしく」

僕が後輩だということが確定したせいか、広瀬さんは敬語を使うのをやめた。

「僕は田中です。広瀬さんは、坂本先輩の同級生なんですか？」

「うん。坂本とは仲がいいんだ。大学で坂本と同じクラスで、家が近かったこともあって、それがきっかけで仲良くなったんだ」

ということは、広瀬さんは三年生か。

「そうだったんですか。広瀬さんも願い事書いたんですか？」

「うん」

「どれですか？」

自分の願い事だけ知られているのは嫌だったので、僕はそう訊ねた。

「……これだよ」

広瀬さんは笹の中から自分の短冊を捜し出し、見せてくれた。そこには、「彼女と結婚できますように」と書かれていた。

「彼女さんと、結婚を前提にお付き合いしてるんですか？」

今どきの大学三年生にしては気が早いような気がしたので、そう訊ねてみた。

「というか……今度の夏休みには、彼女の家族に挨拶に伺う予定なんだ。気に入られるといいんだけど」

広瀬さんは照れたように頭を掻きながら言った。

「上手くいくといいですね」

「ありがとう」

「じゃあ、僕は図書館でレポートを仕上げないといけないので、これで」

「うん。坂本によろしく」

僕は広瀬さんに会釈し、図書館に入った。

2

月曜日の最後の講義が終わり、僕は帰り支度をした。今日はコンビニのバイトのシフトは入っていないので、まっすぐに家に帰ろうかと思ったが、どうせならやりかけのレポートを完成させてしまおうと思い直し、図書館へ向かった。

図書館の前の広場に飾られた笹は、午前中に見たときよりも短冊の数が増え、賑やかになっていた。

坂本先輩と広瀬さんが、笹の葉の裏で話をしているのが見え、僕も裏に回った。

「七夕まつりっていうのは、あれだろ？　一年に一回、晴れているときにしか会えない、つまり雨だったら自分自身の願い事すら叶えられないような可哀相な織姫と彦星に、人間の願い事を叶えてもらおうとする、人間の浅ましさが如実に表れる行事のことだろ？」

いつものように、坂本先輩が例の「あれだろ？」というフレーズを口にしていた。

「坂本先輩って、何でわざわざ全方位に敵を作りたがるんですか？　お祭りなんだから深く考えずに楽しめばいいのに」

僕は挨拶をするのも忘れ、いきなり突っ込んでしまった。

「お、アヤタ」

「やあ、田中くん」

坂本先輩と広瀬さんから同時に顔を向けられた。どうも、と僕は無難な挨拶を返した。

「ん？　アヤタと広瀬って、知り合いなのか？」

坂本先輩は不思議そうに訊ねた。

「いえ、午前中に知り合ったばっかりです。小説が完成しますように、って願い事を書いたら広瀬さんから話しかけられちゃって、それで文集のことを話したら探偵同好会だってことが分かったらしいんです」

「アヤタって、相変わらず説明が下手だな」

「えっ、そうですか？」

「そうだよ。何となく言ってることは伝わってきたけど。――今日は灯影院は一緒じゃないんだな」

「ええ。あいつ、今日は風邪を引いて休んでるんです」

「こんな時期にか？　昨日の晩は蒸し暑かったから、どうせ、水風呂（みずぶろ）にでも入った後、クーラーをつけっぱなしで寝たんだろ」

「あ、当たってる……」

ちなみに僕も当てていた。名探偵じゃなくても、灯影院の行動くらいは読めるのだ。

「でも、灯影院は休みなのか。せっかく、あいつが喜びそうな事件が発生したのに」

「事件？」

「事件って言っちゃうと大げさだけどな。これを見てみろよ」

　そう言って、坂本先輩は笹の枝に吊るされていた短冊を一枚引っ張った。僕はその短冊を見たが、白紙だった。いや、白紙と言っても、ピンク色の紙なのでピンク紙と言うべきなのかもしれないが。裏なのかと思っていると、僕の思考を読んだように坂本先輩はその短冊を裏返した。裏もやはり白紙だった。

「何も書いてないですね」

「だろ？」

「でも、一枚くらい、書き忘れたんじゃないですか？　欲張りな人が何枚かまとめて書いて、まとめて吊るしたんだったら、あり得ない話ではないでしょう」

「一枚じゃなかったとしたら？」

「え？　まさか……」

　僕はその辺にある短冊を手にして、一枚ずつ見て回った。すると、さほど苦労せずに、数枚の白紙の短冊を発見した。

「もしかして、事件っていうのはこれのことですか？」

　僕が尋ねると、広瀬さんは頷(うなず)いてこう言った。

「そうなんだ。いつの間にか何枚も白紙の短冊が吊るしてあったんだ。誰が何のためにやったのか分からなくて、ちょっと気持ち悪いかも、って坂本に相談していたところへ、田中くんがやってきたんだ」

「それがさっきの坂本先輩の『人間の浅ましさが如実に表れる行事』という問題発言に繋（つな）がるわけですね。ところで、雨だったら織姫と彦星が会えないっていうのは？」

「その前に、田中くん、七夕についてどれくらい知ってる？」

質問に質問を返されてしまった。

「えーと、何か天の川を挟んで織姫星と彦星があって、その星に向かって、願い事を書いた短冊を笹に吊るす行事ですよね」

「なるほど。実にアバウトな理解だ。確かに田中くんは説明が下手みたいだね」

今日初めて会った広瀬さんにまで駄目出しされてしまった。優しそうな顔立ちと口調に騙（だま）されていたが、皮肉屋な坂本先輩の友達だけあって、意外と口が悪いのかもしれない。

「じゃあ、日本文化研究会のメンバーとして、七夕について説明してもらえますか？」

「いいよ。七夕っていうのは、そもそも中国の伝説なんだ。中国各地の民話として様々なバリエーションがあるけど、アウトラインを説明するとこんな感じになる。牛飼いの牽牛（けんぎゅう）が、水浴びをしていた天女である織女（しょくじょ）の衣を盗み、織女を脅迫するような形で夫婦となる。やがて天界に帰った織女を追って牽牛も天界へ行くが、織女の母である西王母によって天の川の東西に引き裂かれるというストーリーで、羽衣伝説の要素が濃い話になっているね。六世紀ごろまでには、七月七日に天の川で会うといった、現代でも知られているエピソードが付け加えられた。ここまでが、中国における七夕の伝説だ」

広瀬さんはそう説明しながら、近くのテーブルから短冊を一枚とり、マジックで「織女」「牽牛」と書いて漢字を説明した。

「その中国の伝説が奈良時代、遣唐使によって日本に伝わり、日本に元からあった『棚機津女』の伝説と合わさって、独自の発展を遂げることとなる。棚機津女の伝説も地域や時代によって諸説あるんだけど、次のような感じの話だったと言われている。まず、棚機津女というのは個人名ではなく、村から一人選ばれる巫女のことなんだ。棚機津女に選ばれた女性は、七月六日に水辺の機屋に入り、神が着る衣を織りながら神が訪れるのを待つ。その夜、棚機津女は神の妻となり、神の子供を身ごもる。そして、七月七日の夕方に、神は棚機津女と一緒に元の場所へ帰っていく。――この棚機津女の伝説は本来、中国の牽牛と織女の伝説とは関係がなかったんだけど、かなり似ているだろ？」

「確かにそうですね。まず、日にちが一致していますし、神様の夫婦というあたりが似ています」

「昔の人もそう思ったんだろうね。最後に、現代の日本の七夕伝説も地域差が激しいいんだけど、だいたい次のような話だ。天帝の娘である織姫は、神たちの着物を作っている働き者だった。年頃になった織姫は、天の川の岸で牛を飼っている働き者の若者、彦星を天帝から紹介され、夫婦となる。ところが、二人は夫婦生活が楽しすぎて、織姫は着物を織らなくなり、彦星は牛を育てるのをやめてしまった。これに怒った天帝は、織姫と彦星を天の川で引き離した。しかし、織姫があまりに悲しそうなので、天帝は年に一度、七月七日だけは二人が会うことを許した。一年に一度だけ会える日を楽しみにして、二人は毎日懸命に働いた。七月七日になるとカササギが天の川に橋を架けてくれて、織姫が橋を渡って二人は会うことができた。しかし、七月七日に雨が降ってしまうと天の川の水かさが増し、織姫は橋を渡れず、二人は会うことができない。――こんな感じの話だ。ちなみに、この七月七日は昔は旧暦で考えていたもので、グレゴリオ暦だと八月になる。例えば今年は確か、八月十三日が旧暦の七月七日だったはずだ」

「え？　旧暦だと、グレゴリオ暦の七月七日は八月七日になるんじゃないんですか？」

「仙台の有名な七夕祭りが八月七日に開催されるせいか、そう誤解している人も多いみたいだけど、それは違うよ。旧暦というのは、月の満ち欠けを基準として一ヶ月の長さを決める暦の数え方なんだ。月はだいたい二十九日半で満ち欠けが元に戻るから、一ヶ月を二十九日とする小の月と、一ヶ月を三十日とする大の月が交互に来るようにして暦を決めていたんだ」

「でも、それだと、年によってどんどん日付がズレていくんじゃないんですか？　えーと、一ヶ月二十九日の小の月と一ヶ月三十日の大の月が交互に来るってことは、旧暦の一年は……三百五十四日になっちゃいますよね。現在使われているグレゴリオ暦は基本的に一年が三百六十五日ですから、十一日もズレちゃうことになるじゃないですか」

「その通りだね。だから、旧暦では約三年に一度、閏月というのを作り、一年を十三ヶ月として調整していたんだ。三年で約三十三日ズレるから、二年か三年に一度閏月を作ればだいたい元に戻るわけだね。もっと言うと、十九年に七回閏月を挿入するとちょうどいい感じになるんだ」

「へぇ、なるほど。何だかダイナミックですね。とにかく、旧暦の七月七日は年によって十一日前後ズレるというのは理解できました」

「それはよかった。ちなみに、日本でグレゴリオ暦が導入されたのは明治五年――一八七二年のことだ。さて、ここでクイズです。どうして明治政府はグレゴリオ暦を導入したのでしょうか？」

　突然クイズが始まった。坂本先輩を見ると、涼しい顔をしている。おそらく、広瀬さんが会話の中で突然クイズを始めるのはよくあることなのだろう。

「え？　それはやっぱり、旧暦だと、閏月がある年とない年によって、約三十日もズレちゃって、色々と不便だからでしょう？」

僕がそう答えると、広瀬さんは嬉しそうに頷いた。その反応を見て、僕の答えは間違いだったらしいと分かった。やはりこの人は、見た目や雰囲気に反してあまり性格が良くないのかもしれない。

「うん。まあ、もちろんそういう理由もあるんだけど、明治政府の本当の狙いはもっと別のところにあったんだ。坂本は分かるか？」

「分かったというか、日本史の授業で習ったんだけどな。当時の明治政府は財政状況が逼迫していたから、閏月を減らすことによって、現代でいうところの公務員である官吏への報酬を減らすのが狙いだったんだろ。安易に増税して国民の負担を大きくしなかった分、今の日本政府よりよっぽど健全だよな」

坂本先輩はつまらなそうに言った。

「その通りだ。官吏への報酬は月給制だったから、グレゴリオ暦に移行することで十九年で七回も給料の支払いを減らすことができたんだ。さらに、このグレゴリオ暦が導入された明治五年は閏月のない普通の年だったから、旧暦の明治五年十二月三日を、グレゴリオ暦の明治六年一月一日と定めることで、この年の明治政府は一年に十一回しか給料を支払わずに済んだんだ」

「おい。いくら何でも、話が脱線しすぎじゃないか？」

坂本先輩が冷めた口調で言うと、広瀬さんは頷き、僕に向き直った。

「話を七夕に戻すけど、旧暦の七月七日はグレゴリオ暦だと八月にきて、ちょうど梅雨と台風の時期の間になり、比較的天候がいい。でも、グレゴリオ暦の七月七日はまだ梅雨の時期だから、雨になることが多い。それもあって、七夕伝説は、悲恋の伝説として世間に広く認知されるようになったんだ」

「なるほど。ところで、今の説明には、肝心の短冊に願い事を書いて笹に飾るという話が出てきませんでしたよね」

「実は、短冊を笹に飾るようになったのは、比較的最近で、江戸時代から始まったものなんだ。田中くんは、夏越の祓って知ってる？」

「えーと……何か、夏に神社でやるやつのことですよね」

「本当にアバウトな説明だな」

坂本先輩は呆れたように言った。

「でも、だいたいそんな感じでしょう？」

僕がそう言うと、広瀬さんは苦笑まじりに頷いた。

「まあ、そうだね。夏越の祓は、正月から六月末までの半年間に犯した罪や穢れを祓い、暑い夏を無事に越せるように祈るための行事だよ。グレゴリオ暦だと六月三十日にやるところが多いね」

「半年間ってことは、年末にもそういう感じの行事があるんですか？」

「うん。十二月三十一日にも、年越の祓という行事がある。ただ、年末年始は他にも色んな行事が多すぎるから、夏越の祓に比べると年越の祓は知名度が低いんだけど」

「考えてみると年末年始の一般的な日本人って、キリスト教のクリスマスを祝った後、大晦日には仏教の除夜の鐘を聞き、年明けには神道の神社へ初詣に行くんですよね。節操がないというか……」

「僕は、その節操がない感じが日本人らしくていいと思うんだけどね。昔から日本人って、そういうところがあったから。実を言うと、七夕の日に短冊に願い事を書いて笹に飾るのも、もともと全然関係なかった夏越の祓の行事と混じったものなんだよ」

「どういうことですか？」

「夏越の祓では、茅という、河川敷とか空き地によく生えている草で作った茅の輪をくぐって穢れを祓うんだけど、その茅の輪の両脇に笹竹を飾る地域があるんだ。その笹竹の飾りが、七夕まつりの短冊や笹飾りになったんだ」

「夏越の祓と七夕という、本来関係ない二つの行事が混じっちゃった理由って、もしかして……」

「六月三十日と七月七日が近いからだよ」

「あ、やっぱりそうなんですね……」

「中国にも七月七日の夜、織女に対して手芸上達を願う乞巧奠というお祭りがあって、それも混じっちゃってるんだけどね。ただ、乞巧奠では願い事は手芸上達に限られているし、短冊を笹に飾らないんだ」

「よく分かりました。説明ありがとうございました」

僕は広瀬さんに軽く頭を下げた。

「やっと終わったか。お前ら、俺を待たせすぎだ」

坂本先輩が文句を言った。

「すみません。えーと……あれ？　何で七夕について説明してもらう流れになったんでしたっけ？」

「これだよ、これ。白紙の短冊が何枚も飾られているのはなぜか、っていう謎について推理するためだよ。それなのに、アヤタが無知なせいでこんなに大回りすることになっちゃったじゃないか」

「うう、すみません。でも、今どきの若い人はみんな、七夕について、僕くらいの認識で軽く流して生きていると思うんですけど」

「みんな知らないということを無知の免罪符にしてしまうと、本当に駄目な人間になってしまうぞ」

今日の坂本先輩はいつもより五割増しで説教臭い気がする。何か機嫌が悪くなることでもあったのだろうか。

「坂本、後輩イビりはそのくらいにしておけよ。田中くんは、白紙の短冊が何枚も飾られていたのは何でだと思う？　探偵同好会のメンバーとしての意見を聞かせてほしいな」

広瀬さんが優しい口調で助け船を出してくれたが、質問の内容は優しくなかった。きっと、灯影院ならすぐに推理して答えを出すのだろう。

だが、僕には何も思い浮かばなかった。何か思いつくまで、とりあえず時間稼ぎをすることにした。

「ちょっと待ってください。情報が足りなくてまだ推理できません」

「おお、アヤタが何かそれっぽいこと言ってるぞ」

僕がいつも灯影院に頼りきりなことを知っている坂本先輩がからかったが、僕は無視して広瀬さんにこう訊ねた。

「七夕で白紙の短冊を飾るのにはどんな意味があるんですか？」

「いや、意味って言われても……特にそういう文化や風習はなかったと思うけど。ただ、普通に考えれば、短冊に書くような願い事は何もない、って意味になるんじゃないかな。本当に大切な願い事は誰にも教えない、という人もいるだろうし」

「そうですね。僕もそう思います。白紙の短冊を飾るような人って、『ここにある全て（すべ）の願い事が叶いませんように』と短冊に書いちゃう人と同類っていうか、大抵は坂本先輩みたいな皮肉屋か、灯影院のような変わり者ですよね」

灯影院の名前は坂本先輩から聞いて知っているらしく、広瀬さんは灯影院について特に質問しなかった。

「皮肉屋っていうのは、あれだろ？　自分を棚に上げて他人を見下すのが大好きな、最低な人種のことだろ？」

坂本先輩は、困ったものだという表情で言った。

「本当にそうですね」

僕は否定せず、頷いてやった。

「確かに、普通に考えれば、白紙の短冊は『願い事はない』って意味になるんだろうけど、それだと何枚も飾る意味が分からないんだよね」

喧嘩腰になっている僕と坂本先輩を仲裁するような、のんびりとした口調で広瀬さんは言った。この人、いいお父さんになりそうだな、と僕は思った。

「まず、機会の面から考えてみましょう。犯人はいつこの短冊を飾ったんでしょうか。広瀬さんたちが白紙の短冊が飾られていることに気付いたのはいつですか？」

「ついさっき、田中くんや坂本に話しかけられる直前のことだよ」

「この時点では白紙の短冊は飾られていなかったと確信できるのはいつですか？」

「今朝、笹を設置したときかな。あのときは折紙で作った笹飾りしか飾られていなくて、まだ短冊は一枚もなかったから。それ以降は、ちょっと分からないな。短冊を笹に飾るのはセルフサービスでやってもらってたから」

「白紙の短冊が何枚もあるということは、犯人は複数の短冊を用意することができた人物ということになります。何度も広瀬さん達から短冊を貰(もら)えば印象に残るでしょうから、そういう人物がいないのであれば、複数犯か、内部の者の犯行である可能性が高いでしょう」

「いや……確かに午前中にきみが来たときには、短冊は僕たちが手渡ししていたけど、三限目はニッケンのメンバーが全員講義に出ないといけないから、無人だったんだ。短冊が風で飛ばないように袋に入れて、重しを載せ、後は自由に願い事を書いてもらう感じにしていたから、そのときだったら誰にでも複数枚の短冊を手に入れ、笹の葉に飾ることができたかな。それに、この短冊はニッケンのメンバーが市販の色画用紙を切って作ったものだから、その気になれば自作することも可能だ」

広瀬さんがそう言うのを聞いた僕は落胆した。

「そうなんですか。それじゃあ、短冊から犯人を割り出すのは難しいですね。うーん、やっぱりもう少し手がかりが欲しいですね。そうだ。白紙の短冊が全部で何枚あるのか数えてみましょうか」

ふと思いつき、僕はそう言った。

「それに何か意味があるのか？」

　坂本先輩はそう訊いた。

「いえ、何となくなんですけど、枚数が重要なんじゃないかと思いまして。ただ、既に何十枚も短冊が飾られてるし、風に揺れているから、数えるのが大変ですよね。数え間違いしそうです」

「よし、それじゃあ、三人で別々に数えてみて、最後に答え合わせをしよう」

　坂本先輩がそう言い、僕たちは黙々と白紙の短冊を数えることにした。

　実を言うと、これは時間稼ぎだった。短冊を数えながら、僕は何か思いつかないかと考えを巡らせる。

　そのとき気付いたのだが、広場から死角になる裏側の枝にばかり、白紙の短冊は固まって吊るされていた。

　そして、今や定番中の定番とも言える「ここにある全ての願い事が叶いませんように」と書かれた短冊が三枚も見つかった。

　馬鹿だな、他人と違う願い事を書いちゃう俺、あるいは私恰好いい、と思って書いたんだろうけど、逆に平凡な願い事の中に埋没しちゃってるよ、と僕は心の中で思った。

「馬鹿だな、他人と違う願い事を書いちゃう俺、あるいは私恰好いい、と思って書いたんだろうけど、逆に平凡な願い事の中に埋没しちゃってるよ」

坂本先輩は実際に口に出してしまった。

　こうなった以上、僕も退くわけにはいかない。

「そこまで言うなら、坂本先輩はどんな願い事なら恰好いいと思うんですか」

　僕がそう訊ねると、坂本先輩は真剣な表情でこう言った。

「そうだな……例えば、『鳴かぬから　ほっといてくれ　ホトトギス』かな」

「一句詠んじゃったーっ⁉　しかもホトトギス目線の願い事だし！」

　これはおそらく、先ほどの「日本史の授業で習った」という発言からの連想なのだろう。

「いや、でも、そろそろホトトギスもキレてもいい頃合いだと思うんだよ。何で人間はそんなに何百年も俺たちを鳴かせたがってるんだ、ストーカーかよ、ってうんざりしてると思うぞ」

「そうだね。でも、人類かホトトギスのどちらかが滅亡するその日まで、人類はホトトギスをネタにし続ける運命にあるのだよ」

　広瀬さんは憂いを滲ませた表情で言った。

「あるのだよじゃないですよ！」

「分かった。それじゃあ僕は織姫と彦星に、もうホトトギスを解放してくださいと願い事を書くよ」

広瀬さんはそう言って、早速その願い事を書き始めた。

「何で織姫と彦星がホトトギスを鳴かせようとしている感じの流れになってるんですか！」

「そういうアヤタはどんな願い事なら恰好いいと思うんだ？　俺の願い事を否定したくらいだから、田中綾高くんはさぞかし物凄く恰好いい願い事を思いつくんでしょうねえ」

坂本先輩は不満げにそう言った。

「……せ、世界が平和でありますように、とか？」

「お前はミス・アメリカの出場者か！　それこそ普通の願い事じゃないか」

「でも、いくら何でもハードルを上げ過ぎですよ。恰好いいことを言えと言われて本当に恰好いいことを言うなんて、並みの人間の神経では耐えられません」

「じゃあアヤタの願い事は『恰好いい台詞の似合う、器の大きな男になれますように』で決まりだな」

「思いの外きれいにまとめましたね！」

絶対に収拾がつかなくなると思ったのに、なかなかやりおるな、と僕はなぜか時代劇風の口調で思った。

「――さて、そろそろ数え終わったか？」

坂本先輩はそう訊いた。

「何をですか？」

「白紙の短冊の枚数だよ」

「しまった……。短冊の願い事を考えるのに夢中で数えるの忘れてました。そういう坂本先輩は数え終わったんですか？」

ついでに言うと、白紙の短冊が飾られていた理由を考える時間稼ぎをしていたということも忘れていた。まだ何も思いついていない。

「いや、俺もホトトギスのせいで数えるのを忘れていた」

「ホトトギスは悪くないです！　冤罪です！」

ふざけるのはこれくらいにして、僕は白紙の短冊の枚数を数えつつ、その理由について考える。白紙、白紙……。

「あ」

思いついた。考えれば考えるほど、これが正解だという気がしてくる。

「俺は数え終わったぞ。広瀬とアヤタは？」

しばらくして、しびれを切らしたように、坂本先輩が訊いた。

「僕も終わったよ。六枚だった」

「僕も終わりました。同じく、六枚です」

　ちなみに、一口に白紙と言っても、六枚の短冊の色はピンクが二枚、水色が二枚、白色が二枚の内訳だった。

「そうか。俺も六枚だった。で、アヤタ。これにどんな意味があるんだ？」

「それは分かりませんけど、一つ思いついたことがあります」

「何だ？」

「もしかしてこれは、炙り出しなんじゃないでしょうか」

「炙り出しっていうのは、あれだろ？　乾燥すると無色になる液体で、絵や文字を紙に書き、熱で炙って化学変化させ、それまで見えなかった絵や文字を浮かび上がらせるものだろ？」

「……え？　ええええ？」

　驚きのあまり、僕は変な声を出してしまった。

「どうしたんだよ、その反応は」

「炙り出しに関する坂本先輩の説明、合ってるじゃないですか！」

「合ってちゃいけないのか？」

「いけませんよ。それだとただ事実を確認しているだけであって、ギャグにならないじゃないですか。ああもう、がっかりだなあ。坂本先輩には失望しました」

「分かった。そこまで言うなら、やり直そう。――炙り出しっていうのは、あれだろ？

ライターの火で人間の皮膚を炙って絵や文字を書くことだろ？」

「怖っ！」

「ちょっと試しに炙り出しやってみようか」

坂本先輩は僕を見た。

「ますます怖い！」

恐怖のあまり、僕は坂本先輩から距離をとってしまった。坂本先輩は本当にやりかねない雰囲気があるのだ。

「いや、そこまで怖がられると、それはそれで傷つくんだけど……」

坂本先輩は悲しげに言った。面倒臭い人だな、と僕は自分を棚に上げて思った。

「とにかく、実際にやってみようか。田中くんは煙草吸うの？」

広瀬さんは本当に「早くホトトギスが解放されますように」と書いた短冊を吊るしながら訊いた。そんなふざけた願い事が許されるのなら、もはや白紙の短冊くらい、謎でも何でもない気がしてくるのだが、いいのだろうか。むしろ、広瀬さんの短冊を見つけてしまった人の方が混乱するだろうに。

「いえ、吸いません」

「じゃあ、ライター持ってないよね。ちょっとニッケンのメンバーから借りてくるよ」

坂本先輩には訊くまでもないらしく、広瀬さんはさっさと他の日本文化研究会のメンバーのところへ行った。

「ところで、ニッケンって日本文化研究会の略称なんですよね？」

待っている間暇だったので、僕は坂本先輩に確認した。

「俺も確認したことはないけど、多分そうだろう。まさか『日本人　喧嘩ばかりだ　ホトトギス』の略称のわけがない」

「まだホトトギスの話を引き摺ってたんですか⁉」

せっかくきれいにまとめたと思ったのに、台無しである。

「それはそうと、探偵同好会の略称はどうする？　まだ決めてなかったよな？」

「そうですね。ニッケンの例に倣えば――」

「ホトドーかな？」

「それはホトトギス同好会の略称です！　一瞬、ホットドッグを業界人っぽく言ったのかと思っちゃったじゃないですか！」

「いや、むしろ競走馬のホトダーと言い間違えたんじゃないだろうか」

坂本先輩はスマホをいじりながらそう言った。

「競走馬とか言われても、競馬やらない人は知りませんよ！　っていうか、坂本先輩も知らなかったでしょう？　先輩がスマホで『ホトドー』と検索して『次の検索結果を表示しています：ホトダー』って表示されたのを見てから言ったのを、僕、見ちゃいましたよ！」

「分かったよ。今度は真面目（まじめ）に考えるから。えーと、何の略称だったっけ？」

「探偵同好会です」

「じゃあ、ホトタンだな」

「今度はホトトギス探偵の略称ですか！　いや、さっきの真面目に考えるという台詞は真面目に考えないときの前振りだと分かってましたけども！　残念ながら鳥類が探偵役のミステリーは前例があるので、それを話題にしちゃうとパクリ扱いされちゃうんですよ！」

「それならいっそのこと、被害者とか犯人がホトトギスの方が新機軸かな？」

「いい加減ホトトギスから離れてください！　何なんですか？　先輩はホトトギスをネタにし続けないと死んじゃう病気にでもかかってるんですか？」

「えっ。そんな病気があるのか？　何て病名なんだ？」

　坂本先輩はわざとらしく驚いた口調で訊ねた。

「今のは物の例えです！　先輩がそうやってホトトギスのことを引き摺っていたら、ホトトギスはいつまでも成仏（じょうぶつ）できないんですよ！　ときには忘れてあげることも優しさなんです。そうすればいつかきっと、ホトトギスが天国で信長や秀吉や家康と幸せに暮らせる日がやってきますよ」

「いや、ホトトギスの俳句はそんな悲しげな内容じゃないし。――はっ！　いつの間にか俺の方がツッコミ役に回ってるじゃないか。ツッコミはアヤタの仕事なのに」

坂本先輩は悔しそうな表情でそう言った。

「ふっふっふ」

勝ったな、と僕は思った。しばしの間、勝利の余韻に浸る。

「――広瀬、遅かったな」

坂本先輩の台詞を聞いて振り返ると、広瀬さんがライターを手にして戻ってきていた。

「ああ。煙草を吸う部員がトイレに行ってたから、戻ってくるのを待ってたんだ」

「ありがとうございます。じゃあ、さっそく炙り出しを試してみましょうか」

「うん。僕がやるよ」

万が一、笹の葉に燃え移ると危険だからだろう、広瀬さんはピンク色の何も書かれていない短冊の、ピンク色の紐を解（ほど）いた。短冊を外して、ライターの火で炙る。が、短冊が乾燥してパリパリになっただけで、文字や絵は何も浮かんでこなかった。

「炙り出しではない、みたいですね。じゃあ、水に濡（ぬ）らすというのはどうでしょう？　液体に浸すと文字や絵が浮かぶという仕掛けもありましたよね。天の川とか雨とか、七夕には水に関するキーワードが多いですし、どちらかと言えばその可能性の方が高いかも」

「いや、その必要はない」

坂本先輩はそう言った。

「どうしてですか」

「なぜなら、俺は白紙の短冊の正体に気付いたんだ。これから俺の推理を聞かせてやろう」

3

「本当ですか」

僕は半信半疑で訊ねた。

確かに坂本先輩も探偵同好会のメンバー、それも会長なので、推理をしてもおかしくはないのだろう。だが、坂本先輩はなりゆきで会長になっただけであって、これまで灯影院のように積極的に推理に参加している場面は見たことがなかった。

「ああ。まず、広瀬が持っている短冊をよーく見てみろ。変なことに気が付かないか?」

「と、言われても……」

「こう言った方がいいかな。願い事が書かれている他の短冊と決定的に違うところがあるだろう」

「願い事が書かれているか書かれていないか、ですか？」

「違う。もっとはっきりとした違いがあるんだ」

「ちょっと貸してください」

僕は広瀬さんからピンク色の短冊を貸してもらい、願い事が書かれている他の短冊と比較してみた。すると、確かに坂本先輩の言っていた通り、変なことに気が付いた。

「紐の色、ですか？　この願い事の書かれていないピンク色の短冊には、ピンク色の紐がついていますけど、願いが書かれているピンク色の短冊には、白い紐がついています」

僕は、他の白紙の短冊も調べてみた。すると、ピンク色の短冊二枚にはそれぞれピンク色の紐が、水色の短冊二枚にはそれぞれ水色の紐がついていたのだ。白色の短冊には白い紐がついているが、これは他の短冊も同様だ。

短冊は色とりどりだが、基本的に、紐の色は白で統一されている。それなのに、願い事が書いていない短冊だけ、短冊の色に呼応するかのように、同じ色の紐がついていたのだ。

「それだけじゃない。紐自体も、おかしなところがあるだろう」

　坂本先輩に言われ、僕は目を凝らした。

「六枚の願い事が書かれていない短冊についている紐は、他の短冊の紐に比べて太くて、少し汚れている感じがしますね。それに、紐の切り口が、まるで引きちぎられたみたいになっています。他の短冊の紐の切断面は、ハサミで切ったように綺麗なのに。それから……なんて言うんでしょうか、紐が縮れたみたいになっています」

　願い事が書かれていない白色の短冊についている紐も、色こそ白だが、他の短冊とは切断面や紐の質が違っていた。

「ハサミで切ったようにって言うか、本当にハサミで切ったんだけどね」

　広瀬さんはそう補足した。

「この紐は全部、白で統一してあるんですか？」

「ああ。ホームセンターで買ってきた白くて長い紐を、ハサミで切って作ったからね」

「そして、切り揃えた色画用紙に穴を開けて、紐を通したんですね？」

「そうだよ」

「じゃあ、この願い事が書かれていない短冊についている紐は、ニッケンのメンバーが用意したものではない、ということになりますよね？」

「ああ」

「ということは……犯人が本当に吊るしたかったのは、白紙の短冊ではなく、それについている紐の方なんでしょうか？」

　僕が訊くと、坂本先輩は頷いた。

「そうだ。紐の色に短冊の色を合わせてカムフラージュしていることから考えても、その可能性が高いな」

「でも、犯人は何のために紐を吊るしたかったんでしょう？　もしかして、何かの犯行に使われた紐なんでしょうか？」

「いや、そんな物騒なものじゃないよ、これは」

「でも、紐の切断面が引きちぎられたみたいになっていますよ」

「それは引きちぎったんじゃない。長い時間をかけて、自然とそうなったんだよ」

「自然とそうなった……」

　僕は、分かりそうで分からないもどかしい気持ちを抱えながら、そう呟いた。

「紐が縮れているみたいに見えるのも、編んであったのを解いたからだよ。そして、『願い事』というキーワードを考慮すれば、答えはおのずと見えてくるだろう？」

「そうか、ミサンガか！」

　そう叫んだのは、僕ではなく、広瀬さんだった。

4

「ミサンガっていうのは、あれでしょう？　手編みの紐を手首とか足首に巻いて、肌身離さず生活して、紐が自然と切れたときに願いが叶うってやつでしょう？」

僕はそう確認した。

「おい、俺の持ちネタを奪うな。しかも、ただ事実を確認しているだけであって、ギャグになってないし」

坂本先輩は不機嫌そうに言った。

「あ、すみません。今のは無自覚でした。そんなつもりじゃなかったんです」

「まあいい。とにかく、これで分かっただろう。六枚の短冊についていた、――ピンク色が二本、水色が二本、白色が二本で、計六本の紐は、元々は一本の太いミサンガだったんだ。誰かさんはずっと前からそのミサンガを身につけていた。そして、今日になって、そのミサンガは自然と切れた。だが、ここでふと、その人物は困ってしまった。切れてしまったミサンガはどうすればいいのだろう、と。ゴミ箱に捨てるのも忍びない。

燃やそうにも、紐だけだと燃えなさそうだから、油みたいなものを染み込ませるか、焚き火をしてその中にくべるかしないといけなくて、手間がかかりそうだ。かといって、家に持って帰って保存しておいても、ずっと、切れたミサンガの存在が気にかかって仕方がないだろう。どうしようか迷っているその人物の目に、ふと、七夕の短冊が目に飛び込んできた。七夕の笹飾りや短冊というのは、中国の牽牛と織女の伝説が、全然関係なかった日本の棚機津女の伝説と混じり合い、さらに、これまた関係のなかった夏越の祓の笹竹の飾りと混ざってしまったものだ。だったら、自分も、『願い事』というキーワードが共通しているミサンガを混ぜてしまっても問題ないだろう、と考えたんじゃないだろうか。ただ、用意されていた短冊の穴は直径が小さすぎてそのままだとミサンガを通すことができないし、紐が太すぎると目立つので、その人はミサンガを解いて六本の紐にしてから短冊に通したんだろう」

「そのとき、短冊に願い事を書かなかったのはどうしてですか？」

「まだ分からないのか？　既にミサンガに願掛けしているのに、さらに織姫と彦星に願掛けするんじゃ、二股をかけているみたいじゃないか。だから、わざと短冊には願い事を書かなかったんだよ」

「ああ――なるほど。二股、ですか」

心理的な問題なので、その説明で納得できるかどうかは人それぞれだと思うが、僕は納得した。

「百年後には、切れたミサンガを笹飾りにするのが当たり前になっているかもしれないぞ」

　坂本先輩は悪戯（いたずら）っぽく笑ってそう言った。

「まさか」

　僕は苦笑してしまったが、広瀬さんは真剣な顔でこう言った。

「いや、あり得ない話じゃないな。文化というのは、つきつめて考えれば、特定の集団の中での模倣や真似（まね）だからな。ミサンガを七夕の笹飾りにつけるのが恰好いい、と考える人が増え、それが大勢の人に認知されるようになれば、それは立派な文化となる。百年後にどうなっているのかなんて、僕たちには想像もつかないことだし、僕は本当にそんな未来が来てもおかしくないと思うよ」

第五話

流霊島事件

1

九月十三日、金曜日。今日は探偵同好会の合宿に出かける日だ。

うちの大学は九月十七日から後期の講義が始まるので、確かに僕と灯影院(ほかげいん)と坂本先輩は夏休みなのだが、中学二年生のカナは既に二学期が始まっている。しかし、十四日から十六日までは三連休なので、カナの十三日の授業が終わってから出発すれば特に問題はなかった。

と言いたいところなのだが、今日の午前三時になってから問題が発生していた。

天気予報によると、今日の午前三時に、小笠原(おがさわら)諸島の近海で熱帯低気圧が台風に変わったのだという。下手をすると、連休の最中に日本列島を直撃する可能性が出てきていた。嵐(あらし)の孤島なんて冗談じゃないぞ、と思いながら、僕は荷造りをした。

僕と灯影院は、カナの分の荷物も持ち、カナの通う中学校の最寄駅で待ち合わせた。カナが来ると、三人で電車に乗った。そこからしばらく電車に揺られ、乗換駅のホームで坂本先輩と合流した。

「初めまして。坂本久生です。よろしく」

坂本先輩がカナに挨拶をした。二人が会うのはこれが初めてだったのだ。

「アヤタの妹の、田中カナです。よろしくお願いします」

カナも笑顔で挨拶を返した。

「いや、嘘つくなよ。お前の名前は田中彼方だろ」

「うっさい、アヤタ」

「『たなかかなた』……へぇ、回文になってるんだね。『たなかあやたか』という名前も独特の響きがある名前だと思ってたけど、妹さんの方が上だったな」

坂本先輩は感心したように言った。

「ちなみに、父の名前は田中忠高で、母の名前は田中綾香です」

僕はそう注釈した。

「苗字自体は平凡なのに、一家が揃うと凄い名前になるな。全部ア段じゃないか。特に、お父さんの『たなかたらたか』は早口言葉みたいだ」

「先輩、『ただたか』って言えてないですよ……」

僕はそうツッコミを入れたが、坂本先輩に無視されてしまった。自分の間違いを認めることができない人なのである。

「――私のことはカナって呼んでください。アヤタも友達も、みんなそう呼んでるので」

カナがそうお願いすると、坂本先輩は快く頷（うなず）いた。

「うん、分かった」

「ところで、何かニックネームとかないんですか？」

カナは坂本先輩を見ながら言った。

「俺？　俺は特にないかな」

坂本先輩がそう答えると、カナは驚いた表情で僕の方を見た。こっちを見るな、失礼だろ、と目で返事をすると、カナは坂本先輩に向き直った。

「子供の頃もニックネームがなかったんですか？」

「うーん……小学、中学ではなかったな。唯一（ゆいいつ）、高校時代は短い間だけ『さかもっちゃん』って呼ばれてたけど」

「じゃあ、私も『さかもっちゃん』って呼んでいいですか？」

他人に「カナ」というニックネームで呼ばせているという負い目があるせいか、カナは他人のこともニックネームで呼びたがるという困った癖があった。

「うん、いいよ。俺も『カナちゃん』って呼ばせてもらうから」

「先輩、先輩。俺も『さかもっちゃん』って呼んでいいですか」

灯影院が手を挙げてそう尋ねた。

「いや、お前は駄目だ」

「僕は？」

「アヤタも駄目だ」

「な、何でカナだけ特別扱いするんですか……」

「お前らに『さかもっちゃん』と呼ばれるのは何かムカつく」

「そ、そうですか……」

深く追及すると傷つきそうなので、僕はそれでその話題は終わらせることとした。

「あ、ところでアヤタ。俺の荷物が多くなっちゃったから、少し分担してくれないか」

坂本先輩はそう言うと、僕に黒い小さな鞄を押し付けてきた。

「何で僕なんですか？」

「お前が一番荷物少なそうだから」

それは事実だったので、僕は渋々鞄を受け取った。

「ブランド品だけど、ちょっと今どきっぽくないデザインの鞄ですね」

カナが失礼なことを言った。

「ああ、うん。お下がりだからな」

坂本先輩は恥ずかしそうに言った。裕福そうな坂本先輩でもお下がりを使うのか、と僕は思い、急に坂本先輩に親近感が湧いてきた。古くても高級なことに変わりはないので、僕は失くさないように、坂本先輩から預かった鞄を自分のトランクの中に入れた。

2

ＵＮＯで時間を潰し、電車に揺られること一時間。僕たちは港の近くにある駅に着いた。そこで待ってくれていた、坂本先輩の家の分家の男の人を紹介してもらう。名前は忘れたのだが、苗字は坂本だった。当たり前だが。

それにしても、分家とは、と僕は改めて思った。田中という苗字からも分かるように、僕の先祖は農民だった。そして祖父の代でサラリーマンの家系となったと聞いている。小作農だったこともあり、僕の家には本家や分家などはない。――いや、もしかすると僕が知らないだけであるのかもしれないが、僕はそれを意識したことはなかった。だから、その分家の男の人が二十歳は年下であろう坂本先輩に敬語を使っているのを見たときは、少しカルチャーショックを受けた。

その人の運転する船に乗り込み、船内の座席の上に荷物を置くと、僕たちは自由に過ごすことになった。

陸を離れたばかりの頃は、船は大きく揺れていたが、陸が遠ざかると徐々に安定してきた。

長時間船に乗るのは生まれて初めてだったのだが、心配していたほど船酔いは酷くなかった。どうやら僕は三半規管が強い方らしい。しかし、カナは何だか気分が悪そうだったので、そっとしておくことにした。

最初は物珍しさもあり、灯影院と二人で甲板に出て海を眺めていたが、陸が見えなくなると代わり映えのない景色が続くのに飽きてしまった。甲板の先の方へ移動し、手摺りに摑まりながら水飛沫を浴びて涼むことにした。

そこへ、「ちょっといいかな」と声をかけられた。振り返ると、名前を憶えていない坂本先輩の家の分家の男の人が立っていた。

僕は、その人のことを「髭モジャさん」と心の中で呼ぶことにした。モジャモジャの髭を生やしていたからだ。他人に安易なニックネームをつけるというカナの悪い癖が移ってしまったようだが、カナと違って本人に言うわけではないのだから許して欲しい。

「はい。いいですけど、何かご用ですか？」

灯影院が代表して尋ねた。

僕は灯影院に話を任せ、黙って聞いていることにした。

「いや、ちょっと煙草を吸いたくて」

「それはいいですけど、どうしてここで？」

「船内は禁煙ということになってるし、ここが風下だから」

今は追い風なので、船の進行方向が風下になるのだ。

「なるほど。でも、運転は大丈夫なんですか」

「ここら辺は自動操縦でいいんだよ。きみ達は煙草吸わないのかい？」

髭モジャさんはそう言うと、煙草を咥え、ライターで火を点けた。

「いえ、俺もアヤタも吸いません。未成年ですし」

「未成年は関係ないだろう」

関係ないことはないと思うのだが。

「まあ、そうですね。でも、たぶん俺もアヤタも、二十歳になっても煙草は吸わないと思いますよ。俺たちの世代ではもう、煙草を吸わない人の方が多数派ですからね」

「ああ、そうか。若者の煙草離れってやつか」

髭モジャさんはそう言い、海に向かって煙を吐いた。携帯灰皿に煙草の灰を落とす。

「その若者の○○離れという言葉って、ただのレッテル貼りですよね。よく言われることですけど、○○に当て嵌まるものに近づいていたのは昔の若者であって、今の若者じゃないんですよね。今の若者は離れるどころか最初から近づいてすらいないんですよ」

灯影院のその言葉は、本当によく聞く内容だった。しかし、実際にそれを年上の人に言う勇気は、僕にはなかった。その辺が、僕と灯影院の違いなのだろう。

「そうだな。時代は着々と変わってるんだな」

髭モジャさんがそう言うと、灯影院は頷いた。

「そういうことですね」

「それにしても、こんなときに来るなんてあんた達も物好きだな」

僕は特に髭モジャさんと話すことはなかったので、そろそろ船内に戻ろうかと思ったとき、髭モジャはそう言った。

「こんなとき？」

灯影院は不思議そうにそう訊いた。

「あ――もしかして、久生さんから何も聞いてないのかい？」

髭モジャさんは「失敗した」という表情で訊ねた。

「何も聞いてませんけど。こんなときって、どんなときなんですか」

「お見合いのこととか、選挙のこととか、本当に何も聞いてないのかい？」

「聞いてません。お見合いって、誰がするんですか」

「いや、だから久生さんが……」

「坂本先輩が？　いま大学三年生だから、まだ二十歳か二十一歳くらいでしょう？」

驚いたような口調で灯影院はそう訊いた。

るんだ」

「だからこそ、だよ。まだ親の言うことを素直に聞く年齢のうちに結婚させようとしてるんだ」

「はあ……。お見合いの相手はどんな人なんですか」

「本人はまだ大学生だが、親は国会議員だそうだ。たぶん、将来は、本人か久生さんが世襲することになるんだろうな」

「そうなんですか。でも、坂本先輩は以前、親の七光りに頼っているような人は嫌いだ、って言ってましたけど」

「あんたは何も分かってないな。蒔生(まきお)さんがこうしろ、って言ったら、本家、分家を問わずその命令に従うことになってるんだよ」

「蒔生さんというのは？」

「久生さんの父親だ。今、坂本一族で一番権力を握っている男であり、坂本家の当主だよ。――三年くらい前にも、何を思ったのか久生さんが東京の大学の文学部に進学したいと言い出したことがあったんだ。そうしたら、蒔生さんは大変な剣幕で怒って、久生さんが書いた小説の原稿を全(すべ)て燃やし、パソコンもハンマーで叩(たた)いて壊してしまったことがあったんだ。そんなことがあって、結局久生さんは島から近い今の大学に進学したんだ。とにかく、怒らせると怖いから、できるだけ逆らわない方がいい」

いつぞやの灯影院の推測は当たっていたらしい。

坂本先輩が必死に書き溜めた小説を燃やすなんて……。信じられない父親もいるものだ。僕は坂本先輩が可哀相だと思った。

「分かりました……。ところで、さっき言ってた選挙っていうのは？」

「明後日、十五日の日曜日に村長選挙と村会議員選挙があるんだよ。そのためにわざわざルレイ島に住民票だけ置いておいて、投票のためだけにやってくる人が大勢いるんだ。今、戸籍の上ではあの島には二百人くらい住んでいることになっているけど、実際はその半分も住んでいないんじゃないかな」

僕の聞き間違いでなければ、髭モジャさんは流麗島のことをルレイ島と呼んだ。

「そんなに少ないんですか」

「ああ。それなのに議員は六人も選出されることになっている」

「約百人しか住んでないのに、六人も……。十六人に一人は議員ということになるんですか」

「ああ。ちなみに、さっき言った蒔生さんが村長を務めている」

「その給与は……」

「国と県から補助が出ている。ちなみに、ルレイ島で一番多い職業が何なのか知ってるか？」

「さあ。農業とか漁業ですか」

「甘いな。公務員だよ。ルレイ島は島外の人たちの税金の上に生活が成り立っている島なんだ。何しろ土地が狭いし、農業をできる場所も限られているからな。仕事もないし、どうしてもそうなっちまうんだ。だからこそ、みんな毎回、村会議員選挙には血眼になっている。仕事らしい仕事もなしに、破格の給料がもらえるんだからな。――ところで、ルレイ島には坂本家の他に、戸張家という一族があるのを知ってるか？」

「いえ、知りませんけど」

灯影院はそう答えた。僕も知らなかった。

「前回の村長選挙では、坂本蒔生が八十八票を集めたのに対し、戸張家の代表、戸張太郎は八十票と接戦だったんだ」

「あれ？　さっきは二百人くらい住民票を置いている、って言ってませんでしたっけ？投票しなかった人が結構いるんですね」

「いや、二百人の中には選挙権がない子供も含まれているからな」

「ああ、なるほど。結局それってつまり、選挙権を持っている人のうち、坂本家の皆さんは全員坂本蒔生さんに投票し、戸張家の皆さんは戸張太郎さんに投票したってことですか？」

「基本的には、その通りだ」

「ということは、単純に、一族の人数が多い方が勝つんじゃないですか……？」

「いや、そうとも限らない。例えば小学校の教職員の中には五名、どちらの一族にも属していない先生がいるし、診療所の先生も外部の人間だ。また、本家を好ましく思っていない分家の人間を買収することだってある。毎回、選挙の時期には両家が彼らに、時にはそれとなく、時には露骨に、自分たちの派閥に投票しろと迫るのが通例になっている」

「今、買収って言いましたよね。それって公職選挙法違反なんじゃないんですか？」

灯影院は呆れたような表情で訊いた。

「まあ、そうなんだが、誰も通報なんかしないよ。自分達だってやってるわけだし、藪蛇になるだけだからな。外部の人達だって、身内が村八分にされたら困るから大事にはしない」

「ひどい話ですね……」

「それは認める。だが、あまり現金をばら撒きすぎると落選したときにダメージが大きいとか、分散しすぎると一人あたりに行き渡る金額が少なくなって効果が薄いからある程度買収する人数を絞らないといけないとか、敵軍を買収することにばかり気を取られて自軍の地固めが疎かになると、自軍の忠誠心が薄い者の票を横取りされてしまうから気をつけないといけないとか、誰が誰に投票したかは分からないせいで賄賂だけ受け取って投票しない奴がいるから気をつけないといけないとか、これはこれで結構大変な世界なんだよ」

「でも、前回の村長選挙で坂本蒔生が勝ったってことは、やっぱり坂本一族の方が人数が多いわけですよね？　だったら、今回の村会議員選挙もそんなに苦戦せずに済むんじゃないですか」

「いや、そうとも限らないぞ。仮に、前回と同じく、坂本家が八十八票、戸張家が八十票あったとしようか。まず、村長選は確かに坂本蒔生の方が有利だ。それだって浮遊票や買収でどうなるか分からないがな。問題は、議員選挙の方だ。両家がそれぞれ六人ずつ立候補させたとしよう」

「はい」

「田中くん。きみが坂本家の当主だったら、どういう風に投票させる？」

僕は、突然髭モジャさんに話を振られて戸惑ってしまった。今までずっと、灯影院が髭モジャさんの会話の相手をしていたのに、どうして急に僕に話しかけてきたのだろう。もしかすると、僕がずっと黙っていたので、気を遣ったつもりなのかもしれない。

「ええと、そうですね……。八十八割る六は十四あまり四ですから……六人中四人には十五票分、残りの二人には十四票分の票が集まるように投票させますね。一方、戸張家の場合、八十割る六は十三あまり二ですから、これで最低四人は勝てるでしょう」

「お前は馬鹿か。それだと負ける可能性が高いだろ」

「何だよ灯影院。僕の作戦のどこに問題があるっていうんだ」

「あのな。戸張家が六人中の一人を捨て駒にして、五人だけに投票させたらどうなると思う？」

「あ、そうか……」

「八十割る五だから、一人あたり十六票だ。お前の作戦の十五票あるいは十四票を超えるから、六個の枠に五人を当選させることができる」

「だったら、坂本家も六人中一人を捨て駒にして五人に票を集中させればいい。そうすれば、八十八割る五で、十七票か十八票集められるから勝てる」

「おいおい、アヤタ。向こうもそれを読んで、候補者を四人に絞ってきたらどうなる？」

「だったら三人だ。三人に絞れば、票数で勝っている坂本家は少なくとも負けることはない。引き分けになるだろう」

「まあ、普通に考えればそれが無難な作戦なんだよな。戸張家にとっても、負けるよりは引き分けを狙った方がいい。でも、坂本家が単純に引き分けを狙った場合、戸張家はたった八票だけ買収することができれば、四人を当選させることができるんだぞ？」

「え？　何でそうなるんだ？」

「候補者三人に票を集中させると、坂本家の票は三十票、二十九票、二十九票になる。

そのうち、最後の候補者の二十九票の中から八人を買収した場合、二十一票になるだろ？　一方、八人を買収した戸張家は八十八票集められるから、それを四人の候補者で割ると二十二票だ。すると、坂本家は二人しか当選しないのに対し、戸張家は四人当選することになる」

「あ、本当だ……。ということはやっぱり、坂本家は最初から四人当選狙いで行った方がいいのか……？」

「でも、そうするとまた、ほんの数人買収しただけで戸張家が四人当選させることができる。それに、住民票の移動とか死別があったりとか、新たに成人して選挙権を得た人がいたりとか、病気や仕事なんかでどうしても投票できない人もいるだろうからな。刻一刻と自軍と敵軍の駒数は変化してるから、そう単純に考えるのも危険だろう。他にも、相手が何人当選狙いなのかが分かっただけで次の一手が決まるから、情報の漏洩にも気をつけないとな。もしも俺が坂本家の当主だったら、自軍のメンバーを一人ずつ呼んで、あなたは誰々に投票しなさい、ただしそのことを誰にも言わないように、と指示するだろうな。他にも、家族ぐるみで裏切るのを防ぐために、バラバラの候補者に投票するように指示するかな」

「っていうかこれ、もはや選挙じゃないよね。ただのライアーゲームだよね」

「――面白そうな話をしているな」

背後から突然、坂本先輩の声がした。

「や、やあ。久生さん」

髭モジャさんは気まずそうな表情で言った。

「煙草は吸い終わりましたか？」

「ええ、まあ……。あの、いま俺が話していたこと、当主様には内密にお願いしたいんですけど……」

「ええ。親父(おやじ)には言いませんから、安心してください」

「ありがとうございます。それじゃあ俺は操縦に戻りますんで」

「はい。よろしくお願いします」

坂本先輩が笑顔で言うと、髭モジャさんはあたふたと吸殻を携帯灰皿に仕舞い、操縦席に戻っていった。その姿が見えなくなると、灯影院はこう言った。

「それにしても髭モジャさん、まるでＲＰＧの初期村に登場する村人並みに世界観の説明をしてくれてたよな。ＲＰＧではこういうキャラクターは魔王の手先によって他の村人と一緒に惨殺(ざんさつ)されるのがセオリーなんだけど、大丈夫かな。――はっ！　これって、もしかして、新しい死亡フラグなんじゃないのか？」

ミステリーの世界でも、髭モジャさんのように口が軽い人は殺されやすいけどな。

「ツッコミどころが多すぎるんだが、ツッコミ放棄してもいいかな」

「好きにしろ」

「っていうか、お前もあの人のこと心の中で髭モジャさんって呼んでたんだな」

「うん。結局突っ込んだな。それでこそアヤタだ」

灯影院は満足そうに言った。

「――敦さんも悪い人じゃないんだけど、ちょっと口が軽いのが問題なんだよな」

坂本先輩は何事もなかったように話を戻した。

「ところで、敦さん――髭モジャさんが、先輩がお見合いするって言ってたんですけど、本当ですか」

「おい、灯影院。やっと髭モジャさんの本名が明らかになったのに何で言い直したんだよ」

僕は呆れて口を挟んだ。

「何となく。それで、本当なんですか？」

「本当だよ。まあ、向こうの好みの問題もあるだろうし、どうなるか分からないけどね」

「お見合いはいつですか」

「予定では明日の昼ということになってる。だから、悪いけど、明日は俺は朝から忙しいから、三人で遊んでてくれないかな。あ、できれば、幸生の話し相手になっててくれると助かるんだけど」

「幸生？」

「坂本家の次男、つまり俺の弟だよ。幸生は昔、事故のせいで下半身不随になっていてね。そのせいもあって、友達が少ないんだ。実を言うと、今回俺が灯影院とアヤタとカナちゃんを誘ったのは、幸生に外の世界の人間と話をしてもらいたかったからだというのもあるんだ」

その言葉を聞き、灯影院は溜め息をついた。

「先輩。他に俺たちに何か隠してることはありませんか」

「別に隠してたわけじゃないよ。ただ、言い忘れてただけだ」

「そうですか……あっ、あれ」

灯影院が海の向こうを指さした。

緑の少ない岩礁（がんしょう）だらけの島が、水平線の向こうに見えた。

「あれが流麗島ですか。名前とは裏腹に、桃太郎に出てくる鬼ヶ島みたいな島ですね」

僕がそう感想を言うと、坂本先輩は鼻を鳴らした。

「桃太郎っていうのは、あれだろ？　動物たちを低賃金でこき使って鬼たちから金銀財宝を奪い取り、なおかつ財宝を本来の持ち主に返さずに自分の身内のものにしてしまった、ブラック企業の経営者とか悪徳政治家の走りみたいな奴のことだろ？」

「先輩はいったい、桃太郎に何の恨みがあるんですか」

「俺、桃の皮の肌触りが嫌いなんだよ」

「そんな理由で嫌われたら、桃太郎が可哀相ですよ……」

「まあ、桃太郎はともかく、島の反対側は自然がいっぱいあって、名前の通り綺麗なところなんだよ。そんな自然を少しでも壊さないように、わざと岩礁しかない場所に船着き場を作ったらしい」

「そう言えば、髭モジャさんが、流麗島のことをルレイ島って呼んでたんですけど……」

僕はずっと気になっていたことを訊いた。

すると、坂本先輩はこう説明してくれた。

「何だ。結局アヤタも髭モジャさんって呼んでるのか。——もともと流麗島は、江戸時代中期くらいまでは流刑地だったんだよ。他にも、戦国時代に落ち武者が流れて来たとか、あの世とこの世を結んでいる島だとか、色んな言い伝えがある。まあ、殆どはただの伝説なんだけど、落ち武者が流れてきたっていうのは本当らしい。実際、坂本家はその子孫だと言われているしね。潮の関係で、この辺りの海で亡くなった死体はあの島に流れ着くことから、戦前までは、霊が流れつく島、流霊島と呼ばれていたんだ。だけど、やっぱり流霊島なんて名前は縁起が悪いからな。俺が生まれる少し前に、俺の親父が、音が似ている流麗島に名前を変えたんだよ。でも結局、上の世代の連中は今でも流霊島って呼ぶ人が多いんだけど」

「坂本先輩のお父さんって、島の名前を変えるほどの力を持ってるんですか？」

僕は若干緊張しながらそう訊いた。

坂本先輩の家が武士の家系だったという話も初耳だった。僕はいったい、これからの数日間で何度、坂本先輩の知らなかった面を見ることになるのだろう。

「別にどうってことないよ」

坂本先輩は面倒くさそうに言った。坂本先輩にとっては実の父親だからそう思うのかもしれないが、庶民の僕にとっては考えられないような話である。

その後、僕たちは船内に戻り、船を降りる準備をした。カナは船酔いしてしまったらしく、顔色が悪かった。

「もう嫌だ。私、今すぐ船を降りる。船を降りて泳いで島まで行く」

「馬鹿なこと言うな。もうすぐ着くから、我慢しろ」

僕は、小さな子供のように愚図るカナをあやした。

「でも、ヤバいんだけど。リバースしちゃいそうなんだけど」

「吐くときはこのコンビニの袋の中に吐くんだぞ。あるいは、船の後ろの方に行って、海に向かって吐け」

「アヤタって、ほんと、最悪……。馬鹿じゃないの。もうあんた、どっか行っててよ」

カナは不機嫌な口調でそう言い、猫を追い払うような仕草をした。

せっかく励ましてあげたのに、どうしてこんなことを言われないといけないのだろう。妹というものはよく分からない。

「着きましたよ」

髭モジャさんが顔を出した。いつの間にか、船は岸壁に係留されていた。

それを見たカナは、髭モジャさんを押しのけるようにして、船内から飛び出していった。走ると余計に気分が悪くなると思うのだが、大丈夫だろうか。

ふと、僕はカナが荷物を全部残していったことに気付いた。

「あ、あの女の子の荷物は俺が持って降りるからいいよ」

髭モジャさんがそう言ってくれたので、僕はお言葉に甘えて、自分の荷物だけを持った。船と岸の間には自動車のタイヤが噛ませてあったのだが、少し隙間があったので、僕は慎重に船を降りた。

カモメが飛んでいる。岩礁のあちこちに瘤のようなものがあり、近くで見ると薄気味悪かった。松の木が何本か孤独そうに生えている。松の木の枝は不自然な場所で曲がっており、人の手が入っているようだった。いや、この辺りは風を遮るものがないから、自然と折れてああなったのかもしれないが。

島の景色を眺めていた僕の視界の隅を、誰かが走っていった。

「あれ？　坂本先輩？」

荷物を船着き場に残して、岩の陰に走っていったのは、坂本先輩だった。

「ああ、地面が動かないって気持ちいい！」

一方、カナの方は早くも回復してきているようだった。

僕たちは数分、その場で坂本先輩が戻ってくるのを待った。

「やあ、ごめんごめん。カナちゃんを見てたら俺も気分悪くなっちゃって……。船酔いしちゃったみたいだな」

戻ってきた坂本先輩は、照れくさそうに言った。岩の陰で吐いていたのだろうか。しかし、先ほどまでは元気だったような気がしたのだが……。

ふと、僕は髭モジャさんが奇妙な目つきで坂本先輩を見ていることに気が付いた。それはまるで、実験動物を観察する研究者のように冷徹な目つきだった。

3

僕たちは髭モジャさんの運転する車に乗った。

助手席に坂本先輩が座り、右からカナ、僕、灯影院の順に後部座席に座った。この組み合わせだと、灯影院の友人でありカナの兄である僕が真ん中になるのは仕方がないが、この暑い時期に肌が触れそうな場所に他人が座っているのは少し気持ち悪かった。

車はしばらく海岸沿いの道を時計回りに進み、やがて森の中を突っ切る坂道を登り始めた。

「さっきから道、ずっと一車線だね」

カナがどうでもいいことを言った。

「一車線で充分なんだよ」

坂本先輩はそう言った。

「でも、車で通るときに不便じゃないですか？」

僕は疑問を投げかけた。

「車っていうのは、あれだろ？　臭いオナラを出しながら走る、鉄の猪（いのしし）のことだろ？」

「先輩はいつの時代の人間なんですか!?」

「この島には車が七台しかないから、一車線で充分なんだよ」

「僕の渾身（こんしん）のツッコミは無視ですか、そうですか」

「たった七台？　内訳はどうなってるんですか」

興味を持ったらしく、灯影院が尋ねた。

「坂本家と戸張家が二台ずつ、島で唯一の商店が商品運送用の車を一台、診療所が緊急時のために一台、後は島の消防団が所有している消防車だよ」

「なるほど。それにしても、少ないですね」

「まあね。でも、二十分もあれば、自転車で島の端から端まで行けるから、車を使う用事なんて滅多にないんだよ。まず第一に車を本土から運ぶのが大変だし、舗装されているとはいえ道は狭いし、平地が少ないせいで駐車場のスペースも限られてるしね」

「ふうん」

そんなことを言っているうちに、坂本先輩の家に着いたらしい。重厚な作りの門をくぐった林の奥に、純和風の建物があった。ただし、車椅子(くるまいす)に乗っているという幸生くんのためなのか、階段の横にスロープがあった。

「――じゃあ、俺はここで失礼します」

荷物を玄関まで運び終えると、髭モジャさんがそう言った。

「はい。どうもご苦労様でした」

坂本先輩がお礼を言い、髭モジャさんは車に乗って敷地の右奥の方に行った。おそらく、そちらに車庫があるのだろう。タイヤが砂利や小枝を踏む音が聞こえなくなるのを待って、坂本先輩は玄関の引き戸を開けた。その途端、古い木の匂(にお)いがした。

「久生さん、お帰りなさい」

　日本家屋というのは、屋内に入った瞬間は目が慣れず、異様なほど暗く見える。僕はかろうじて、玄関の上り口に正座していた割烹着を着た女性が頭を下げたのを見分けた。五十歳くらいで痩せている女性だった。

「やあ、常さん。元気にしてた？」

「はい。おかげ様で」

「こちらが家政婦の常さん。この家に滞在している間に何か困ったことがあったら、俺か常さんに相談するといいよ。――で、この見るからに草食系っぽい子が同好会の後輩のアヤタで、その隣の可愛い女の子がアヤタの妹のカナちゃん。一番奥の、顔立ちは整っているけど残念な性格の持ち主が灯影院」

　坂本先輩はそれぞれを手で示して紹介した。紹介の内容には納得がいかなかったが。

「よろしくお願いします」

　常さんが再び頭を下げた。

「こちらこそ、よろしくお願いします」

　僕と灯影院とカナは斉唱し、頭を下げた。

　顔を上げると、常さんと目が合った。常さんは、僕と灯影院を交互に見ていた。その目つきは、船着き場で坂本先輩を観察していた髭モジャさんの目つきによく似ていた。

いったい何なのだろう。

「じゃあ常さん、俺がアヤタたちを部屋に案内するから、大丈夫だよ」

坂本先輩はそう言ったが、常さんは大げさな身振りで断った。

「そんなわけにいきません。久生さんにお客様の案内をさせたなんて旦那様に知られたら、私が叱られてしまいます。さあ、とりあえず上がってください」

僕たちは靴を脱ぎ、複数ある下駄箱の中の一本に入れて、スリッパに履き替えた。

この玄関だけで、僕の家の敷地がすっぽりと収まってしまいそうなくらい広かった。

ただし、灯りや窓は少なく、天井も床も柱も黒っぽい色に塗られているせいで、どこか陰気に見えた。

常さんが坂本先輩の荷物を持って歩き始めたのを見て、僕は慌てて小声で言った。

「あの、先輩。玄関の鍵、かけ忘れてるみたいですけど……」

「ああ。この辺では昼間は玄関に鍵をかける習慣がないから」

「えっ。そんなんで大丈夫なんですか」

「大丈夫だよ。この島には泥棒なんかいないから。それにどうせ、日本家屋っていうのは、本気で入ろうと思えばどこからでも入れるしね」

「はあ……」

そう言えば、坂本先輩が玄関の引き戸を開けたときも、鍵を開錠していなかったのを思い出した。そして、常さんはいったい、いつから玄関に正座して僕たちのことを待っていたのだろうと思った。

「こちらの部屋をお使いください」

常さんがそう言って立ち止まると、坂本先輩は眉を顰めた。

「あれ？　俺の部屋の隣が三部屋、空いてたよね？　そこにしてくれないかな」

「旦那様からはこちらの部屋を使うようにと申し付けられています」

「親父のことなら俺が説得するから、あっちの部屋にしてよ」

「そんなわけには……。それから久生さん、あまり下品な言葉遣いをしないでください」

「親父の前ではこんな言葉遣いはしないから安心して。とにかく、俺の部屋の隣から三部屋に布団とかを用意してくれないかな」

「旦那様の許可がないと……」

「じゃあ、ちょっと早いけど、荷物を一旦ここに置いて、今から親父に挨拶に行こうか。みんなも一緒に」

坂本先輩は言葉の途中で振り返って、そう言った。

「あの、先輩。僕は別にどこの部屋でもいいですけど……」

「いやいや、ここことは部屋の窓からの眺めが全然違うんだってば。せっかくの旅行に来たのに遠慮なんかしなくていいよ」

　別に遠慮しているわけではなく、初日から我儘を言って気難しそうな人の機嫌を損ねたくないだけなのだが、坂本先輩には伝わらなかったらしい。

「それでは、旦那様のところへご案内します」

　常さんは諦めたように言って歩き出した。曲がりくねった廊下を、奥へ奥へと歩いていく。山の斜面に建っているせいか、途中、数ヶ所に階段があった。そしてその傍には、日本家屋には相応しくないスロープがついていた。そこだけ床の木が新しく見えるので、これも車椅子を使っている幸生くんのためにバリアフリーにしたものなのだろう。

　雨戸が開けられた廊下からは、手入れの行き届いた庭と、その向こうにある水平線が見える。今も充分に綺麗だが、きっと、桜や紅葉の季節にはさぞかし見応えのある眺めになるのだろう。

　やがて、奥まった部屋の襖の前で常さんは立ち止まり、インターホンを押した。古い建物だが、こういうところは近代化されているらしい。

「――何だ」

　男の声が聞こえた。

「お父さん。ただいま帰りました。私の友人が挨拶をしたいと言うので連れてまいりました」

常さんを手で制し、坂本先輩が答えた。

僕はその言葉遣いに驚いてしまった。自分の父親に敬語を使っている人を見るのはこれが初めてだった。また、坂本先輩が何かの朗読以外で自分のことを「私」と言っているのを見るのも初めてだった。灯影院とカナの様子を窺うと、二人とも、とんでもない場所に来ちゃったなあ、という感じの緊張した表情をしていた。

「そうか。入りなさい」

「はい。失礼します」

坂本蒔生の許可を得て、僕たちは入室した。

「久生、よく帰ったたな。学業の方はどうなっている?」

そう尋ねたのは、六十歳過ぎに見える、白髪の男だった。この年代の人にしては恵まれた体格をしている。ただ、本当にこの人が坂本先輩の父親なのだとすると、少し年が離れすぎているような気がした。

「順調です」

「そうか。これからもその調子で頑張りなさい」

「はい」

「それで、そちらの方々が……」

坂本蒔生の視線が僕たちに移った。微笑んでいるにもかかわらず、睨まれているような気分にさせられる人だった。

「こちらが私と同じサークルに所属している後輩の、綾高くんです。その隣が綾高くんの妹のカナちゃんで、さらにその隣が後輩の灯影院くんです」

「ほう。そうか……」

坂本蒔生の目が、すっと細くなり、僕と灯影院を見つめた。

「ところでお父さん。綾高くんたちに泊まってもらう部屋のことなんですが」

「ああ。それだったら、常さんに頼んで準備してもらったが」

「あの部屋は景観がよくないので、私の部屋の近くにしてもらえませんか。確か、続けて三部屋空いていたでしょう」

坂本先輩がそう言うと、坂本蒔生は四、五秒ほど沈黙してから答えた。

「……いいだろう。その代わり、明日は坂本家の次期当主として恥ずかしくないように振舞うんだぞ」

明日というのは、お見合いのことを言っているのだろう。

「分かっています。それでは、失礼します」

「ああ」

坂本蒔生は鷹揚に頷いた。

僕たちは軽く頭を下げて、部屋を出た。常さんが部屋の戸を閉めてくれ、僕たちは元来た廊下を引き返した。しばらく歩いたところで、カナが溜め息をついた。

「ああ、緊張した。生活指導の先生と会ってたような気分だった」

例えは悪いが、僕もカナの気持ちは分かった。

「旦那様はとても凄い方なんですよ。坂本家は先代が、戦後の混乱期に事業に失敗し、随分と損をしてしまったんです。それを一代で立て直したのが旦那様なんですから、一族の皆様も旦那様には頭が上がりません。確かに厳しいところはありますが、それ以上に自分に厳しく、誰よりも坂本家のことを考えていらっしゃる方なのです」

常さんは自分のことのように自慢げに言って、坂本蒔生を庇った。

「失礼ですけど、先輩とは随分と年が離れてるように見えたんですけど」

灯影院が、僕が気になっていたことを訊いてくれた。

「ええ。仕事が忙しすぎて、結婚が遅れてしまいましたからね」

「本当はそれだけじゃないけどね」

坂本先輩は突き放すように言った。

「久生さん」

常さんは窘めるように坂本先輩の名前を呼び、坂本先輩は黙った。斜め後ろからしか見えなかったが、先輩は驚くほど冷たい表情をしていた。

「そう言えば、さかもっちゃんには弟さんがいるって聞いたんですけど、今はいないんですか」

「さかもっちゃん？」

常さんは一瞬振り返り、カナの顔を見た。

「高校や大学では皆、俺のことをそう呼んでるんだよ」

坂本先輩は堂々と嘘（うそ）をついた。少なくとも僕は、先輩がカナ以外の人からそんな風に呼ばれているのを見たことはなかった。

「そうなのですか。……幸生さんは、今は寝ていらっしゃいます。起こさない方がいいでしょう」

「まったく、こんな時間に寝てるなんて、あいつはしょうがないな」

坂本先輩は不機嫌さを隠そうともしなかった。

「ご病体ですから……」

「昼間寝てて、夜はずっと起きてるのに、病気は関係ないよ。親父や常さんがそうやって甘やかすから、あいつはどんどん駄目になっていくんだよ。このままじゃ蒔彦（まきひこ）みたいに――」

「久生さん」

先ほどと同じ口調で常さんが言うと、坂本先輩は黙った。どうやらこの家には口にしてはいけないタブーがたくさんあるらしい。せっかくの夏休みの最後をこんな家で過ごすことになるのかと思うと、僕は気が滅入りそうだった。

「……カナさんは今、何年生なんですか」

妙に明るい調子で、常さんが尋ねた。

「中学二年生です」

「でしたら、幸生さんと同学年ですね。近いうちに紹介するので、仲良くしてあげてください」

「はい……」

荷物を置いていた部屋に着いた。僕は自分の荷物を持ち上げたのだが、そのとき、妙な違和感を覚えた。だが、自分でもその理由が分からず、戸惑った。

「アヤタ、何してるんだよ」

灯影院に呼ばれ、僕は慌てて荷物を持ち上げた。

「じゃあ、本当にもう大丈夫だから。常さんは布団を用意してください」

廊下に出ると、坂本先輩が言った。

「分かりました」

常さんは素直に頷き、この部屋の押し入れを開けた。

「何か、色々とごめんな」

しばらく歩いてから、坂本先輩が言った。

「いや、先輩に謝ってもらうようなことは――」

「そんなこと言ってるけど、アヤタ、本当はこの家に来ているのを後悔してるだろ」

図星だったが、肯定できるわけがない。

「そんなことありませんよ」

「まあ、基本的には自由にしてていいから。もちろんクーラーも使っていいし、一応ケータイもインターネットも繋がるし、パソコンとか小説とか漫画とかゲームもいくらでも貸してあげるから、お前らの性格なら、暇過ぎて困るってことはないと思う。特に小説は、一生かかっても読み切れないくらいたくさんあるぞ」

ああ、そうだ。パソコンとか小説で思い出したが、灯影院にミステリーを書けと言われていたのだった。九月の下旬が締め切りだというのに、九月十三日になった今でもまだ一行も書けていなかった。

「この三つ並んでいる部屋を使ってくれるかな。誰がどこを使っても構わないから」

「はい」

僕は頷き、荷物を廊下に置いて、それぞれの部屋を見て行った。どこも同じ間取りで、内装も大差なかった。

「うわあ、いい景色。私、ここにしようっと」

坂本先輩の隣の部屋の窓を開けたカナがそう言った。澄んだ柔らかい風が室内に入ってくる。カナの背中越しに窓の外を見ると、木々の向こうに海があり、水平線が光っているのが見えた。確かに解放感があっていい景色だった。また、窓を開けると波の音が聞こえるというのが、山育ちの僕には新鮮だった。

「三つの部屋は並んでるんだから、どこも大差ないと思うけど」

僕はそう呟いた。

「そんなことないよ。そっちの二つの部屋は枝が邪魔してて、あまり海が見えないし」

「ふうん。まあ、僕はどこでもいいから、お前がこの部屋を使えよ」

「うん、そうする」

カナは満足げに頷き、早速荷物を持ってきた。

「あの……先輩。この部屋、鍵がかからないんですね」

灯影院が戸惑ったような口調で言った。確かに、部屋と部屋は襖で仕切られているのだが、鍵は見当たらなかった。それどころか、廊下側の襖にも鍵はなかった。

「うん。ごめんね。古い日本家屋だから、基本的に殆どの部屋は鍵がかからないんだよ。昔の日本にはプライバシーという概念がなかったからね。あ、念のために言っておくと、さっき常さんに案内された部屋にも鍵はかからなかったから」

「そうなんですか」

「でも、一応、そこのロッカーには鍵がかかるから。もしも気になるんだったら、貴重品とか見られたくないものとかはそこに入れて鍵をかけるといいよ」

坂本先輩は部屋の隅にある、大きめのロッカーを指さした。

「分かりました」

灯影院は頷き、廊下に出た。

「じゃあ……僕はカナの隣の部屋にしようかな」

部屋には鍵がかからないことを考え、車の中の座る位置と同じく、一応女の子であるカナと灯影院の間に、カナの兄である僕を挟むのが無難だろうと思い、僕はカナの隣の部屋を選んだ。

「ああ。じゃあ俺は一番手前の部屋にするから」

灯影院は頷き、荷物を部屋に運んだ。

僕も廊下に置いていた自分の荷物を手に取ろうとして、先ほど感じた違和感の正体に気付いた。

僕の持っている布張りのトランクには、チャックが二つついている。僕は普段、そのチャックを持ち手の下の位置で二つ合わせるようにしてトランクの蓋を閉めているのだが、今は、チャックが二つとも端っこに寄っていたのだ。まるで、僕たちが坂本蒔生と会っている隙に、誰かがトランクを開けて閉め直したかのように。

4

「まだ日没まで時間があるし、天気もいいから、みんなでサイクリングでもしようか」

常さんが全員分の布団を運び終えると、坂本先輩が僕の部屋にやってきて、そう言った。

「ああ。いいですね」

「じゃあ、準備ができたら俺の部屋に来てくれ」

「はい。ところで、来る途中に預かっていた鞄、返します」

僕はそう言い、トランクから取り出した黒い小さな鞄を坂本先輩に返した。

「ああ、忘れてたよ。ありがとう」

坂本先輩は鞄を受け取ると、部屋から出ていった。

——僕は、誰かが僕のトランクを開けたかもしれないという疑惑について、誰にも相談していなかった。言えば坂本先輩が不愉快な気分になるだろうし、僕の勘違いかもしれないからだ。荷物の中で見られて困るようなものは、ノートパソコンの中に入っている画像や動画くらいだが、今はパスワードを入力しないとログインできない設定にしてあるので、問題ないだろう。

とは言え、やはり気持ち悪かったので、僕は荷物をロッカーの中に入れた。少し考えて、この島では財布も使わないだろうと思い、途中で落とすと困るから、財布もロッカーの中に入れた。スマホだけを残し、鍵をかける。ただ、このロッカーだって何年も前からこの部屋にあるのだろうから、そのつもりになれば合鍵を作ることは簡単なのだろうが。神経質になっていてもストレスが溜まるだけなので、僕はもう考えないことにした。

廊下で他の三人と合流し、玄関へ向かう。

「ところで、食事のことなんだけど、俺の家族と食事をするのは気まずいよな？」

坂本先輩はそう尋ねた。

「いえ、そんなことは……」

「そんなことあるだろ。こういうときははっきり言えよ、アヤタ」

「まあ、そうですね」

「だから、三人の食事は……そうだな、アヤタの部屋に運んでもらうことにしようか」

「何で僕の部屋なんですか」

「何となく。カナちゃんはアヤタの妹だし、灯影院はアヤタの友達だし、それなら誰も気まずい思いをしなくて済むだろ」

部屋割りと同じ理由だったので一瞬納得しかけたが、よく考えれば、一人ひとり自分の部屋に食事を運んでもらえばいいだけの話だった。しかし、ここで固辞するのも大人げないと思い、そうですね、と頷いた。

靴を履き替え、外へ出て、自転車小屋へ向かう。色んな種類の自転車が十台ほど停められていた。

「ここにあるのは来客用の自転車だから、どれでも好きなのを選べばいいよ」

「いっぱいありますね」

「まあ、この島では自転車が一番便利な交通手段だからな。坂が多いのが難点だけど」

僕とカナは自宅で使っているのと似たタイプのシティサイクルを選び、灯影院はマウンテンバイクを選んだ。サドルの高さを調整し、出発する。

「島には一つも信号がないんだけど、一応、交差点では減速して歩行者とか自転車が来てないか確認してくれよ。皆は、どっか行きたいところある？」

「って言われても、どこに何があるのかさっぱり分からないんですけど」

坂本先輩の質問に、僕はそう答えた。

「まあ、そうだよな。一応、しょぼいけど商店があるから、まずはそこを案内しようか。滞在中にこっそりお菓子とか食べたくなったときはそこで買うといい」

先輩はそう言い、僕たちは自転車を漕ぎ始めた。漕いでみて初めて気付いたのだが、ペダルが軽い。僕が普段使っているものとは値段が何倍も違うのだろう。

木漏れ日の中の道を三、四分ほど走ったところで、坂本商店に着いた。商店の前にはジュースとお酒の自動販売機と煙草の自動販売機があった。自動販売機には成人識別装置がついておらず、お酒も煙草も、タスポなしで買えるようだった。いいのだろうか。

自動販売機の隣には小さな小屋があり、何だろうと思って覗いてみると、島で採れた野菜が置いてある無人販売所だった。

坂本商店の隣と向かいには一応、小さな簡易郵便局と駐在所と診療所があるが、それ以外には民家が数軒あるだけで、何もなかった。こんなところにあって商売になるのだろうかと思ったが、半分くらいは慈善事業でやっているのかもしれない。

引き戸を開けて、お店の中に入る。自動ドアではなく引き戸というのもそうだが、お婆さんがレジに座っているのが見えるのに「いらっしゃいませ」と言われないのが、都会のお店との最大の違いかもしれなかった。お店の中には、生鮮食品や加工食品の他に、玩具や文房具、本や雑誌や新聞も並んでいた。

「ここに置いてある本や雑誌や新聞は、全部予約してあって、購入者が決まっているものだから、注意してくれ」

坂本先輩は小声でそう言った。

「えっ。そうなんですか？　店頭に並べられてるのに、事前に予約してないと買えないんですか？」

灯影院は驚いたように訊いた。

「うん。本とか雑誌とか新聞は注文するのも返品するのも大変だから、そういうシステムになってるんだ。三連休だから大半の週刊漫画は合併号になってるし、大丈夫だと思うけど、もし読みたい本があったら、いま注文しておくといいよ。発売日から何日か遅れちゃうけど」

坂本先輩はそう言ったが、僕たちは別に、そこまでして読みたい本はなかった。

「本や雑誌は分かりますけど、新聞もわざわざこの店に来て買うんですか？」

「うん。新聞屋も、一軒一軒までは配達してくれないから、この坂本商店に纏めて届けられるんだよ。ああ、それと、荷物を出すときはそこの簡易郵便局しか使えないから注意してくれ。それ以外の運送会社に頼むと離島料金を取られちゃうから」

普通なら来られない場所に来ている、という気分にさせられるので、そういった説明の一つ一つが面白かった。

僕たちはアイスを一つずつ手に取り、レジへ行った。

「これはこれは、久生様。お久しぶりです。当主様によろしくお願いします」

お婆さんはそう言って、坂本先輩に頭を下げた。どうやら目と耳が悪いらしく、レジに近づくまで坂本先輩が入店していることに気付かなかったらしい。

「ああ、うん」

坂本先輩は億劫そうに頷いた。

僕たちはアイスの代金を支払い、坂本商店を出た。と言っても、僕は財布を部屋のロッカーの中に置いてきてしまったので、カナに貸してもらったのだが。

「で、まあ見れば分かるけど、そこが駐在所で、そこが診療所。平和な島だけど、何があるか分からないから、一応、場所を憶えておいて損はないだろう。次は……そうだな。学校へ行こうか」

「学校？　どうしてそんなところに？」

僕はアイスを齧りながら尋ねた。

「地震が発生したときの避難所になってるからだよ。学校は島で一番高い場所に建てられているんだけど、どうしてだか分かるか？」

「ええと……津波対策ですか」

「正解。もし滞在中に地震が起こったら、とにかく少しでも高いところに避難してくれ」

「分かりました」

坂を上らなければならないので、僕たちは自転車を降りて、押して歩いた。

それからは各自がアイスを食べ終わるまで会話はなかった。

「これは何ですか」

　学校へ向かう途中で、灯影院が質問した。灯影院が見上げていたのは、石段だった。曲がりくねっているので、先の方は見えない。

「ああ。この石段を上ると神社に着くんだ。お盆の時期や秋にはこの上でお祭りをするんだよ。それから、火葬場とかお墓もある」

「へぇ。なるほど」

　そこから二、三分ほどで学校に着いた。三角の屋根のついた木造の二階建ての建物があり、小さいながらグラウンドもあった。どうやらプールはないようだが、この島ならプールがなくても海で泳げばいいから必要ないのかもしれない。

「じゃあ、屋根の上へ登ろうか」

　坂本先輩はそんなことを言い出した。

「え？　屋根の上って、校舎の？」

　カナが焦ったように尋ねた。

「ああ。校舎の屋根の上が、この島で一番高い場所になるから、凄く眺めがいいんだ。子供の頃はみんなで数えきれないくらい登ったんだ」

「でも、今はもう小さい子供じゃないんだし、卒業生のさかもっちゃんはともかく、私たちは完全に部外者だし、不法侵入とかになるんじゃ……」

「大丈夫だってば。今は休日だから誰もいないし、俺が一緒なんだから、もし見つかってもごめんなさいって言えば、それ以上誰も文句なんか言えないよ」

「そういう問題……なのかな」

カナが僕と灯影院の方を見た。少し興奮したような表情をしている。登ってみたいのだろう。僕も、今日初めて来た島の学校に侵入し屋根の上に登るという背徳的な行為をやってみたい気分だった。

「じゃあ、思いきって登ってみるか」

灯影院が言い、僕は大きく頷いた。

坂本先輩の案内で校舎の裏に回ると、そこに倉庫があった。倉庫と言っても扉はついていないので、中の物を自由に出すことができる。坂本先輩はその中から梯子（はしご）を持ってきて伸ばし、校舎の二階の屋根に立てかけた。

「みんな、高いところは平気？」

「平気です。遊園地の絶叫マシンとか大好きだし。ああ、サイクリングのためにジーンズ穿（は）いてきてよかった」

カナはそう言った。船には酔うくせに絶叫マシンが好きだなんて、変な奴（やつ）だ。それとも、短時間なら平気だけど長時間揺さぶられると酔うとか、そういうことなのだろうか。

「絶叫マシンっていうのは、あれだろ？　怖い思いをするために高いお金を払い、長時間列を作って並ぶことに悦楽を覚えるという、マゾヒズムの傾向がある人しか楽しめない乗り物のことだろ？」

「絶叫マシンが苦手だからって、変な偏見を植え付けようとするのはやめてください！」

僕も絶叫マシンは苦手なのだが、この程度の高さなら平気だった。灯影院も同様らしい。

「じゃあ、俺が下で梯子を押さえているから、まずは三人が先に登ってくれ。全員登り終わったら、今度は俺が登り終わるまで、屋根の上から梯子を押さえててくれないか」

「分かりました」

僕たちは頷き、カナ、僕、灯影院の順で登った。平気だとは言ったものの、いざ真下を見ると足が竦むので、先に登っているカナだけを見るようにして登った。屋根の上は瓦葺きだったので、一度登ってしまえば、余程のことがない限り転落の心配はなさそうだった。

「うわあ、いい眺め」

三角の屋根の中央に立ったカナは、風に髪を揺らしながら、気持ちよさそうに言った。

「梯子は俺が押さえてるから、アヤタもカナちゃんの隣に行けよ」

灯影院がそう言うので、僕もへっぴり腰になりながらカナの隣に移動した。

なるほど。これは確かにいい眺めだった。視界を遮るものがないので、三百六十度、どの方向を向いても水平線が見えるのだ。それは船で沖合に出たときも同じだったのだが、今度は高度があるせいか、まるで魚眼レンズ越しに世界を眺めているみたいだった。自分が世界の中心に立っているような気分だった。

「地球が丸いっていうのは、本当みたいだな」

ついつい馬鹿なことを言ってしまった僕を、カナは笑わなかった。

「うん。そうだね。地球は青かった、っていうのも本当みたいだね」

カナの発言もいつもより柔らかかった。雄大な景色は人の心に影響を与えるのだろう。

それから、灯影院と坂本先輩も隣にやってきて、四人で黙って景色を眺めた。

しばらくしてから、誰ともなく屋根の上に座ると、坂本先輩が解説を始めた。

「ここは、小学校と中学校が一緒になってるんだ。一応、本土にある小学校や中学校の分校という扱いになってるから、学期の終わりと初め、それから入学式や卒業式には本土に行かないといけないんだけどね。当時は本校に行くのが嫌で嫌で仕方がなかったな……」

「どうしてですか」

灯影院は興味深そうに尋ねた。

「だって、分校の生徒が本校に行くと、どうしても少数派になっちゃうからね。周囲は既に、普段の授業や休み時間を通じて人間関係ができあがってるのに、短期間しか同じ時間を過ごさない、分校の生徒が行くと、異物扱いされちゃうんだよ。しかも、この分校の生徒は殆どが坂本か戸張という苗字だから、紛らわしいという理由で下の名前で呼ばれるんだけど、それも浮いちゃう理由になってたな。遠足とか修学旅行も合同だったんだけど、本当に針の筵に座らされている気分だったよ」

「ああ……。俺も、小学三年生のときに転校したから分かります。アヤタと仲良くなれなかったら、どうなっていたことか」

そう言って、灯影院は僕の方を見た。

それは果たして、本心で言っているのだろうか。それとも、カナがいる前だから、気を遣ってくれているのだろうか。――そんなことを考えてしまう自分が、嫌になる。

「そっかあ。この島の子供は殆どが坂本か戸張って苗字なんだから、小学、中学で『さかもっちゃん』なんてあだ名が付くわけないよね。道理で高校時代の一時期だけ、って言ってたわけだ」

カナは変なところに納得し、うんうんと頷いた。

「結局、高校でも定着しなかったんだけどね」

坂本先輩は苦笑した。

「あれ？　そう言えば高校にはどうやって通っていたんですか？　島から通うには遠す

ぎませんか？」

　カナはそう尋ねた。

「寮に入ってたんだ。この島の子供は大抵、寮に入るか、どこかに下宿させてもらって高校に通うことになる」

「えっと、じゃあ……弟さんはどうするんですか？」

「週に一回だけ、常さんに付き添ってもらって、ここから一番近い本土の養護学校に通い、後は自宅で勉強することになっているらしい。本人は一人暮らしをしてみたかったようだけど、親父が許さなかったんだ」

「なるほど。ところで、さかもっちゃんって、お母さんは……」

「死んだよ。幸生が下半身不随になったのと同じ事故で」

「そうだったんですか。ごめんなさい……」

「いや、いいんだよ。昔のことだから。でも、時々思うんだ。母さんが生きていてくれたら、こんなことにはならなかったんじゃないか、って……」

「こんなこと？」

「カナちゃんも聞いてる？　俺がお見合いすること」

「いえ、いま初めて聞きましたけど……。いつお見合いするんですか」

「明日だよ。本当はお見合いなんてやりたくないんだけどね」

「やりたくないなら、やらなければいいじゃないですか。逃げちゃえばいいんですよ」

カナは簡単そうに言った。

「それができたら、最初から帰省なんかしないよ。——恰好悪いよな、俺。結局、親に逆らうのが怖いだけなんだ。本当は俺、文学部に行きたかったんだ。でも、この近くには文学部のある大学はなくて、結局、親父が決めた今の大学しか受験できなかった。あの大学以外を受験するなら一切の費用は出さない、って言われて……。こんなの、言い訳にしかならないって分かってるんだ。親に逆らって、生活費も学費も全部自分で何とかしながら大学に通っている人だって大勢いる。それどころか、親がいないのに大学に進学する人だっている。お見合いだって同じだ。親父は俺を政治家にしたくて、国会議員の親を持つ相手とのお見合いをセッティングしたらしい。でも、本当は俺、政治家になんてなりたくないんだ。そう思いつつも、結局こうして言われたとおりに島に帰ってきてしまう。親の決めたレールの上を進まされているだけだ。そこには俺の意志なんて介在していない。俺さ、何だかずっと昔から、現実感がないんだ。自分の人生を生きている気がしない。誰か他人の人生を近くから見ているだけのような、そんな気がするんだ」

「先輩。みんなそうですよ。程度や形が違うだけで、みんなそうなんですよ」

灯影院がそう言うのを聞いて、僕は少し意外に思った。

自由奔放そうに見える灯影院ですら、そんなことを考えるときがあるのか。

坂本先輩はゆるゆると首を振り、こう言った。

「そんなわけない。親に逆らうことができない人なんて、ほんの少数だ。……さっき、どうして俺があんなに部屋の位置に拘(こだわ)ったのか、不思議に思わなかったか？」

「まあ、それは少し……」

灯影院は曖昧(あいまい)に頷いた。

「何でもいいから、親父に逆らってみたかったんだ。ただそれだけだった。子供っぽい理由だろ？」

「いや、そんなことは」

「そんなことある。たったあれだけのことでさえ、俺は清水(きよみず)の舞台から飛び降りるつもりでやったんだ。そしたら、あっさりと成功してしまった。なーんだ、と思ったよ。親に逆らうのって、こんなに簡単だったのか、って。もっと早くこうしていればよかった。もっと早くから親父に逆らう練習をしていれば、こんなことにはならなかったのに……」

「今からでも遅くないんじゃないですか。今からでも、逆らっちゃえばいいんですよ。自分の人生を生きればいいんです」

灯影院は真剣な口調で言ったが、その言葉は坂本先輩の耳には届いていない様子だった。

「もう遅いよ。お見合いの話が出た時点で断固として断っていればよかったんだけど、もう遅すぎる。今さらそんなこと、できるわけがない。親父の顔に泥を塗るってレベルじゃないからな。——母さんが生きていてくれたら、もう少し家族のバランスもとれていて、大学進学やお見合いのことだって、親父との間に入ってとりなしてくれたんじゃないか、ってここ数日、ずっとそんなことを考えてた。ほんと、笑っちゃうよな。この期に及んで、誰か他人に頼ろうとしているんだから。それも、死んでしまった人間に。——ああ、そうだ。さっきは常さんがいたから言えなかったけど、俺と親父の年齢が離れている理由、教えてやろうか」

「言いたくなかったら、無理に言わなくていいですよ」

「言いたいんだよ。言わせてくれ。親父と母さんも、お見合いだったんだよ。両家の親が決めた政略結婚だったから、そこに愛はなかった。本当は親父には結婚前に好きな人がいたんだけど、先代——つまり、俺の祖父がその女と結婚するのを許さなかったんだ。だから、母さんと結婚した。でも、親父は結婚後もその女と会っていた。要するに不倫していたんだ。最低だよな」

　坂本先輩は吐き捨てるようにそう言った。

「つまり、先輩のお父さんも、昔は親の決めた相手と結婚させられるのを嫌がっていたんですよね。それなのに、先輩にお見合いを強要しているんですか」

　灯影院は腑に落ちなさそうに言った。

「歴史は繰り返すんだよ。かつて被害者だった奴が権力を持つと、昔自分がされたことを弱い立場の人間にするようになるんだ」

「……その後は、どうなったんですか」

「そして、親父とその女の間に子供が生まれた。それが、さっき言いかけた蒔彦って奴だ。一方、親父は母さんには殆ど触れていなかったから、子供ができなかった。日増しに愛人だったその女の態度は大きくなる。自分の存在を誇示し、親父がいないときを狙って島にやってきて、母さんに嫌がらせもしたらしい。当然、島でも話題になって、先代の耳にも届くようになった。先代は激怒した。親父に、もうあの女と会うのはやめろ、隠し子のことも忘れろと言って、女には手切れ金を渡した。それが原因かどうかは分からないけど、女は精神を病み……やがて自殺した。その時点では、蒔彦は親父の唯一の子供だったから、引き取って育てようとしたらしい。だが、今度は母さんがそれを許さなかった。蒔彦を引き取る条件として、自分も子供が欲しいと言ったんだ。そうして作られたのが、俺だった。本命だった愛人が死に、母さんと寝るようになって俺が生まれてみると、親父は今度は母さんに愛着が湧いたらしい。身勝手な話だよな。引き取った蒔彦が手の付けようがない問題児だったという理由もあるんだろうけど……でも、蒔彦にしたって、自分の母親を間接的に死に追い込んだ夫婦に育てられるのは地獄だっただろう。多少の問題行動を起こすのも大目に見るべきだったんじゃないかって、今はそう思う。と言っても、子供の頃の俺は、俺に嫌がらせをしてくる蒔彦のことが大嫌いだったけどな。何回階段から突き落とされたか分からないくらいだ。でも、事情を知った今なら、もっと違う接し方ができたのに、と後悔しているよ」

僕は、別の世界の出来事を聞くような気分で、坂本先輩の長台詞を聞いていた。

「そういった事情は、誰から聞いたんですか」

灯影院はそう訊いた。確かに、そういった事情の殆どが、坂本先輩が生まれる前の出来事なので、先輩が知っているのは不思議だった。

「酔っ払うと口が軽くなる連中っていうのは、どこにでもいるんだよ。一族の集まりのときとかに酒をたらふく飲ませてやったら、親戚連中が喜んで話してくれた。喋った本人たちは何も憶えてないらしいけどな。だから俺は、酒は飲まないことにしてるんだ。人間の一番醜い部分を曝け出すから。この前、ボウリング・サークルの新入生が急性アルコール中毒で亡くなったときの新歓を休んだのは、体調が悪かったというのも本当だけど、酔っ払っている連中と一緒にいたくないという理由もあったんだ」

「蒔彦さん、今は一緒に住んでないんですよね。どうなったんですか」

「今はどこでどうしてるんだか……。蒔彦は高校に進学したものの、悪い仲間とつるむようになって、学校にも通わなくなり、中退したんだよ。古臭い言い方をすれば、グレちゃったんだな。正直、当時の俺はそんな蒔彦のことを見下していたんだけど、今ではあいつの方が正常だったんだな、と思っている。反抗する方が正常で、俺みたいに手なずけられ、首輪に繋がれている方が異常なんだよ」

坂本先輩は急に立ち上がった。立ちくらみを起こしたらしく、足元がふらつく。こんな場所で転んだら洒落にならないので、僕と灯影院も慌てて立ち上がり坂本先輩を支えた。

「大丈夫ですか」

灯影院は心配そうに尋ねた。

「……すまない。お酒を飲まないのに、何だか酔っ払ったような気分だよ」

そう言って、坂本先輩は首を左右に振った後、景色を眺めた。

「見ろよ。小さな島だ。こんな狭い世界にいるから、皆おかしくなるんだ。俺、子供の頃から、こんな島大嫌いだった。ずっと、どこか遠くに行きたかった。だから、高校で寮に入ったときは本当に嬉しかったよ。それなのに……またこの島に戻ってきてしまった。俺、何やってるんだろうな」

もう何を言えばいいのか分からず、僕と灯影院とカテは黙って坂本先輩の横顔を見ていた。そのまま数十秒、僕たちは立ち尽くしていたが、やがて坂本先輩が「降りよう」

と言った。

5

その後、僕たち四人は島を一周することにした。途中、灯台や発電所などを見つける度に、坂本先輩が説明してくれた。

「この先にあるのが、戸張岬だ」

坂本家から見て島の反対側に近づいたところで、坂本先輩がそう言った。

「戸張岬? 確か、戸張って、坂本家と対立している一族の苗字ですよね? 戸張家の苗字はこの岬からとったものなんですか?」

灯影院はそう訊いた。

「いや。昔から、この辺には戸張という苗字の人が多く住んでいたから、戸張岬と呼ばれるようになったんだ。でも、今では公式の地図にも『戸張岬』と載っているんだ。ちなみに、坂本家の近くにある岬は『坂本岬』という名前だ」

「地名が姓になるのは珍しくないですけど、個人の苗字が地名になるっていうのは結構珍しいですよね」

灯影院はそう感想を述べた。

僕も改めて、遠い場所に来てしまったなと感じた。

しかし、坂本先輩の方は実感が湧いていない様子だった。

「そうか？ ――そんなことより、この先は道が狭くなってるから、ここに自転車を停めて歩こうか」

坂本先輩はそう言うと、道の端に自転車を停めた。僕と灯影院とカナも、通行の邪魔にならないように、縦に自転車を並べて停めた。

坂本先輩は、両脇に原生林が生えた小道に入っていった。その道は一応アスファルトで舗装されているのだが、幅が狭く、車椅子くらいなら通ることができそうだったが、自動車が通るのは無理そうだった。おまけに、ぐねぐねと曲がりくねった木々の枝が張り出しており、見通しが悪かった。僕は少し歩いただけで方向感覚を失ってしまった。一本道でなかったら、確実に迷ってしまいそうだ。

「この道、随分と曲がっていますね」

先導する坂本先輩の背中に、僕は声をかけた。

「ヤブニッケイの原生林をできるだけ切らずに済むように、木と木の隙間を縫うようにして造られた道だからな。でも、これでも一応は、戸張岬への最短距離をとるようにしているんだよ」

　坂本先輩は振り返らずにそう答えた。

「この木、ヤブニッケイって言うんですか」

　僕は、道の両脇に生えている木を見ながら言った。

「ああ。潮風に強いから、全国的にも海岸沿いによく生えている木なんだ」

　黒い木肌はつるつるしているように見える。枝は複雑に曲がりながら広がっているのだが、潮風の影響なのか、それとも日照の問題なのか、どの枝も同じ方向に傾いているように見え、じっと見ていると平衡感覚がなくなりそうだった。

　空を見上げると、ヤブニッケイの葉がまるでパズルのピースのように空を埋め尽くしていた。そのせいか、森の中は薄暗かった。

　波の音は絶え間なく聞こえるのに、海面は見えないというのも薄気味悪かった。

「何だかちょっと怖い道ですけど、これ以外に戸張岬に行く道はないんですか？」

　僕は坂本先輩にそう訊いた。

「ああ。さっき自転車を停めたところより先には家はないからな。これ以外の道はない。まあ、森の中を突っ切ろうと思えばできないこともないけど、この道が最短だから、余計に時間がかかるぞ」

　ヤブニッケイの原生林の中の小道を歩くこと十分、急に視界が開けた。

「うわっ、凄い崖」

カナが歓声を上げた。

そこには、断崖絶壁が広がっていた。暗紫色の崖のすぐ向こうは海になっている。崖の端の方は、大きな柱をいくつも並べたような形になっていた。手摺りなどは何もなく、ちょっとバランスを崩したらそのまま海に落ちてしまいそうで怖かった。

「よし。逃避行を続けていた二人の男女がこの崖に追い詰められるんだけど、それまでヒロインを献身的に支えてきた男が本性を剝き出しにし、ヒロインを崖から突き落とそうとして揉み合いになり、逆に男の方が崖から転落して死んでしまい、ヒロインは最終的に、二股をかけていた別の男と結ばれてハッピーエンドになったところまで把握したぞ」

灯影院はそう言い、うんうんと頷いた。

「勝手に変な事件を捏造するな！　火サスかよ。そもそも、それは本当にハッピーエンドなのか？」

僕は呆れながらそう言った。

「相変わらずツッコミがくどいなあ」

「悪かったな。――でも、この崖、本当に凄いですね」

僕がそう言うと、坂本先輩はこう説明した。

「この崖を形成する流紋岩は、粘性の高いマグマが流動しながら冷え固まってできたものなんだ。流紋岩は、普通は白いことが多いんだけど、この島の流紋岩は紫がかった縞（しま）模様になっているのが特徴かな。ちなみに、こんなふうに、マグマの冷却面と垂直に割れ目が生じ、柱を並べたように岩体が形成されているのを柱状節理って言うんだよ」

「なるほど。勉強になります」

地学の講義を受けているような気分で、僕はそう感想を述べた。

一方、灯影院は坂本先輩の説明などそっちのけで、崖っぷちで四つん這（ば）いになると、崖の真下を覗き込んでいた。

「おい、灯影院、危ないぞ」

僕は心配になり、そう声をかけた。

「この体勢なら大丈夫だってば。アヤタも隣に来て覗き込んでみろよ。凄いぞ」

灯影院がそう言うので、僕も崖っぷちに移動し、四つん這いになり、恐る恐る崖の真下を覗き込んだ。

波が凄い勢いで崖にぶち当たり、大きな白い飛沫（しぶき）を上げていた。ここから海面まで十メートルはあるはずなのだが、顔に水飛沫がかかったのではないかと錯覚するほど迫力があった。

海面付近には岩礁がいくつもあり、釣りのいいスポットになりそうだった。

その後、僕たちは再びヤブニッケイの小道を辿り、自転車を停めてあった場所へ戻った。再び自転車に乗り、島のあちこちを見て回る。

「ところで、さっきから気になってたんですけど、明後日が選挙の投票日だって言うのに、誰も街頭演説をしたり、車に乗って『皆様の清き一票を……』とかやったりしてるのを見ないんですけど……」

灯影院が遠慮がちに言った。そう言えば、そうだ。あちこちに十二人分のポスターが貼ってあるのは見たが、それだけだった。選挙が近い日にありがちな、あの騒々しい雰囲気がこの島にはなかった。

「敦さんからも聞いてるんだろ？　この島は普通の島じゃないんだよ。誰が誰に投票するかは大抵の場合決まっているから、そういう普通の投票の呼びかけは殆どしないんだ」

日が暮れそうになったので、僕たちは再び自転車を押して坂道を上り、坂本先輩の家に戻った。

その後は各自、自分の部屋で過ごした。僕は、坂本先輩から聞いた無線ＬＡＮのパスワードを入力し、インターネットで台風の情報を調べてみた。今日の午前三時に発生した台風十八号は、連休最終日の十六日に、この県を直撃する可能性もあるのだという。

参ったなあ、と思った。

午後七時くらいになって、僕の部屋に常さんが三人分の夕食を届けてくれた。海の幸をふんだんに使った和食で、ボリュームがあった。

僕は灯影院とカナを呼び、三人で食べることにした。

「さかもっちゃん、どうしてこんなときに私たちを呼んだのかな」

カナが味噌汁で口を潤してから言った。

一瞬、台風十八号のことを言っているのかと思ったが、そうではないだろう。台風が発生したのは今日の午前三時で、流麗島に滞在する日程はそれ以前に決まっていたのだから。

「もしかして、先輩、僕たちにお見合いを止めて欲しいんじゃないのかな」

僕はそう言ったが、灯影院は横に首を振った。

「いや、そうじゃないだろう。これは坂本先輩本人がどうにかしないといけない問題だ。俺たちに口出しできることじゃない。たぶんきっと、自分の味方に傍にいて欲しかっただけなんじゃないのかな」

「味方、か」

「これだけ大きな家だと、坂本蒔生を——そして坂本先輩のことを快く思っていない人も大勢いるだろう」

「例えば、先輩たちがいなくなれば、坂本家を自分のものにできるのに、みたいに？」

「まあ、それが一番分かりやすいけど、そんな分かりやすい人ばっかりじゃないからな。媚びへつらい、財産目当てで近づいてくる奴だっているだろう。そういうのを見分けようと思うと本当に大変だから、人間不信にもなるだろう」

「そうか……。せめて僕たちくらいは、坂本先輩の味方でいよう。もしも明日、お見合いから逃げ出したいと言われたら、協力してあげよう」

僕がそう言うと、灯影院もカナも頷いた。

6

九月十四日、土曜日。

慣れない枕だったせいか、やけに早く目が覚めた。鳥の鳴き声が聞こえるが、窓の外はまだ薄暗かった。だが、他人の家だという思いがあり、朝食が来るまでは部屋で大人しくしていることにした。

灯影院に頼まれていたミステリーを書かなければならないことを思い出し、ノートパソコンを起動させ、文書ファイルを開いた。だが、やはり一文字も書けなかった。実を言うと僕は、小説を書くのがこんなに難しいものだとは思っていなかった。僕たちの世代は小学生の頃から毎日のように作文を書かされる。また、メールのやり取りや掲示板への書き込みなどで、文章を書くことには慣れているはずなのだが、そういうものと小説を書くのは別の行為だということなのかもしれない。

やはり、ネタが決まるまでは書き始めることはできないと思い、僕はインターネットに接続した。お気に入りのサイトを巡回したり、動画を再生したりして時間を潰していると、ノックの音がした。

「おはようございます。朝食をお持ちしました」

常さんの声が聞こえた。

「おはようございます。今、開けます」

僕は襖を開け、朝食の載った膳を部屋に入れるのを手伝った。

「あの……ところで、綾高さん」

常さんは僕をじっと見つめた。

「はい。何ですか」

「妙なことは考えないでくださいね」

「はい？」

何を言われているのか分からなかった。僕が戸惑っていると、常さんはもう一度「いいですね」と念を押して部屋を出て行った。

常さんが何を言いたかったのかはさっぱり分からなかったが、追いかけてどういう意味なのか問い質す気にもなれなかった。僕は彼女の足音が聞こえなくなるのを待ってから、灯影院とカナの部屋の襖をノックし、朝食だと呼んだ。

目玉焼きと焼き魚と味噌汁とナガイモの漬物という食事だったが、美味しかった。特に、僕は漬物が嫌いなのだが、これはワサビが効いていて問題なく食べることができた。

その後、僕たちは膳を廊下に出し、歯を磨くと、一緒にゲームで遊んだ。その途中、灯影院は一度、坂本先輩の様子を見に行ったのだが、既に部屋にはいなかったと言っていた。ゲームに飽きると、僕たちは先輩から大量に貸してもらった小説や漫画を読んで過ごした。こんなところまで来てそんなことをしなくても、と自分でも思うのだが、僕たちは基本的にインドア派なのだ。そして、こういう自宅から離れた場所で読書をするというのは非日常的な気分になり、普段よりも面白く読むことができるのだ。

やがて、昼食の時間になると、また常さんがやってきた。

「あれ？　常さん、坂本先輩の方はいいんですか？」

灯影院がそう尋ねた。確かに、今ごろは先輩はお見合いの真っ最中のはずだった。

「はい。私には皆様や幸生さんのお世話をするという役目がありますので、分家の者が久生さんに付いております。ところで皆さん、昼食は食堂でいかがでしょうか。食堂には幸生さんがいますので、できれば……」

「話し相手になってほしい、と？」

「はい」

「先輩からも頼まれていますし、構いませんよ」

灯影院が代表して言い、僕たちは食堂に移動した。食堂と言っても普段家族が食事するための場所らしく、部屋の大きさは僕たちの部屋と大して変わらなかった。ただし、床が畳であるにもかかわらず、テーブルと椅子が並べられていた。一ヶ所だけ椅子がないのは、そこが幸生くんの席だからだろう。

「やっぱり、車椅子と日本家屋っていうのは、相性が悪そうだな」

灯影院が小声でそんなことを言ったが、僕は頷くだけで返事をしなかった。僕たちが席に着くと、常さんが料理を運んできた。今までは、てっきり常さんが料理をしているのだと思い込んでいたのだが、どうやら料理人は別にいるらしい。厨房の方から時折、常さんの声と、料理人と思しき男の声が聞こえてきたのでそう判断した。

「もうしばらくお待ちくださいませ」

常さんがそう言って食堂を出ると、すぐに車椅子を押して戻ってきた。車椅子の上には、坂本先輩の髪を短くし、今よりもっと若返らせたらこうなるだろうなあ、という感じの、色白な男の子が座っていた。痩せていて目が大きく見えるせいもあるのだろうが、同学年のはずのカナよりも年下に見えた。

「初めまして。皆さんのことは久生から聞いています。坂本幸生です。よろしくお願いします」

幸生くんはそう言って挨拶（あいさつ）をした。坂本先輩のことを呼び捨てにしていることに違和感を覚えたが、よく考えてみると、昨日、坂本先輩も腹違いの兄のことを呼び捨てにしていたし、カナだって僕のことをニックネームで呼んでいる。最近はこういう兄弟が増えているのかもしれない。

「田中綾高です。よろしく」

「田中カナです。よろしく」

「いや、だからお前の名前は田中彼方だろ。嘘（うそ）つくなよ」

「うっさい、アヤタ」

「俺のことは灯影院と呼んでくれ」

「分かりました。——常さん、僕たちのことはもういいから、しばらく休んでいてよ。源（げん）さんも」

幸生くんはそう言った。源さんというのは初めて聞いた名前だが、おそらく料理人のことなのだろう。常さんは不服そうだったが、何かあったら呼んでくださいと言って出ていった。

「ねえねえ、久生から、アヤタさんと灯影院さんは探偵同好会に入ってるって聞いたんですけど、本当ですか？」

「本当だよ」

灯影院はなぜか自慢げに肯定した。

「じゃあやっぱり、灯影院さんたちは、依頼人の配偶者の不貞の証拠を集めたりとか、依頼人の会社の出世競争のライバルを蹴落とすために協力したりするような、チンピラ紛いの探偵を目指してるんですか？」

「いや、俺たちはそういうのとは違うから。謎を解き明かしたり殺人事件の真相を見抜いたりする、頭脳労働タイプの探偵だから」

灯影院は少し恰好をつけて言った。

「なーんだ……。夫の浮気調査を依頼されたものの、浮気調査をしていることを夫本人にバラし、浮気はなかったことにする代わりに口止め料を請求したりとか、依頼人に指定された人物の弱味を握るために盗聴とか盗撮などの犯罪行為に手を染めたりするような探偵に憧れてたのに、違うのか……」

「いや、フィクションに登場する探偵と現実の探偵のギャップに落胆するのって、普通は逆のパターンだよね⁉」

僕はついつい、初対面の相手に突っ込んでしまった。

「でも、安楽椅子の上で推理をするタイプの人間よりも、夏でも冬でも張り込みとか聞き込みとかやってくれる人間の方が扱いやすいと思いませんか？　犯罪行為に手を染めて自分のところに警察の捜査の手が伸びて来たら切り捨てればいいですし」

「上に立つ者の発想だーっ⁉」

幸生くんってこんなキャラだったのか。昨日まで噂を聞いて想像していたタイプとは違っていたので、少し戸惑った。

「まあ、僕は立てませんけどね」

「あ……。いや、今のはその、言葉の綾というか……」

「アヤタだけに、ですか？」

「全然上手くないし！」

「——何かアヤタ、生き生きしてるね」

カナが灯影院の方を向いて言った。

「昨日はしばらくシリアスな話題が続いたからな。うん。これでこそ俺のアヤタだ」

灯影院もそんなことを言っていた。いったいいつの間に僕は灯影院のものになったのだろう。

「にしても、アヤタが初対面の人間相手にここまで喋るのって珍しくない？」

「確かに。昨日なんか、結局一度も髭モジャさんとまともに話をしなかったくらいだったのにな。途中までは黙ってて、最後の方になってようやく話に加わって来たけど、結局俺とばっかり話してたし」

うまく誤魔化(ごまか)していたつもりだったのだが、灯影院は気付いていたのか。

「アヤタは人見知りだと思ってたけど、年下の相手なら平気なのかな」

カナは探るような視線を僕に向けた。

「お前ら、本人の前で勝手なこと喋るのもそのくらいにしておけよ」

僕がそう言うと、二人は「はーい」と元気よく返事をした。

そもそも、僕はそれほど人見知りな性格ではない。二ヶ月ほど前には、初対面の広瀬さん相手に長話をしたのだ。実を言うと、髭モジャさんと話をしなかった理由は、単に面倒だったからだ。だから、灯影院が髭モジャさんの会話の相手をしてくれているうちは、僕は会話には参加しなかったのだ。……いや、よく考えるとそういうのを人見知りと言うのかもしれないが。

「それにしても、迷惑だったでしょう?」

しばらく食事をしてから、幸生くんがそんなことを訊いた。

「迷惑って、何が?」

僕が訊き返すと、幸生くんはシニカルな笑みを浮かべた。

「久生とか常さんから、僕の話し相手になってくれ、とか頼まれてたんでしょ?」

「まあ、それはその通りなんだけど、別に迷惑じゃないよ」

「あの二人は何かと言うと、僕のことを引きこもり扱いするんですよね。これでも学校に行けば友達くらいいるし、学校に行かない日もネットで知らない人とお喋りしてるから話し相手には別に不自由してないんですけどね」

「二人とも心配性なんだろう」

「いや、あの二人は別に心配しているわけじゃないんです。ただ……」

「ただ？」

「いえ、何でもありません」

それっきり幸生くんは口を噤み、黙々と食事をした。

ああもう、何かを言いかけてやめるというのはミステリーの世界ではお約束だが、実際にやられるとストレスが溜まる。

「これから皆で散歩をしに行かないか」

全員が食べ終わるのを待って、灯影院はそう提案した。僕とカナが一緒に行くという返事をすると、幸生くんはこう言った。

「じゃあ、行ってらっしゃい」

「何言ってるんだ。幸生くんも一緒に行くんだよ」

「え？　僕も？　でも、この島はアップダウンが激しいから……」

「大丈夫だってば。上り坂は皆で押して上がるから」

「世の中には車椅子で登山とかする人もいるみたいですけど、僕はそういうのには興味ないんですけど……。というか、これ、一応電動なので上り坂でも大丈夫ですけど」

「登山なんて大げさだな。ただの散歩だよ、散歩。――常さん、いますか。これから幸生くんと散歩に行ってきます」

灯影院は、後半の台詞は廊下の戸を開けて大きめの声で言った。すぐに常さんがやってくる。

「幸生さん。本当に散歩に行くんですか。この間、あんなことがあったのに？」

常さんは半信半疑という口調で言った。

あんなことというのは、どんなことなのだろう。

「うん。何かそういうことになっちゃったみたい」

幸生くんは苦笑しながら言った。

「じゃあ、外は寒いですから上着をとってきますね」

「俺たちも歯を磨きたいから……十五分後に玄関に集合ということでいい？」

「うん」

頷(うなず)く幸生くんは、心なしか生き生きとしているように見えた。

7

　どこか行きたいところはあるかと尋ねると、幸生くんは坂本商店に行きたいと言った。昨日は自転車で数分だった道を、四人でのんびりと歩くことにした。幸生くんはブレーキをかけながら坂道を降りていく。

「家の中では誰が聞いてるか分からなかったから言えなかったけど——皆さん、どうしてこの島に来たんですか」

　家が見えなくなったところで、幸生くんはそう言った。

「一応、探偵同好会の合宿のつもりなんだ。三人だけじゃ寂しいからカナちゃんも呼んだんだけど」

　灯影院が代表して答えた。

「合宿？　でも、どうしてうちで？」

「絶海の孤島なんて、探偵同好会の合宿には打ってつけだろ、って坂本先輩が言ってたから。自分の家は民宿をやっているんだけど、超格安で泊めてもらえるからとかそういう理由で……」

「民宿？　そんなことを言っていたんですか？」

　幸生くんは驚いたように尋ねた。僕と灯影院とカナは、話の流れについていけず、顔を見合わせた。

「民宿じゃないのか？」

　灯影院は不安げな表情でそう訊いた。

「いえ、確かに民宿のようなことはやっていますよ。特にこの時期――選挙の時期は、島の外に住んでいる分家の人が大勢泊まりに来ますから。他に、島の動植物の生態を調べに来た大学の研究者とか、地質学者が泊まりに来ることはあります。でも、一般の観光客がうちに泊まるのは、少なくともここ数年はなかったはずです」

「何だか話が違うな。お見合いに消極的だから、止めて欲しくて俺たちを呼んだんじゃないか、って感じの話を昨日したんだけど……」

「それはないですよ」

　幸生くんは断言した。

「どうしてそう思うんだ？」

「だって皆さん、何の役にも立ってないじゃないですか」

　歯に衣着せぬ物言いだったが、事実だった。

「まあ、それはそうなんだけど……」

「そもそも、久生が島の外の友達を家に連れてきたのだって、これが初めてなんです。これは絶対、何か企んでいると思います。皆さんは、何かに利用されようとしてるんですよ」

「先輩は、幸生くんには俺たちのことを何て説明していたんだ？」

「詳しいことは何も言われてません。昨日、『いま家に同好会の後輩たちが来てるから明日は話をしろ』って言われただけです。でも、そもそも、僕と久生ってあまり話をしませんからね。向こうからわざわざ話しかけてきたというだけでも怪しいです。久生は数日間実家に帰省していても、一度も僕と会話せずに本土に帰っちゃったこともあるくらいですからね」

「えっ。坂本先輩がそんな、幸生くんを無視するようなことするのか。意外だなあ」

灯影院は考え込むような表情で言った。

「久生は僕のことを逆恨みしている節がありますからね」

「どうして……」

「幸生があんな身体じゃなかったら、幸生に次期当主の座を譲って自分は島の呪縛から完全に逃げられたのに——なんてことを考えてるんですよ、きっと」

幸生くんは自嘲するような口調で言った。

「そんなふうに、自分を卑下するようなことを言うのはよくない。無視している先輩の方に問題があるんだから」

「とにかく、悪いことは言わないからすぐに帰った方がいいですよ」

幸生くんは頑(かたく)なにそう主張した。

「そう言われても、そんなにすぐに準備できないよ。船で送ってもらわないといけないし」

「ああ、もう。島の外の人に分かってもらうのは難しいんでしょうけど、この島は異常なんです。特に今は、選挙を明日に控えているし、台風も近づいて来ていますからすぐに逃げ出さないと、大変なことになるかもしれないですよ」

幸生くんが何をそんなに焦(あせ)っているのか、僕たちには分からなかった。多少、髭モジャさんや常さんや坂本蒔生の言動に不自然なところはあったが、今のところ平穏に過ごしているのだ。危機感を持てと言う方が無理な話だろう。

結局、僕たちは幸生くんの忠告を聞き流してしまった。

「——おい、お前！」

突然、遠くから男の怒鳴り声が聞こえてきた。道の向こうに目をやると、体重が百キロはありそうな大柄な男が、大股にこちらに歩いてくるところだった。

「まずいな。皆さん、逃げましょう」

幸生くんは舌打ちをして言ったが、僕は事態の急変についていけなかった。

「え？　逃げる？」

「いいから早く」

「何で？」

そんなことを話しているうちに、大柄な男が目の前までやってきてしまった。無精髭を伸ばし、胡乱な目つきで幸生くんを見下ろしている。昼間だというのに酔っ払っているのか、顔が赤かった。

「お前！　坂本ンとこのガキ！　犬殺しのくせによく平気なツラして表を歩けるな！」

男は出し抜けにそう怒鳴った。

「皆さん。無視して進んでください。駐在所の前まで行けばどっかに行きますから、目を合わせないようにして、黙って進んでください」

幸生くんが切羽詰まった口調で言うので、仕方なく、僕たちは言われたとおりにした。だが、男が車椅子の前に回り込んで通せんぼするので、僕たちはなかなか前に進むことができない。

「誰か呼んできた方がいいんじゃない？」

カナが小声で言った。

「いや、大丈夫。もう少し行けば……ああ、来た」

幸生くんの言葉に、前方に目をやると、年をとった制服警官が自転車に乗ってこちらにやって来るのが見えた。

「こら！　またあんたか！」

やってきた制服警官は、叱りつけるように言った。

「おお、お巡りさん、いいところに。こいつを捕まえてくれ。こいつがうちのタローを殺したんだ！」

男が必要以上に大きい声で言った。

「まだそんなこと言ってるのか。あれは事故だったんだよ」

「事故？　事故だって？　あんな事故があってたまるか。こいつはわざとタローを殺したんだ！」

「いい加減にしなさい。あんただって見舞金を受け取ったんだろう？」

「ふん。あんなはした金で納得できるか。タローは俺の家族だったんだ」

「犬だろ」

「犬だけど大事な家族だったんだ。それを……それをこいつが、車椅子で轢き殺したんだ。可哀相になあ。タローはどんなに辛かっただろうなあ」

男は涙ぐんでいたが、僕は下手な芝居を見せられているような気分になった。

「はいはい。分かった、分かったから」

警官は宥めるように男の背中を叩き、僕たちの方を向いた。

「君たち、どこに行くの？」

「坂本商店に行こうとしてたら、この人が……」

　幸生くんが答えた。

「そうか。だったら、もう行きなさい。辰巳さんは戸張の本家に連絡して引き取ってもらうから」

「はい。すみません」

「このこと、お父さんにも伝えておいてね」

「はい、分かりました。――行きましょう」

　幸生くんがそう言うので、僕たちは男の後ろを通り、坂本商店に向かった。

「おい、逃げるのか。待て、犬殺しのガキ」

「はいはい。分かったから静かにしてね」

　男の怒鳴り声と、それを宥める警官の声を背に、僕たちは振り返らずに歩いた。

　坂本商店に入ると、呆れたことに誰もいなかった。食事中、と書かれた黄ばんだ紙がレジのところに置いてあった。本当に、こんなので商売になるのだろうか。

「あの男が本家の人に連れられて帰るまで、ここに隠れていましょう」

　幸生くんは息をつくように言った。

「さっきのは、何だったんだ？」

灯影院が尋ねると、幸生くんは困ったような表情で説明を始めた。

「まず、あの男は戸張家の分家の辰巳っていう人なんですけど、何も仕事をせずにお酒ばかり飲んでいて、家族からも愛想を尽かされているような人です。辰巳は本土に行ったときにタローっていう名前の犬をもらってきたんですけど……その犬が全然躾をされていない馬鹿犬だったんです。大型犬なのに無駄吠えする犬で、嚙み癖があるのにあの男はタローを放し飼いにしていました。おまけにタローは血の臭いが好きで、例えば小学生がグラウンドで遊んでいて怪我をしたらどこからともなくやってきて血の臭いを嗅いで興奮し、傷口を嚙むという……本当に嫌な犬でした。躾ることができない人間に飼われるっていうのは、犬にとっても不幸なことですよね。別の人間に飼われていれば、きっとあんな嫌な犬にはならなかったはずなのに」

「飼い主に代わって犬の躾をしてくれる業者もあるはずだけど」

僕はそう言ったが、僕が思いつくようなことを島の住人が思いつかないわけがない。

「もちろん、そういう業者に躾けてもらうことも提案しましたよ。でも、辰巳は犬が可哀相だからそんなところに預けられるか、の一点張りでした。それで――二週間ほど前のことです。僕が一人で散歩してたときに、坂道で急に車椅子のブレーキが利かなくなって……その先にいたのがタローだったんです。避けることもできず、タローを轢いてしまいました。ただ、実はそのとき、タローは死んでなかったんですけどね。足は骨折してたみたいですけど、死ぬような怪我ではありませんでした」

「え？　そうなの？」

　僕は驚いて確認した。今までの話の文脈だと、てっきりその事故が原因で死んだのだとばかり思っていたのだが。

「はい。とりあえず僕はケータイで常さんを呼んで、常さんが診療所と戸張家の本家に連絡してくれて……その後、僕とお父さんで戸張家に行って謝って来たんです。はっきり言って、戸張家でもタローのことは持て余していましたから、これであの犬も少しは大人しくなるだろう、なんて戸張家の当主が言っていたくらいですけどね。犬の治療費として、戸張家の当主を通して辰巳に多めに見舞金も渡して、そこで片がついたはずでした。が、問題はそれからです。あの男はあろうことか、犬の治療費を酒代に使ってしまったんです」

「じゃあ、タローは……」

「病院には連れて行ってもらえませんでした。そしてそのせいで傷が化膿し、感染症にかかって死んでしまいました。よほど苦しかったらしく、死ぬときには凄い声で鳴いていたそうです。だから、確かに僕は犬を怪我させましたけど、実際に殺したのはあの男、戸張辰巳の方なんです」

「そのことを、他の人は知ってるの？」

「島じゅうの人が知っていますよ。でも辰巳は、僕が犬を殺したということにすれば、またお金をもらえると思って、そう言いふらしています。みんな事実を知っているから、誰も相手にしませんけどね。だから僕は島の中を移動しているときとかも、坂本家だけじゃなくて戸張家の人からも同情されたり謝られたりしてるんです。タローに怯えていた小さい子からは、怪物をやっつけてくれてありがとう、なんてお礼の手紙まで来ましたし、向こうの当主なんか、うちが渡した見舞金を返却しに来たくらいでしたからね。こちらにもメンツがありますから、さすがにそれは受け取れませんでしたけど」

「うーん……それは酷い話だなあ。じゃあ、さっき大声を張り上げていたのも、近くにいる人に言いふらすためだったのか」

「はい。タローが死んで以来、ずっとあの調子です。ただし、向こうも僕に怪我をさせたらただ事では済まないということくらいは酔っ払っていても分かっているみたいで、手は出してこないんですけどね。大声で怒鳴るだけで」

「でも、身体も声も大きいし、怒鳴るだけでも怖いよね」

「まあ、そうですね。だから、万が一のときは助けを呼んでもらえるように、一人では出歩かないようにしているんですけど」

　そう言って、幸生くんは溜め息をついた。とりあえず、これで先ほど常さんが「あんなことがあったのに」散歩に行くのか、と言っていた理由は分かった。

そして、辰巳と出会う可能性があってでも外に出たい、家の中にいたくない、と幸生くんが考えていることも。

「ねえ、ところでユッキーは――」

カナがそんなことを言いかけたので、僕は途中で自分の言葉を被せた。

「ちょっと待て。ユッキーって何だよ」

「ユッキーっていうのは、彼のニックネームだよ」

決して他人を本名で呼ばない少女は、幸生くんを見ながら言った。

「幸生くんがそんなニックネームで呼ばれてるところ見たことないんだけど」

「うん。だから今、『ところでユッキーは何かニックネームあるの？』って訊こうとしてたのに、アヤタに邪魔されたの」

「既にニックネームつけてるじゃないか！　順番おかしいだろ！」

僕がそう突っ込むと、幸生くんはクスクスと笑い出した。カナの非常識さには呆れるが、結果的に幸生くんが元気になったならそれでいいか、と考えることにした。

それから一、二時間ほど雑談しながら散歩をし、坂本家に戻る途中、五人の家族連れと出会った。

「やあ。これは幸生さん。お久しぶりです」

六十歳くらいの老人が代表して幸生くんに挨拶した。

「松原のおじさん。お久しぶりです。お元気にしてましたか」

「はい。そりゃもう、元気だけが取り柄ですから。当主様はどうしていますか」

「相変わらずです」

どうやら家族連れは分家の人らしかった。行く方向が同じだったので、一緒に歩くことになった。

「明日の選挙のために呼んだんです。当日来る人もいますけど、遠方の人は前日にうちに泊まってもらうのが習わしになっているんです」

幸生くんが小声で説明してくれた。

「他にも何人も来るの？」

僕が訊くと、幸生くんは頷いた。

「ええ。それで今夜は、うちの家族と、遠方に住んでいる分家の人たちで宴会をやることになってるんですけど……聞いてますか」

「初耳だよ。でも、ギリギリまで説明してくれないのにはもう慣れた」

「すみませんね。本当に」

「別に幸生くんが謝る必要はないよ」

「いえ……そうでもないかもしれませんよ」

幸生くんは意味深なことを言った。そのタイミングで玄関に着いたので、僕はその言葉の意味を聞きそびれてしまった。

いくら玄関が広いとはいえ、大人数なので靴を履き替えるのも時間がかかる。幸生くんと分家の人を先に行かせ、玄関先で待っていると、そこに昨日僕たちが送迎してもらうときに使った車がやってきた。運転していたのは昨日と同じく髭モジャさんだった。後部座席から坂本先輩と坂本蒔生が降りてきた。髭モジャさんは坂本蒔生に二言、三言挨拶をし、車を移動させていった。

何だかいつもより坂本先輩の顔色がいいなと思ったら、うっすらと化粧しているらしい。坂本先輩が化粧をしているところを見るのはこれが初めてだった。どうやらお見合いというのは、僕が思っている以上に大変なものだったらしい。

坂本蒔生は僕たちに軽く会釈をし、玄関の戸を開けた。そこにいた分家の人たちと挨拶を始めてしまったので、僕たち四人はしばらく庭先を散歩することにした。

「お見合い、どうでしたか」

灯影院がそう尋ねた。

「こんな時間に帰ってきたんだ。だいたい想像がつくだろ」

「こんな時間って言われても……今、午後三時くらいですけど」

「普通、お見合いが上手くいけばこんなに早く帰ってこないよ。まあ、向こうも忙しいみたいだから早く終わらせたかっただけかもしれないけどね」

「相手はどんな人でしたか」

「よくも悪くも普通の感じだったな。よく言えば温厚そうで、悪く言えば物事を深く考えることがなくてぼんやりしてそうな感じ。それより、そっちはどうだった？」

「幸生くんと昼食を一緒にとって、その後散歩してきました。そのとき、戸張辰巳っていう人と会いましたけど」

「ああ、あいつか……」

坂本先輩は露骨に眉を顰めた。

「知ってるんですか」

「一応、幸生とトラブルを起こしたことは聞いている。あいつは俺がこの島の学校に通っていた頃から無職で、あちこちでトラブルを起こしていたんだ。迷惑な存在だけど、正直、あいつが戸張家の人間でよかったな、とは思っている。もしも坂本家の人間だったら尻拭いをしないといけないから、考えただけでもゾッとする」

「なるほど。そういう考え方もあるんですね」

灯影院は感心したように頷いた。

「ところで、言うのを忘れてたんだけど、今日は宴会があるんだ」

「幸生くんから聞きました」

「悪いけど、三人全員、最後まで参加してくれないか」

「最後まで？　俺たちは部外者だから、食事が終わったらさっさとお暇しようと思ってたんですけど……」

「俺を助けると思って、傍にいてくれないか。俺は次期当主ってことになってるから、途中で抜け出すわけにはいかないんだけど、そうなると、おべっかを使ってくる連中の相手をするのが本当に大変だからさ……。俺の両隣をお前らで固めておきたいんだ」

「まあ、そういうことなら俺は構いませんけど」

灯影院は僕とカナの方を見た。

「僕もいいですよ」

「私も」

「ありがとう。恩に着る。実を言うと、このためだけに灯影院たちをこの島に呼んだようなものなんだ」

「俺たち、まんまと先輩に騙されて利用されちゃったわけですね。まあ、別にいいですけど」

灯影院は外国人のように肩をすくめた。

僕も、自分たちが呼ばれた理由が分かり、むしろ安堵したくらいだった。

8

常さんや先輩は宴会の準備のために忙しそうに動き回っていた。僕も何か手伝おうかと言ったのだが、客を働かせるわけにはいかないから、部屋で休んでいてくれと言われた。

邪魔になりそうなので、僕たちは各自の部屋に戻り、時間まで思い思いに過ごした。僕は相変わらず白紙の文書ファイルを睨みながら、文集に載せる予定の小説をどうしようかと悩んでいた。依頼されたのは四月だったのに、九月の半ばになってもまだ一行も書けていない。いったい、僕はこの五ヶ月間、何をしていたのだろう。

悩みに悩み、布団の上で悶えていると、ふと、僕が探偵同好会に入るきっかけとなった「笹丸先生休講事件」をそのまま小説化すればいいのではないかと思いついた。もちろん、登場人物の名前は仮名にする必要があるが、一から新しく物語を作るよりは楽だろうと思った。オチを変え、灯影院の推理が当たっていたことにすれば、関係者にも迷惑はかけないだろう。考えれば考えるほど、今まで思いつかなかったのが不思議なくらい、それは自然なアイデアに思えた。

調子よくキーボードを叩き、原稿用紙十枚分ほど書いたところで、ノックの音がした。

「はい」

返事をし、パソコンをスリープモードにしてから、僕は襖を開けた。一瞬、誰もいないかと思って混乱したが、視線を落とすと幸生くんがいた。

「夕食の時間になったので、呼びに来ました」

「ああ、ありがとう。幸生くんもお手伝いしてるんだね」

「ええ。僕にはこれくらいしかできませんから」

「じゃあ、灯影院とカナにも――」

「あ、待ってください。アヤタさんだけにお話があるんですけど、いいですか」

「別に構わないけど……。どうぞ」

幸生くんが入りやすいように襖を開けると、幸生くんは慎重な動作で部屋の中に入ってきた。

「結局、僕の忠告を無視したんですね」

「忠告？」

「すぐに帰った方がいい、って言ったでしょう」

「ああ。そう言えば、そんなことを言ってたね」

僕がそう言うと、幸生くんは大きな溜め息をついた。

「本気にしてなかったんですね。まあ、島の外の人間だから仕方ないんでしょうけど」

「ごめんね……」

「いえ、別に謝ってほしいわけじゃありませんから。……そうだ。こんな話を聞かせてあげましょうか。あるところに、とても乱暴な犬がいました。飼い主に注意しようにも、飼い主も村一番の乱暴者であり、誰の言うことも聞かないため、村人たちは困り果てていました。とうとう、飼い主に内緒でその犬を処分することにしました」

「それって――」

「しかし、狭い村ですから、普通に犬を保健所に連れていったのでは、飼い主の男が大騒ぎをするでしょう。そこで、事故死に見せかけて犬を処分することにしました。まず、ゴム製の弾で犬を撃ち、気絶させ、車の前に連れていって轢き直すという計画でした。しかし、その村には車の数が少なすぎるため、轢き逃げに見せかけることはできません。そこで選ばれたのが、車椅子の少年でした」

「ちょっと……幸生くん」

何なのだ、この話は。幸生くんは僕に何を伝えようとしているのだ。

「村のために悪役になってほしい、と村一番の有力者が二人も、車椅子の少年に頭を下げました。もちろん、断ることもできました。しかし少年は普段から村の人たちに、特に家族に迷惑をかけているという負い目があったため、心理的に断ることはできませんでした。決行当日、坂の下には気絶した犬が横たえられました。そして少年は、坂の上から勢いをつけて、犬に向かって走って行きましたとさ。めでたしめでたし」

「いや、全然めでたくないだろ」

「どうしてですか？　村の皆を苦しめていた犬を退治できたんだから、それでいいじゃないですか。こういうのを『丸くおさめる』って言うんでしょう？」

「全然丸くおさまっていない。角が立ちまくっている。だって、少年が犠牲になってるじゃないか。そのせいで、ずっと少年は苦しみ続けるじゃないか。きみだって、分かっているはずだ」

「そんなにムキにならないでください。ただのお話なんですから」

ただのお話？　そんなわけない。幸生くんは、坂本家と戸張家の当主に頼まれて、犬を始末したのだ。

今、この子は僕にそれを告白した。今日出会ったばかりの僕に。

友達くらいいる、話し相手には不自由していない、と幸生くんは言っていた。だったらどうして、僕なんかにそんなことを打ち明けるのだろう。

「……幸生くん。何か僕にできることはないかな」

「ないです。あなたなんかに僕を救うことはできません。久生のお見合いを阻止できなかったのと同じように。できることがあるとすれば、せいぜい、さっきも言ったように今すぐ帰ることくらいです。台風十八号が近づいていますし、今のうちに帰った方がいいですよ」

　幸生くんはまっすぐに僕を見上げて言った。

「相変わらず、歯に衣着せぬ物言いをするね」

「そんな古臭い慣用句を実際に使う人、初めて見ました」

「え？　そうかな？」

「そうですよ。そもそも僕は、歯に衣をいっぱい着せてますしね。十二単衣くらい着せてますよ。だから、さっきみたいに回りくどい言い方をしちゃうんです」

　幸生くんは冗談にしようとしていたが、僕は真面目に言った。

「幸生くん。困ったときは、誰かに助けを求めていいんだよ」

「どうしたんですか、急に。今さらシリアスなキャラぶろうとしても無駄ですよ。僕の脳内には既に、アヤタさんはただのツッコミ要員としてインプットされてますから」

「どう思われてもいい。事情はよく分からないけど、きみが大きな問題を抱えて辛い思いをしていることは分かる。だから、困ったことがあるなら僕たちに相談してほしいんだ。できることは限られているけど、できる範囲で協力するから」

「できる範囲はゼロです。あなた達にできるのは、今すぐにこの家を出ていくことくらいです」

「そうか……」

　僕の言葉や思いは伝わらなかったらしい。

　ペンは剣よりも強し、と言うけれど、僕の言葉は無力だ。

「そんなに気に病まないでください。どうせ僕は長生きできないんですから」

「え……？」

「ああ、その顔を見ると、まだ聞いてなかったみたいですね。僕、病気なんです」

「病気っていうのは聞いていたけど、それは事故に遭って車椅子に乗っていることじゃ……ああ、違うか」

　車椅子に乗っていることそのものを病気とは言わない。それは結果であって症状ではない。

「もう何年も前から、二十歳までは生きられないだろう、って医者から言われていました。本当は今生きているのだって奇跡みたいなものなんですよ」

「そんな……。入院とかしなくていいのか？」

「してますよ。入院と退院を交互に繰り返しているんです。今はたまたま退院している時期なだけで。――とにかく、そんなわけで、僕のことは気にしないでください」

「何が『そんなわけで』なんだ？」

「だって、僕はもうすぐ死ぬんですから」

「それは関係ない。いや、もうすぐ死ぬからこそ、残された時間を大切にしないと」

「ああ。アヤタさんはそういう考え方をするタイプの人なんですね。ちょっと意外です。でも、僕はどうせ死ぬなら、誰かの役に立って死にたいんです」

「それはきみの本心なのか？　誰かに言い聞かされて、言わされているんじゃないのか？」

「さあ、どうでしょうね」

　幸生くんは他人事のように言った。いや、もしかすると、本当に他人事だと考えているのかもしれない。自分の人生を生きている気がしない、と坂本先輩は言っていた。幸生くんも同じなのではないだろうか。

「坂本先輩は、こんな島は嫌いだと言っていた。ずっと島を出たかったと言っていた」

「ふうん。久生がそんなことを……」

「きみはどうなんだ？」

「もちろん、僕も嫌いですよ。こんな島、大嫌いです」

　幸生くんはあっさりと言った。

「だったら――」

「でも、どんなに嫌いでも、僕はこの島にいるしかない。僕はこの島で生まれました。だから、この島で生きて、この島で死ぬことしかできません」

「それはきみの思い込みだ。もっと違う生き方だってあるはずだ」

「もういいです。あなたの気持ちは分かりました。でも、どこまで行っても平行線です。そろそろ戻らないと皆が不審に思うでしょうから、僕は広間に戻ります。灯影院さんとカナちゃんにも、広間に来るように伝えてください。あ、広間の場所は分かりますか？」

「いや」

「じゃあ、お父さんの部屋に行ったことは？」

「それなら一回だけ」

「広間はお父さんの部屋の少し手前です。大勢の話し声が聞こえるからすぐに分かるでしょう。もし迷子になってしまったら、久生のケータイに電話してください。それじゃあ、僕はもう行きますね」

　幸生くんは車椅子の向きを変えた。

「あ、待って」

「何ですか」

「宴会の後、また話をしよう」

「……そうですね。もしもそんな時間があったら、いいですよ。ええと……ありがとうございます。お礼ついでに、もう一回忠告しておいてあげます。この島の人間は皆、嘘つきです。僕や久生も含めて。誰の言葉も信用せず、言葉の裏の意味を読まないと、足を掬われますよ」

「分かった。気をつけるよ」

僕が頷くと、幸生くんは今度こそ部屋を出て行った。

僕は灯影院とカナの部屋をノックして、宴会が始まると告げた。部屋は襖一枚で隔てられているだけなので、幸生くんとの会話を聞かれているのではないかと危惧していたのだが、カナはパソコンで音楽を聴いており、灯影院はイヤホンをつけてゲームをしていたので、それは杞憂だった。

灯影院とカナと一緒に、下手な旅館よりも広い大広間に行くと、そこでは既に四十人くらいの人たちが膳の前に座っていた。彼らの視線が一斉に、遅れてやって来た僕たちに突き刺さった。

部屋の奥の方で坂本先輩が手招きをしているので、分家の人たちの後ろを通ってそちらに向かった。

坂本先輩の席は、当主である坂本莳生の隣だった。そして坂本先輩の反対側の隣から三個、膳が空いていたので、ここに座れということなのだろう。僕、カナ、灯影院の順に座った。一応、カナを見知らぬ人間と隣り合わせにしないように配慮したつもりだった。

ちなみに、幸生くんは車椅子なので、坂本先輩と坂本蒔生の後ろに小さめのテーブルを用意してもらっていた。

「本日は遠方からお越しいただき、まことにありがとうございます。それでは、堅苦しい挨拶(あいさつ)は抜きにして、早速乾杯しましょう」

坂本蒔生がよく通る声で言った。こうして見ると威風堂々としていて、カリスマ性があった。

僕は冷たいお茶が入ったコップを手にした。

「坂本家のさらなる隆盛と繁栄を願って——乾杯！」

坂本蒔生の声を合図に、僕は両隣の坂本先輩やカナと乾杯した。そして席を立ち、幸生くんのところにも行って乾杯をした。幸生くんは一瞬驚いたような表情をしていたが、乾杯が終わると無言でにっこりと笑った。僕も無言で頷き返して、自分の席に戻った。

宴会が始まってからも、先輩と坂本蒔生はお酌や挨拶回りに忙しく動いていた。明日の選挙では決まった候補者に投票してもらわなければならないので、坂本蒔生も下手に出ているのだろう。

皆、アルコールが回ってきたようで、大広間の中はやかましくなってきた。しかしその中でも、坂本先輩は一滴も飲んでいないようだった。

「常さん。僕、何か体調が悪いから部屋に戻るよ」

幸生くんがそう言っているのが聞こえた。

「分かりました。旦那(だんな)様には私からお伝えしておきます」

「あ、押してくれなくても、一人で戻れるから大丈夫だよ」

「そうですか。分かりました。おやすみなさいませ」

「うん、おやすみ」

僕が一瞬だけ振り返ると、幸生くんと目が合った。幸生くんは寂しそうな表情をしていたが、僕と目が合うと僕に会釈をし、そのまま分家の人たちの後ろを通って大広間から出ていった。そのとき、僕は何気なくスマホで時刻を確認したのだが、ちょうど午後七時三十分になったところだった。

坂本先輩や坂本蒔生が戻ってきたのは、僕が自分の分の食事を半分以上食べてからだった。先輩は本当にこういうのが苦手らしく疲れた顔をしていたが、父親の手前何も言わなかった。

「綾高さんたちはお酒飲まないんですか」

坂本蒔生が僕に話しかけてきた。

「いえ、僕たちは未成年ですから……」

「未成年でも関係ないでしょう」

「いや、関係ないことはないですよ。ジュースで満足してますから、お構いなく」

「お父さん。私が先日まで所属していたサークルで何があったのか、話しましたよね。やめてください」

坂本先輩がそうとりなしてくれた。ボウリング・サークルの新入生歓迎会で鈴木ダグラスが急性アルコール中毒で亡くなったことを言っているのだろう。

「そうだな。分かった。——ああ、これはこれは。松原さん」

坂本蒔生が席に着いてからも、挨拶にやってくる人は大勢いた。隣に座っている坂本先輩も、挨拶をしないわけにはいかず、自分の分の料理には殆ど手をつけることができなかった。

「——カナちゃん。私と席を替わってください」

客が一瞬途絶えたところで、先輩がカナに小声で頼んだ。坂本蒔生に聞かれてもいいように、丁寧な言葉遣いは崩していない。カナは急いで立ち上がり、先輩と場所を交替した。そして先輩は、既に食べ終えたカナの食器と、自分の食器を交換した。その甲斐あってか、次からは坂本蒔生のところにお客が来ても、先輩が挨拶をするのは最初と最後だけで、世間話は父親に任せきりにすることができていた。

やがて、八時過ぎになると、カラオケ大会が始まった。カナや灯影院も誘われ、それぞれアニメやゲームの主題歌ではあるが一般人にも知名度が高いという曲を選んで歌っていた。二人とも歌が上手く、結構盛り上がっていた。

当然のように僕も誘われたのだが、人前で歌うのは苦手なので、咽喉の調子が悪いからと言って固辞した。

そろそろ部屋に戻ろうかと思い立ち上がると、周囲の人たちの視線が僕に集まった。

「綾高くん。どこに行くのかな？」

坂本先輩が尋ねた。最後までいてくれ、と頼んでいたよね、と念を押すような口調だった。

「ちょ、ちょっとお手洗いに……」

それは嘘ではなかった。部屋に戻る途中でトイレに寄るつもりだったのだから。

「場所が分からないでしょう。私も行きます」

そう言って立ち上がったのは、何と坂本蒔生だった。

「いえ、分かりますよ。僕たちの部屋の近くにありましたから」

「あんな遠い場所まで戻らなくても、もっと近くにあるんですよ。行きましょう」

「はあ……。それじゃあ、お願いします」

僕がそう言うと、俺も、私も、と言って男の人が四人も立ち上がった。この家には連れションをする風習でもあるのだろうか。それとも、少しでも当主である坂本蒔生とお近づきになりたいと考えているのだろうか。

それは分からなかったが、とにかく、六人もの大所帯でトイレに行くことになってしまった。トイレは確かに、大広間を出てから十メートルくらいの場所にあった。ただし、トイレに辿り着くまでには何度も廊下を曲がらなければならず、初見だと見過ごしてしまいそうな位置だったが。

　トイレは男女別に分かれており、男子トイレの中には、個室が二つ、小便器が二つもあった。幸生くんのためなのかどうかは分からないが、個室の中の便器は洋式であり、かなり広かった。

　個人の住宅のトイレとは思えないよなあ、と僕は思いながらスリッパを履き、小便器の前に立った。隣には坂本蒔生が並んだ。威圧感のようなものを感じる。はっきり言って気まずかった。個室に移動しようかと思ったが、既に分家の人たちが二つの個室を占領してしまっていた。

　仕方なく、僕はそのまま用を足し、ズボンのチャックを閉め、洗面台に行き手を洗った。

「それじゃあ、僕はこれで……」

「あ、待ちなさい。全員で戻りましょう」

　遅れてやって来た坂本蒔生は手を洗いながら言った。僕たちと入れ違いに、外で待っていた二人が小便器の前に並んだ。

「え。どうしてですか」

「みんな、酔っていますし、お年寄りもいますからね。ちゃんと大広間に戻れるか心配なので」

そう言う坂本蒔生も六十歳過ぎであり、お酒を飲んでいるはずなのだが。

「はあ。分かりました」

「――綾高くん」

「はい」

「今日はありがとうございました」

何についてお礼を言われているのか分からなかった。

「いえ、そんなことは……」

わけの分からない返事をしてから、幸生くんの話し相手になってあげたことについての礼なのだろうと思い至った。

「綾高くんは久生のことを、どう思っていますか」

これまた唐突な質問だった。

「ええと……いい先輩だと思いますよ」

「それだけですか」

それだけではないだろう、という言外の含みがあった。

いったい何なのだろう。どういう返事を期待しているのだろう。

「坂本先輩は――」

　言いかけてから、僕は先輩について何も知らないことに気が付いた。この島に来てから、初めて知った先輩の一面がたくさんあったが、それは一部分でしかないだろう。

　坂本先輩はこの島が嫌いだと言っていましたよ、とか、お見合いを嫌がっていました、とか言ってやろうかとも思ったが、そんなことをすれば先輩を困らせるだけだ。特に今は分家の人たちもいるのだから、余計なことを言うべきではない。

「先輩とは、高校のときに文芸部で知り合いました。当時は僕が一年生で、先輩が部長を務めていました。好きな本について語ったり、小説を書いたりしているときの先輩は、とても輝いているように見えました。僕はてっきり、先輩は文学部に進学するのだとばかり思っていましたから、文学部のない今の大学で再会したときには驚きましたよ」

　余計なことは言うまい、しかし先輩が父親に自分の意志を尊重されていないと考えていると伝えようとするあまり、主旨がよく分からない返答になってしまった。

「そうですか……。久生が輝いて見えた、ね」

　坂本蒔生は何かを考えるような表情で言った。

「はい。今度の文化祭で、探偵同好会は文集を出すことになってるんですけど、坂本先輩と一緒に共同作業をできて嬉(うれ)しいです」

「文集？　久生はまだ、小説などという低俗なものを書いているのか？」

坂本蒔生の表情が険しくなり、独り言のようにそう言った。

「あ、違うんです。坂本先輩は、今はもう小説は書いていません。文集に載せるのも評論ですから……」

僕は失言を悟り、慌ててそう取り繕った。

数秒の沈黙が流れた後、坂本蒔生は僕を見下ろし、こう言った。

「あなたに言っておきたいことがあります」

「……何ですか」

「久生のことは、諦めてください」

「諦める？」

「客人にこんなことを言うのが失礼だということは分かっていますが、久生は、あなたとは違う世界に住んでいます。諦めてください。いいですね」

回りくどい表現だが、坂本先輩に小説を書かせようとするのはやめろ、と言いたいのだろうか。

「はい……」

よく分からないままに、僕は頷いた。

それから、全員が手を洗って戻ってくるのを待って、僕たちは大広間に戻った。本当はそのまま部屋に戻りたかったのだが、そんなことを口にできる雰囲気ではなかった。

僕と入れ違いに、カナが立ち上がってトイレに行こうとしたのだが、今度は女性が三人、自分たちが案内すると言って立ち上がった。どうやら一緒にトイレに行きたがるのは、この家では当たり前のことらしかった。数分後、カナは彼女たちと一緒に戻ってきた。

もう部屋に戻るのは諦めて、宴会がお開きになるまで付き合うことにした。灯影院やカナとお喋りをして時間を潰すことにする。

「アヤタ。俺、新しいトリックを思いついたぞ。それをお前が書く予定のミステリーのネタにするといい」

灯影院がにやにやと笑いながら言った。

「期待せずに聞いてやろう。言ってみろ」

「ある会社の同僚二人が宴会の幹事を任されたんだけど、一人が『居酒屋で宴会』と言ったのを聞いて、もう一人が会社の近くの居酒屋の予約をとるんだな。ところが後日、そいつに尋ねてみると、自分は『居酒屋で宴会をやろう』なんて言っていないと言うんだ」

「そいつが関西弁で『居酒屋でええんかい』と言ったのを、聞き間違えた、なんてオチじゃないよな？　まさかそんなしょうもない勘違いネタじゃないよな？」

「え、ええと……」

灯影院の目が泳いだ。

「お前、オヤジギャグ以外のトリックは思いつかないのか？」

「そういうアヤタはどうなんだよ。ちゃんとミステリー書いてるのか？」

「少し書いたよ」

「へぇ。どんな話だ？」

「春にあった『笹丸先生休講事件』の登場人物を仮名にしてそのまま書く予定」

「その手があったか！　……じゃなくて、それは卑怯だろう」

「いや、今お前、『その手があったか！』って言ったよな」

「『イケメン大学生探偵灯影院の事件簿④　笹丸先生は冷酷な殺人鬼なのか？　最終鬼畜大学教授・S』は俺が推理して解決した事件なんだから、俺が書くべきだ」

「いや、前に言ってたのとタイトル変わってないか？　鮮血に染まるウエディングドレスはどこに消えたんだよ！　っていうか、結局お前の推理は間違ってたから解決してないだろ！」

そんなことを話しているうちに、やがて午後九時になり、そろそろお開きにしようかという雰囲気になった。

「常さん。幸生を呼んできてくれないか」

坂本蒔生が常さんにそう話しかけた。

「幸生さんはお休みになられましたけど……」

「あいつのことだ。どうせ起きてるだろう。もし寝ていても、起こして連れてきてくれ。幸生だって本家の人間なんだから、最後の挨拶のときにいないと恰好がつかん」

「……分かりました」

常さんは不服そうだったが、大広間を出て行った。そして、一分くらいで走るようにして戻ってきた。その顔には焦りの表情が見られた。

「どうした。みっともない」

「旦那様。大変です。幸生さんが部屋にいません」

常さんが周囲の目を憚るように、小声で言った。

「厠にでも行っているんじゃないのか」

「男子トイレの中も覗きましたけど、誰もいませんでした」

常さんは切羽詰まった表情で言ったが、宴会の会場の中だということもあり、このときの僕はさほど危機感を持っていなかった。

「携帯電話は鳴らしてみたか？」

「はい。でも、電源が切ってあるみたいなんです」

「ふむ……。目立たないように、少人数で屋敷の中を捜してみるか。場合によっては家の恥になるから、今の時点では分家の者に知られたくないし、そうなると私はこの場所を離れるわけにはいかんが……。久生」

坂本蒔生は小声で言った。

「何ですか」

「幸生を捜してこい」

坂本先輩が断るなど微塵も想像していないような態度で、坂本蒔生はそう命令した。

「はい、分かりました」

「申し訳ありませんが、綾高くんと灯影院くんも手伝ってくれませんか」

「いいですよ」

灯影院がそう言うので、僕も頷いた。

「じゃあ、私も」

カナもそう言って立ち上がりかけたのだが、坂本蒔生はこう言った。

「いいえ。カナさんは残ってください。四人もいなくなると分家の者が何事かと思いますし、場合によっては外にまで捜しにいかないといけないかもしれませんからね。さすがに、中学生の女の子をこんな時間に外へ出すわけにはいきませんから」

「……分かりました」

カナはそう言い、座り直した。坂本蒔生のことを生活指導の先生みたいと評していたカナは、彼のことが苦手らしく、素直に従った。と言うか、僕も坂本蒔生のことが苦手なのだが。

　僕と灯影院と坂本先輩の三人は、目立たないようにゆっくりと歩いて、大広間から出た。

「先輩。実は、僕に心当たりがあるんですけど」

　廊下に出てから、僕はそう言った。

「へえ。どんな？」

　坂本先輩は意外そうに尋ねた。

「宴会の後、時間があったら話をしよう、って幸生くんと約束をしていたんです。だから、もしかしたら僕の部屋で待っているんじゃないかと思うんですけど」

「幸生がそんな約束を……。よし、とりあえずアヤタの部屋に行ってみよう」

　坂本先輩が言い、僕たちは急いで廊下を歩いた。しかし、僕の部屋には誰もいなかった。念のために、両隣のカナと灯影院の部屋も見るが、誰もいない。先輩の部屋も同様だった。

「幸生くんの部屋は近いんですか」

　僕は坂本先輩にそう訊いた。

「ああ」

「だったら、先に幸生くんの部屋を見てみましょう」

「分かった。こっちだ」

　出入りや移動がしやすいようにという配慮からか、幸生くんの部屋は玄関やトイレ、浴室や食堂など、よく使う場所の中間地点にあった。部屋の中は、椅子がないことや、あちこちに手摺(てす)りがあること以外は、ごく普通の男子中学生の部屋という印象だった。ノートパソコンや本やCD、ブルーレイディスクなどもあるが、それらは低い場所にある棚に並べられていた。和室なのだが、車椅子への乗り降りがしやすいように、ベッドが置かれていた。

「確かに、この部屋にはいないみたいですね……」

　灯影院が部屋の中を見回して言った。

「まさかこんなところにいるはずがないけど――」

　そう言いつつ、坂本先輩が押入れの戸を開けた。中には服が並び、ハンガーが一本だけ床に落ちていた。

「先輩。もしかしたら、幸生くんは外に行ったのかもしれませんよ」

　灯影院がそんなことを言い出した。

「どうしてそう思う」

「ハンガーが落ちているからです。夜だし、外は寒いですから上着を着たんでしょう。でも、ハンガーをかけるのが面倒で、床に放り出していったんじゃないでしょうか」

灯影院は一本だけ落ちているハンガーを指さして言った。

「一理あるな……。だが、まずは虱潰しに家の中を全部調べてからだ」

それから十五分ほどかけて、家の半分を見て回ったが、幸生くんは見つからなかった。

途中で坂本先輩は何度も幸生くんに電話していたが、幸生くんは出なかった。

玄関へ行き、靴を履き替えて庭を捜すことにする。

「幸生くんの靴はありますか」

外に出たかどうかの判断材料になると思い、僕が尋ねると、先輩はこう答えた。

「あいつは面倒くさがり屋だからな。冬以外はスリッパのままで、外に出るときに靴は履かないよ」

そう言えば、昨日幸生くんと散歩したときも、車椅子の足置き場の上にある足は、靴ではなくスリッパを履いていた。

「待ってください。懐中電灯はありますか」

灯影院がそう訊ねると、坂本先輩は近くの棚から懐中電灯を取り出し、僕と灯影院に一本ずつ渡してくれた。

その後、僕たちは幸生くんの名前を呼びながら庭を一周したが、やはり幸生くんは見つからなかった。

「敷地の外に出たとなると、厄介だな……」

坂本先輩は厳しい表情で言った。

「幸生くんのケータイ、電源入ってないんですよね」

灯影院がそう確認した。

「ああ」

「だったら、GPSで所在地を調べることもできませんし、車で捜した方がいいかもしれませんね」

「そうだな。まずは親父(おやじ)に聞いてみよう」

坂本先輩がそう言い、僕たちは九時半に宴会場へ戻った。僕と灯影院と坂本先輩の席以外は一つを除いて全部埋まっており、分家の人たちはまだ勢揃(せいぞろ)いしている様子だった。僕たちが幸生くんを捜しに出ていたことには気付いていなかったらしく、世間話をしていた。

「……というわけで、当主様のおかげで息子も無事に就職できました。本当にありがとうございました。このお礼は、また後日改めてさせてもらいます」

松原のおじさん、と幸生くんが呼んでいた男が、坂本蒔生にそんなことを言っていた。どうやら松原のおじさんは息子の就職の斡旋(あっせん)を坂本蒔生に頼んでいたようだった。僕たちが松原のおじさんに近づくと、彼は坂本先輩に挨拶(あいさつ)をしてから、一つだけ空いていた自分の席に戻っていった。

「幸生は見つかったか？」

　坂本蒔生は座ったまま坂本先輩を見上げてそう訊いた。

「いいえ。家の中にはいないようです。これから外へ捜しに行こうと思うのですが、幸生がどこに行ったか心当たりはありませんか」

「ふむ……。そうだな。以前はよく、家を抜け出して戸張岬の方まで散歩に行っていたらしいが」

「戸張岬？　あんなところに？」

「ああ。戸張辰巳の犬の件があってからは外出を控えていたこともあり、最近は行ってなかったらしいが。こんな時間に行くとは考えにくいが、他に心当たりはないな」

「そうですか……。じゃあ、まずは戸張岬へ行ってみます」

　坂本先輩はそう言うと、僕と灯影院の方を向いた。

「もちろん、俺たちも一緒に捜しますよ」

「カナは大丈夫か？」

　僕は、ぼんやりしているカナにそう訊いた。

「あまり大丈夫じゃないから、早く戻ってきてね」

　カナは気怠げに、小声でそう言った。

　僕と灯影院と坂本先輩は一度玄関へ戻り、車の鍵をとってきてから、車庫に移動した。

灯影院が助手席に座り、僕は後部座席に座った。ちゃんと全員がシートベルトを締めているることを確認してから、先輩は車を発進させた。

「以前にも、こんなふうに幸生くんが突然いなくなることはあったんですか？」

灯影院が尋ねた。

「いや。いつもは必ず、家にいる誰かに声をかけてから出かけるんだが……」

坂本先輩は深刻そうな声音で言った。

幸生くんが自発的に家を出たのならばいいが、何らかの事件に巻き込まれている可能性もある。僕は昼間の出来事を思い出し、ますます幸生くんの身が心配になった。あの大男――戸張辰巳が幸生くんに危害を加えた可能性は、どれくらいあるのだろう。

十分ほどで、戸張岬へ行く途中にある、ヤブニッケイの小道の入り口に到着した。坂本先輩が車を道の端に停めると、僕たちは車を降りた。

「うわっ、真っ暗ですね」

灯影院は小道に懐中電灯を向けながらそう言った。ヘッドライトや懐中電灯の光に誘われたのか、早くも羽虫が集まり始めていた。

「夜に戸張岬に行く奴なんて滅多にいないからな。ここらへんには街灯もないんだよ」

坂本先輩は車をロックすると、自分の懐中電灯で足元を照らしながら歩き始めた。

木の洞が、人の顔のように見える。虫の鳴き声と波の音が入り混じり、気味の悪い呻き声のように聞こえる。

僕はだんだん、肝試しをやっているような気分になってきた。坂本先輩が足早に歩いてくれているのだけが救いだった。こんな道は一刻も早く抜けたかった。

車を降りてから十分後、僕たちはようやく戸張岬に辿り着いた。

「幸生！」

坂本先輩がそう呼びながら、懐中電灯の光を岬に向けた。僕と灯影院も、それぞれ別の方向へ光を向ける。

そして――幸生くんを見つけたのは、三人の中で僕が一番早かった。

幸生くんは、こちらに背を向けて座っていた。崖っぷちまで、ほんの五、六メートルしかない位置に座っている。もちろんガードレールなどはないので、誰かが勢いをつけて車椅子を押せば、そのまま海に落ちてしまうような場所にいた。

「こんなところにいたのか。みんな、心配してたんだよ」

僕は彼に声をかけたが、反応はなかった。波の音だけが聞こえる。

ふと、僕は幸生くんの首が右側に傾いていることに気が付いた。寝ているのだろうか。そう思いつつ、正面に回る。

懐中電灯の光を向けた僕は、息を呑んだ。シャツの胸の辺りに穴が開いており、その周囲が赤茶色に染まっている。

灯影院が駆けつけると、幸生くんの腕を手に取り、黙って首を横に振った。

「幸生……？」

遅れて駆けつけてきた坂本先輩が、幸生くんに声をかける。暗いせいで表情は分からないが、その声は震えているように感じられた。

「坂本先輩。診療所の電話番号は分かりますか」

「いや。スマホには登録してない。家に帰れば分かるけど……」

「じゃあ、とりあえずお父さんに連絡してください。幸生くんを見つけたが、手遅れだったと」

「手遅れ……。手遅れって、死んでるのか」

「そう見えます。でも、まだ間に合うかもしれません。お父さんから診療所の方に連絡してもらってください。それから、警察にも通報した方がいいでしょう。誰かに殺されたように見えますから」

灯影院に言われて、坂本先輩はポケットからスマホを取り出した。

「ああ、分かった。——お父さん。幸生を戸張岬で発見しました。ただ、刃物で刺されたような跡があり、息をしていません。今すぐ熊谷(くまがや)先生と警察に連絡してください。

——はい。分かりました。それでは」

坂本先輩は通話を切ると、僕と灯影院に向き直った。

「親父に連絡したよ。とりあえず熊谷先生が来るまで三人で待ってろ、って言われた。——すまないが、ちょっと失礼」

坂本先輩は幸生くんの遺体から数メートル離れると、うずくまった。何をしているのかと思ったら、吐いていた。やはり、疎遠だったとはいえ実の弟の死がショックだったのだろう。

「熊谷先生っていうのが、診療所の医師なんですか？」

坂本先輩が戻ってくるのを待ってから、僕はそう尋ねた。

「そうだ。それにしても、どうしてこんなことに……。幸生は誰かに恨まれるような性格じゃなかったのに」

坂本先輩は俯き、悔しさを滲ませた口調で言った。

「戸張辰巳っていう人とトラブルがあった、っていう話ですけど……」

灯影院は遠慮がちな口調で言った。

「辰巳の犬を死なせてしまったという事故のことか？　確かに恨まれていたようだが、さすがにそんなことで殺しはしないだろう」

「分かりませんよ。ものの弾み、ってことがありますから。犬のことで何か口論になって、衝動的に刺してしまったのかも……」

灯影院はそんなことを言っていたが、僕はまだ半信半疑だった。幸生くんが誰かに殺されたということではなく、その前段階の幸生くんが死んだということを受け入れることができていなかった。ただでさえ、懐中電灯の光で見た他人の顔というのは、現実感がないものだ。それに加えて、幸生くんは目も口も閉じており、眠っているようにしか見えなかった。今にも目を開け、なーんちゃって、引っかかりましたか？ と笑ってもおかしくないような気がした。

「どうだろうな。まあ、それを調べるのは警察の仕事だ。素人探偵未満の俺たちの出る幕はない」

坂本先輩は投げやりな口調で言った。

「はい。そうですね」

灯影院は逆らわずに頷いた。

会話が途切れる。沈黙を続けるのが苦しくなり、僕はスマホを取り出した。

「カナに電話します」

僕は言い訳をするように断りを入れて、リダイヤルからカナの番号を検索し通話ボタンを押した。

「ユッキー、見つかったの？」

「ええと、見つかったことは見つかったんだけど……」

「何かあったの？ さっき、さかもっちゃんのお父さんと髭モジャさんが血相を変えて宴会場を飛び出していったけど」

「カナ。落ち着いて聞いてくれよ」

「うん。もったいぶらずに教えてよ。何？」

「幸生くんは、死んでるみたいなんだ」

「――嘘」

殆ど反射的に口を衝いて出たのだろう、カナは僕を責めるような声音でそう言った。

「嘘じゃない」

「アヤタ。言ってもいい冗談と悪い冗談があるんだよ」

「だから、冗談じゃないってば」

「じゃあ……ユッキー、本当に亡くなったんだ。信じられない」

電話越しにも、カナがショックを受けていることが伝わってきた。

「うん、そうなんだ」

「ユッキーは何で死んだの？　事故？」

「いや……どうやら、殺されたみたいだ。胸にナイフで刺されたみたいな跡があるのに、凶器が見当たらないから」

カナにそう言いながら、僕は幸生くんの遺体の近くの地面を懐中電灯の光で照らしたが、やはり凶器は見つからなかった。

「そんな……。何で、ユッキーが殺されなきゃいけないの？　意味分かんない」

「僕にだって分からないよ」

　ふと、灯影院が僕に右手を差し出しているのに気付いた。電話を替われという合図らしい。

「ちょっと待ってくれ。今、灯影院に電話を替わるから」

　僕はそうカナに前置きしてから、灯影院にスマホを渡し、一緒に聞こうと耳を近づけた。

　スマホに耳を近づけると、カナの声が聞こえた。

「ほかげっち？　ユッキーが殺されたって、本当なの？」

　よほど僕のことが信じられないらしく、カナは再度そう確認した。

「ああ。本当だ。――カナちゃん。ショックを受けてるときにごめん。カナちゃんに聞きたいことがあるんだけど、いい？」

　灯影院はそう訊いた。

「いいけど、何？」

「俺たちが幸生くんを捜し始めてから、さっき蒔生さんと髭モジャさんが出ていくまでの間に、宴会場から姿が見えなくなった人はいなかった？」

　灯影院はそう訊いた。

そうか。灯影院は、坂本一族のアリバイを確認しようとしているのか。

「いなかったよ。あ、使用人の人たちは出入りしてたけど」

「そうか。ありがとう」

灯影院はそう言うと、僕にスマホを返した。

「えっと、カナ。というわけで、僕たちはしばらく帰れそうにないから、カナはそこで待っててくれ。もしかすると幸生くんを殺した犯人がそっちへ向かうかもしれないから、できるだけ皆と一緒に行動するんだぞ」

「うん……。分かった。そうする」

いつになく素直に、カナは僕の忠告に従った。

「じゃあ、また後で。何かあったら電話してくれ」

僕は通話を切り、そのままスマホで現在の時刻を確認した。午後九時五十五分だった。

幸生くんの遺体を直視しているのは辛く、かといって幸生くんのことを考えないのもそれはそれで心苦しく、僕は頭の中で事件を整理することにした。

幸生くんが宴会場から出て行ったのを目撃したのは、午後七時半で、幸生くんの不在が発覚したのは午後九時のことだった。その間、僕は幸生くん以外の坂本家の人たちとは、トイレに行ったとき以外はずっと一緒に行動していた。トイレに行くときも複数人で一緒に行動していたから、午後七時半から午後九時までの間、坂本家の人たちには犯行は不可能だったはずだ。

午後九時から午後九時半までは、僕と灯影院と坂本先輩は三人で坂本家の敷地内を捜索していた。その間、カナは宴会場に残り、ずっと坂本家の人たちと一緒にいた。

僕と灯影院と坂本先輩は午後九時半に一度宴会場に戻ったが、その時点では坂本家の人たちは全員宴会場の中にいた。

その後、僕と灯影院と坂本先輩は、この戸張岬まで直行し、午後九時五十分くらいに幸生くんの遺体を発見した。

坂本先輩の実家からヤブニッケイの小道の入り口まで、車で十分。ヤブニッケイの小道から戸張岬まで、歩いて十分。つまり、坂本先輩の実家から、遺体発見場所となった戸張岬までを往復するには、四十分はかかることになる。ヤブニッケイの小道に関しては、全力疾走したり、バイクや自転車を使ったりすればもう少し短縮できるかもしれないが、こんなに曲がりくねった暗い道でスピードを出すのは難しいだろう。船で海上を移動するのも、崖を登り降りするのを考えると却って時間がかかるはずだ。どんなに頑張っても最低往復三十五分はかかるのではないだろうか。

僕と灯影院とカナと坂本先輩、そしてあのとき宴会場にいた坂本家の人たちの中で、三十五分以上も宴会場を抜け出していた人はいなかった。複数人でトイレに行ったのだって、十分もかからなかったはずだ。

つまり、僕たちにはアリバイが成立することになる。

こんな言い方は幸生くんには申し訳ないが、少なくとも身近な人たちが犯人という可能性がないことがはっきりしたのは、不幸中の幸いと言えるだろう。

いや、待てよ。使用人の中に犯人がいる可能性はまだあるのか。しかし、その辺は警察が調査すれば分かるだろう。

——そんなことを考えていると、坂本蒔生と髭モジャさんが戸張岬に到着した。

髭モジャさんは痛ましそうな表情で、少し離れた場所で立ち止まった。

「幸生……。どうしてこんなことに……」

坂本蒔生は呆然(ぼうぜん)とした様子で、幸生くんに触れることすら思いつかない様子だった。

やがて、白衣を着た男が到着した。おそらく、彼が熊谷先生なのだろう。

熊谷先生は、幸生くんが既に亡くなっており手の施しようがないこと、死因はおそらく胸の刺し傷だが、凶器がないことから他殺の可能性が高いことを告げた。

「畜生……。あいつだ！　戸張辰巳だ！　あいつが幸生を殺したに違いない！」

坂本蒔生はそう叫んだ。

9

坂本蒔生は今すぐにでも戸張家に怒鳴り込みに行きたがったのだが、僕と灯影院と坂本先輩は必死にそれを止めた。やがて駐在所の警官も来たので、幸生くんの遺体を見張るのは彼に任せて僕たちは一旦、坂本家に戻った。

幸生くんが亡くなったことを告げると、坂本家の関係者たちは憤っていた。戸張辰巳はどこにいるんだという声が大きくなり、坂本蒔生は戸張の本家に電話で訊ねた。

戸張家でも坂本家と同じように、分家の者を集めて宴会を開いている最中だったのだが、一族の鼻つまみ者である戸張辰巳は呼ばれていなかったらしい。戸張家の当主が命令して分家の者に戸張辰巳を捜しに行かせたところ、彼は自宅で酒を飲んで眠りこけていたのだという。ちなみに、戸張辰巳は一人暮らしなので、最後に幸生くんが目撃された午後七時半以降のアリバイを証明する人はいなかった。

そうこうしているうちに、本土の県警から捜査一課の刑事たちがやってきた。さすがに本職の刑事たちは、幸生くんとトラブルがあったことやアリバイがないというだけで、すぐさま戸張辰巳を犯人扱いすることはなかったが、彼を最有力容疑者として考えているのが伝わってきた。

「本当に、幸生くんが午後七時半に宴会場を出ていってから、きみたちが九時五十分に幸生くんの遺体を発見するまで単独行動した人はいないんだね？」

沼田という刑事は、何度も僕と灯影院とカナにそう確認した。

「だから、単独行動した人はいないって言ってるじゃないですか」

灯影院はうんざりしたように答えた。

「しかし、広間には四十人以上もの人がいたんだ。挨拶しに席を立ってた人もいるだろうし、ちょっと目を離した隙に抜け出したかもしれないじゃないか」

沼田さんは癖なのか、太い眉毛を上下させながら言った。

「俺たちが座っていた位置からは出入り口がよく見えましたから、誰かが途中で部屋を抜け出したのなら、きっと気が付いたはずです。抜け出すだけじゃなくて戻ってこないといけないわけですから、その両方を見逃すのは考えにくいです。それに、この家と戸張岬を往復するのって、結構時間がかかりますよね？」

「ああ。実験してみたところ、どんなに急いでも往復三十五分はかかった」

「お膳があるから一人一人の席は決まっていますし、三十五分以上も空席になっている場所があったら、誰かが絶対に気が付いたと思います」

灯影院がそう断言すると、沼田さんは納得がいかないような表情で、今度は常さんたち使用人のアリバイを調べに行った。しかし、漏れ聞いたところによると、問題の時間には使用人たちも複数人で行動していたらしい。少なくとも三十五分も単独行動をしていた者は一人もいなかった。

　そして、僕たちは午前二時過ぎにようやく解放され、自分の部屋に戻って寝ることになった。

「綾高さんと灯影院さんとカナさんの三人は、明け方、敦に頼んで本土まで送ってもらうことにします。警察の許可もとりました。このような事件に巻き込んでしまい、申し訳なく思っていますが、了承してください」

　坂本蒔生は厳しい表情でそう言った。

「あの、でも、三連休の最終日の、十六日まで滞在する予定になってたんですけど……」

　灯影院は遠慮がちにそう言ったが、坂本蒔生は首を左右に振った。

「天気予報によると、十六日は台風十八号がこの島を直撃することになります。十六日まで滞在していたら、船を出せなくなり、学校の授業に間に合わなくなるでしょう。明日……いえ、日付が変わっていますから、今日ですか。今日の朝も、海は荒れているでしょうが、それはお許しください」

「幸生くんのお通夜とかは……」

「幸生の通夜と葬式の日程は、まだ決まっていませんが、平日になるでしょう。あなた達はそれほど幸生と深く関わったわけではありませんし、お気持ちだけで結構です。本土へお帰りください」

　そこまで言われては、もう島に滞在することはできなかった。島には他の宿泊施設はないし、ここでは坂本蒔生がルールなのだ。僕たちは引き下がるしかなかった。

　葬儀の件など色々と打ち合わせがあるという坂本先輩を残し、僕と灯影院とカナは、自分たちの部屋の前の廊下へ移動した。

「じゃあ、おやすみ。眠れないと思うけど、少しでも寝ておいた方がいい。睡眠不足の状態で荒れている海に出るのは辛いから」

　灯影院は自分の部屋に戻る前に、そう言った。

「分かった」

「身体を横にしているだけでも違うからな」

「ああ、ありがとう」

　僕は自分の部屋に戻った。しばらく、幸生くんのことを思い出しながら電灯を点けたまま放心していたが、やはり灯影院の言う通り少しでも寝た方がいいだろうと思い直した。電灯を消し、布団に入る。そのまま十分くらい、幸生くんのことを考えて眠れない時間を過ごしていると、ノックの音が聞こえた。廊下側ではなく、カナが泊まっている部屋の方から。

「カナ？」

僕が名前を呼ぶと、襖(ふすま)が細く開いた。

「あのさ、アヤタ……。今夜は、アヤタの部屋で寝てもいいかな……？」

弱々しい声だった。

カナも、幸生くんのことがあったから眠れないのだろう。

カナが僕と同じ部屋で寝たいと言うのはいつ以来のことだろう。小さい頃、僕たちは個別の部屋を与えられていなかった。やがて、僕が成長し、違う部屋で寝るようになっても、カナは時折、僕と一緒に寝たいと言って部屋に来ることがあった。だが、それはもう何年も前の話だ。最後にカナと同じ部屋で寝たのがいつのことだったのか、僕は思い出すことができなかった。

「いいよ」

「うん。ありがと」

カナは短く言い、襖を大きく開けると、自分の部屋から布団を引き摺ってきた。僕は自分の布団を部屋の中央から、灯影院の部屋側に寄せた。カナは僕の布団の隣に自分の布団を並べると、襖を閉め、僕に背を向けて横になった。

そのまま、五分くらいが過ぎただろうか。唐突に、カナが僕に話しかけてきた。

「まだ起きてる？」

「起きてるよ」

「アヤタ、宴会のとき、わざわざ立ち上がってユッキーと乾杯しに行ったよね。あれって人見知りなアヤタらしくないと思ったんだけど、ユッキーと何かあったの？」

「いや──別に。何となく」

一瞬、宴会の前に幸生くんが部屋に来たことを話そうかと思ったが、やめた。あれは二人だけの秘密の会話だという気がしたからだ。

「そっか……。あのさ、もしかしてアヤタ、ほかげっちに期待してるんじゃないの？」

「期待？」

「うん。ほかげっちが、小説の中の名探偵みたいに、事件を解決してくれるのを」

「解決も何も、犯人は戸張辰巳なんだろ？」

「本当はそう思ってないくせに」

「まあ、な……」

「あのおじさんは、お金が目当てでユッキーに嫌がらせを繰り返していただけであって、本気でユッキーのことを憎んでいたわけじゃないでしょう」

「そうだろうな」

「ということは、犯人は別にいることになる。アヤタは、ほかげっちがその犯人を言い当てることを期待してるんじゃないの？」

「それは……少しは期待してるかもしれないけど」

「駄目だよ、そんなの」

「どうして」

部屋の中は真っ暗で、隣で寝ているカナの顔すら見えなかった。しばらくカナの息遣いが聞こえた後、カナはきっぱりとこう言った。

「ほかげっちは、アヤタが思っているような人じゃないよ」

「……どういう意味だよ」

「ほかげっちは無理してるような気がする。アヤタの期待に応(こた)えようとして。それって、あんまりいい関係じゃないと思う。そんなバランスの悪い関係は、いつか破綻(はたん)しちゃう」

――僕は、反論することができず、黙り込んだ。

「アヤタ？　寝ちゃったの？」

僕が急に黙り込んだため、カナは僕が眠ったものだと誤解したらしい。ちょうどいい。僕は目を瞑(つむ)り、狸(たぬき)寝入りをした。寝たふりのつもりが、いつの間にか本当に眠ってしまっていた。

10

夢を見た。

過去のことを夢という形で思い出すのはよくあることなのだが、このときもそうだった。

このとき見たのは、小学生三年生のときに、灯影院が転校してきた頃の夢だった。担任教師によって灯影院という名前が黒板に書かれた瞬間、クラスの中に戸惑いが広まった。前の席の男子が「なんて読むんだろう」と呟いたのが聞こえた。やがて、灯影院が自己紹介で名前の読み方を説明しても、クラスメートたちの戸惑いは消えなかった。休み時間になり、女子たちが灯影院の周囲に群がっているのを遠目に見ながら、僕は何気なく「変な名前」と呟いた。すると、灯影院が女子からの人気を集めていることが気に食わなかった男子たちは、一斉に変な名前だと灯影院をからかい始めた。

やがて、それはいじめに発展していく。もともと、転校生というのはいじめの対象になりやすいのだが、僕の不用意な一言がそのトリガーを引いてしまったのだった。

罪悪感を覚えた僕は、灯影院がいじめられなくなるようにするにはどうすればいいのか、必死に考えた。そして、インターネットで「灯影院」と検索し、「影院」は中国語で映画館を、「灯影」は日本語でともしびを意味することを知った。

男子たちが「変な名前」とからかう度に、僕は、「そうかなあ。ともしびという意味の灯影と、中国語で映画館という意味の影院が合わさってるんだから、映画スターみたいな名前で恰好いいと思うけど」と言った。一度では効果がなかったが、何度も何度もそう繰り返すことにより、灯影院という名前のセンスを理解できない方がおかしいのではないか、という空気を僕は作った。やがて、灯影院は変な名前の変な奴というポジションから、恰好いい名前の変な奴というポジションに落ち着き、いじめは沈静化した。

夢はそこで唐突に終わり、僕は目を覚ました。

外はもう明るくなっていた。カナは先に起きたらしく、布団ごといなくなっていた。昨夜、カナが僕の部屋に来たのも夢だったのではないかと思ったが、僕の布団が部屋の中央から、灯影院の部屋寄りに移動していたので、夢ではなかったのだと分かった。

身体を起こし、目の横を涙が伝った痕跡があることに気付いた。洗面所へ行き、顔を洗い、タオルで拭く。そうすると、鏡の中の僕の顔はスッキリとし、寝ながら泣いていたようには見えなくなった。

常さんが運んできてくれた朝ご飯を食べ、急いで荷物を纏めていると、坂本先輩がやってきた。

「何と言うか、こんなことになってしまって、悪かったな」

「坂本先輩のせいじゃありませんよ」

灯影院は気遣うように言った。

「それはそうなんだけど、招待した側としては、謝らないわけにはいかないだろ」

それから、僕と灯影院とカナの三人は、髭（ひげ）モジャさんの運転する車に乗った。坂本先輩と坂本蒔生と常さんが玄関まで出て見送りをしてくれた。

「あんた達も大変なことに巻き込まれちまったが、この島でのことは早く忘れなさい」

髭モジャさんは前方から視線を外さずにそう言った。

「忘れろって言われても……」

灯影院は困ったように言った。

「犯人が捕まったとはいえ、殺人事件だからな。この島にも取材が入るだろう。もしかすると、あんた達のところにも記者が来るかもしれんが、何も知らないで押し通した方がいい」

「え？　ちょっと待ってください。犯人、捕まったんですか？」

灯影院は驚いたように尋ねた。僕も初耳だった。

「ああ。一時間ほど前に、戸張辰巳が逮捕されたよ」

「でも、彼がやったっていう証拠は見つかってないんでしょう？」

「いや、一応、辰巳の自宅から凶器の包丁が発見されたよ。幸生さんの遺体の傷口にもピッタリと合うし、包丁には幸生さんのものと思われる血痕も残っていた。さらには、包丁には辰巳の指紋もついていたらしい」

「そうなんですか？　でも、辰巳さんは泥酔して寝ていたわけですし、誰かがそう偽装するのは簡単だったと思うんですが。幸生くんの遺体から抜いた包丁を、泥酔している辰巳さんに握らせればいいだけでしょう」

「それはそうかもしれん。しかし、何と言ってもアリバイがない島民の中で動機があるのは戸張辰巳だけだからな。まあ、警察にこってりと絞られれば自白するだろう」

「そうですね。日本の警察は自白させるのが得意技ですからね。そして裁判所は物的証拠がなくても自白があれば有罪にしてしまう」

灯影院の口調には、たとえ無実であっても、という響きが含まれていた。

船着き場に着き、僕たちは船に乗り換えた。確かに海は荒れていたが、一昨日より少し揺れている、という程度だった。行きも船酔いに苦しんでいたカナは、私もう一生船には乗らない、と青い顔をしていたが。

甲板に出て海を眺めていると、いつの間にか灯影院が傍にいた。

「アヤタは、どうしたい？」

「どうしたいって、何が？」

「この事件」

「そりゃあ……できることなら、真相を知りたいけど」

「ということは、やっぱりアヤタも戸張辰巳が犯人だとは思っていないわけだな」

「ああ。だって、いくら何でも怪しすぎるだろ、あの人」

「そういうのを証拠過多って言うんだけどな。不利な証拠が多すぎると、逆にその人が犯人だとは思えなくなる、という心理現象。でも、現実には往々にして、あからさまに怪しい奴がやっぱり犯人だったりするもんなんだぜ」

「それは分かってるけど……もしも別解答があるのなら知りたいんだ」

「何のために？」

「……幸生くんのために」

「そうか」

それきり、僕と灯影院は並んで、鉛色にうねる波と灰色の空を眺めていた。

11

電車に乗る前に、僕は自分の母親に、今から帰ると電話をした。幸生くんが殺された事件について何も知らない母は、予定より早く帰ることに驚いていた。僕は幸生くんの件には触れず、台風の影響で早めに帰ることになったのだと説明した。

電車で自宅の最寄り駅に着くと、母が迎えに来てくれていた。

「灯影院くんも乗って。家まで送るから」

母は気楽な口調でそう言った。

「それじゃあ……お言葉に甘えて」

灯影院は、一瞬だけ僕の方を見た後、そう答えた。

助手席にカナが、後部座席に僕と灯影院が並んで乗った。

「灯影院くん、いつも綾高と仲良くしてくれてありがとうね。この子、灯影院くん以外に友達いないから、助かるわ」

母は車を発進させると、そう言った。風が強いので、母は普段より速度を落としていた。

　実の母親からこんなことを言われて喜ぶ子供がいるわけがない。母は決して悪い人ではないのだが、少し無神経なところがあった。灯影院は僕のそういう気持ちを察してくれたのか、母の言葉に曖昧に頷いただけだった。

　やがて、灯影院の自宅の前に着いた。灯影院は車を降りると、母にお礼を言った。灯影院が玄関のドアを開けるのを確認してから、母は車を再発進させた。

「綾高もカナも、何だか疲れてるみたいね」

「うん。海が荒れてて、船酔いしちゃったから」

　カナはそう答えた。どうやら幸生くんの件を両親に説明するつもりはないらしい。僕も親から余計な詮索をされるのは嫌だったので、カナに話を合わせておいた。

　母が車庫に車を停めると、僕たちは車から降りた。田中家は一軒家で、家の周りには車庫や庭や物置や畑もあったが、土地が安い田舎ではこれが普通だった。一番近いお隣さんの家まで、二、三十メートルは離れているので、騒音などが問題になることはないのは有難かった。

　車庫の中には父の車もあったので、僕は少し気持ちを引き締めながら自宅に入った。

「ただいま」

　僕がそう言うと、居間で煙草を吸っていた父は、テレビから僕とカナの方へ視線を移動させた。

「よう。お帰り。早かったな」

「お父さん。居間で煙草を吸うときは換気扇をかけて、っていつも言ってるでしょ」

カナはきつい口調でそう言うと、コンロの上の換気扇のスイッチを入れた。

「ああ、すまん、すまん」

全く反省していない口調で、父は謝った。

「壁紙は汚れるし、ソファはヤニ臭くなるし、禁煙しろとまでは言わないけど、できればベランダとか庭で吸って欲しいんだけど」

「そんなことより、カナ。宿題はちゃんとやってるのか？　連休だから、宿題いっぱい出たんだろ？」

「言われなくてもやってるよ！　ほっといて！」

カナは必要以上に大きな声でそう言うと、荷物を持って階段を上がっていった。父はそんな娘を苦々しい表情で見送った。

「何て言うか……カナは今、反抗期なんだよ」

取り残された僕はそう言うと、冷蔵庫から麦茶を取り出し、コップに入れて飲んだ。冷たくて美味(おい)しかった。

「それより、綾高の方はどうなんだ？　明後日(あさって)から大学が始まるんだろ？　夏休みの宿題はちゃんと終わったのか？」

「えっと、うちの大学には夏休みの宿題っていうのはないから」

僕がそう言うと、父は意外そうな表情で僕を見た。

「そうなのか？」

「うん。半期ごとに完結している科目が多いから。通年科目の場合は夏休みのうちに読んでおかないといけない本とか、レポートとかもあるけど、高校までにあった夏休みの宿題っていうのとはちょっと違うかな」

「ふうん。俺は高卒だから、知らなかったよ」

父はそう言うと、唇の端を歪めて笑った。

父は、自分の学歴にコンプレックスを持っている。昔のサラリーマン家庭の三男として生まれた父は、経済的な事情で大学に進学できなかったのだという。しかし、一番上の兄は父よりも頭が悪いのに、長男だというだけの理由で大学へ行かせてもらえたらしい。そして就職してからも、自分より頭も要領も悪い連中が、大卒だからというだけの理由でポンポンと出世していったらしい。そういう事情は父の口から聞いたものなので、本当のことなのかどうかは分からないが、少なくとも父はそういうふうに認識していた。

『同じ仕事をしていても、高卒と大卒じゃ給料や出世のスピードが違うんだぞ。あいつらが大学で遊んでいる間にも俺は必死に仕事をしていて、俺の方が経験豊富で仕事ができるのに、何で俺の方が給料が低いんだ。こんなに馬鹿らしいことはないぞ。いいか、綾高。お前はいい大学へ行くんだぞ』

　僕は子供の頃から、父にそう言いきかされてきた。いい大学へ行け、いい大学へ行け、いい大学へ行け、と。

　幸か不幸か、僕は学校の成績は割と上位をキープしていたので、高校生になったとき、僕は地元の国公立大学を志望校に選んだ。全国的には知名度はさほどなくとも、地元で就職する際には有利な大学で、僕の選んだ志望校には父も満足した様子だった。父の言う「いい大学」とは、全国的に知名度の高い大学という意味ではなく、あくまでも地元の中で偏差値が高く、親戚に自慢できるようなところという意味だったのだ。

　しかし、順調だったのは志望校選びまでだった。三年生になり、学部を選ばないといけない時期がくると、途端に決断力が鈍った。学部を紹介するパンフレットとか、その学部を出た人の就職先などの資料を見ても、ピンとこなかったのだ。

　僕が居間でパンフレットを広げていると、それを見たカナが、呆れたような口調でこう言った。

『アヤタって、本当に優柔不断だよね。……ううん、違うか。優柔不断っていうか、無気力なんだよね、アヤタは。優柔不断な人っていうのは、普通は自分に自信を持てないからそうなるんだけど、アヤタの場合はそうじゃないよね。本当はやりたいことなんか何もないんでしょ。アヤタには夢がないんだよね。だから何も決められないんだよ』

　やりたいことが何もない。

その通りだった。将来、自分がどんな職業に就いているのか予想図を書くことができない。やりたくないことはたくさんあるけど、やりたいことは見つからない。

僕は、からっぽな人間だ。毎日が何となくの繰り返しで、惰性で生きている。

灯影院と、上っ面だけをなぞるような会話を楽しんでいるときも、心の奥のどこか別の場所では、不完全燃焼だと感じている。

「……あまり眠れなくて疲れたから、お風呂入って寝ようかな」

僕は、父との会話に疲労感を覚え、そう言った。

大学に合格した当初こそ、僕が嫌がるのを振り切って親戚に自慢していた父だったが、最近は僕に嫌味なことを言うようになってしまった。最初はその理由が分からず戸惑っていたが、何のことはない。要は、僕が、父のコンプレックスを刺激する立場になってしまっただけのことだった。

二階の自分の部屋に荷物を置きに行き、そのまま着替えを手にすると、脱衣所へ行った。服を脱ぎ、ぬるめのシャワーを浴びる。

文学部に行きたかった坂本先輩が文学部に進学させてもらえず、行きたい学部のない僕がどこにでも進学することができたなんて、世の中は本当に不条理だ。

就職したら奨学金を返済し始めなければならないが、それでも、大学に進学できただけで僕は恵まれているのだろうと思う。

しかし、もしも僕が大学に進学したくなかったらどうなっていただろう。

例えば、歌手とか俳優とか漫画家とかダンサーとか声優とか、そういう夢見がちで学歴が関係ない職業に就きたいと思っていたら、大学ではなく専門学校とか養成所へ進学したがっていたはずだ。その場合、僕は父と対立していたのだろうか。父との衝突を避けるために、僕は無意識のうちに大学へ進学しようと思っていたのではないか。

僕は、他人と対立したり争ったりするのが怖い。責任を取るのが怖い。いつだって、僕は灯影院を矢面に立たせて、その陰に隠れ、直接他人と対峙しないようにしている。灯影院や坂本先輩には、ツッコミと称してきついことを言うときもあるが、あれはじゃれ合いみたいなものであり、対立ではない。

僕には、明確な反抗期というものがなかった。誰かに反抗したり、楯突いたりすることなく、大学生になってしまった。

よく、反抗期がない方が問題だと言われることがあるが、その言葉を聞くたびに僕は耳を塞ぎたくなる。

お父さんなんて大嫌い！　とカナが言っていたのを聞いたことがあるが、カナは自分が愛されている自覚があるから、そうやって好き放題言えるのだろう。何を言っても最終的には父が自分を許してくれると思っているからこその発言であり、親を信頼している証拠なのだと思う。

つまり、僕は――親を信じていないのだ。親に反抗したらそのまま関係が終わってしまいそうな気がして、反抗することができないのだ。

いや、親だけじゃない。僕は、誰のことも信じていない。

僕自身すらも。

『ほかげっちは、アヤタが思っているような人じゃないよ』

カナはそう言っていたが、そもそも僕は、灯影院のことをどんな奴だと思っているのだろう？　シャワーを浴びている間、ずっと考えていたが、答えは出なかった。

結局、僕は、灯影院のことを何も知らないのだ。そのことを痛感しながら、僕はバスタオルで身体を拭き、服を着て、自分の部屋へ行った。

部屋のドアを閉めると、外の風の唸り声が五月蠅く感じられた。

僕はトランクからノートパソコンを取り出し、コンセントに繋ぐと電源を入れた。

幸生くんが死んだのは残念だが、文集の原稿の締め切りは刻一刻と迫っている。夏休みのうちに小説を完成させてしまった方がいいだろうと思い、僕は書きかけの文書ファイルを開いた。

僕はキーボードを叩きながら、高校の文芸部時代のことを思い出していた。

やりたいことが何もなかった僕は、灯影院が文芸部に入るというのを聞いて、同じ部活に入ることにした。

するとと、当時の副部長が、新入生は一学期のうちにオリジナルの小説を書いて発表しろと命令した。僕は、それが嫌で嫌でしょうがなかった。僕には「いい大学」に進学するという目標があり、その目標を妨げるようなものは害悪にしか思えなかった。だから僕は小説を書かず、のらりくらりとかわしていたのだが、徐々にそのことで副部長との間に確執が生まれてきた。

副部長は、僕にだけ連絡事項を伝えなかったり、僕が同じ部屋にいても僕には話しかけずに灯影院を介して僕に小説を書けと伝えさせたりした。そしてある日を境に、灯影院が部活に顔を出さなくなり、幽霊部員となってしまった。僕のせいで灯影院は部活に顔を出さなくなったのだろうかと、僕は針の筵（むしろ）に立たされたような気分になり、僕も幽霊部員になった。

それからしばらくしてから、灯影院は坂本先輩に退部届を出した。僕は、そのことを灯影院ではなく坂本先輩から教えられた。お前はどうする、と坂本先輩から訊（き）かれた僕は、僕も文芸部を辞めますと答えた。

——いつの間にか、キーボードを叩く手が止まっていた。

もしかして。

灯影院が、探偵同好会のメンバーで、文化祭に文集を出すと言い出したのは……。

一つの可能性が浮かび上がってきたが、僕はその疑念を振り払うように、パソコンの画面に集中した。

12

台風十八号は日本列島に大きな爪痕を残し、去っていった。

県内では連休明けには影響は少なくなっていたので、大学の後期の講義は通常通りの日程で始まった。しかし、幸生くんの通夜と葬儀に出席していたため、坂本先輩が登校してきたのは九月二十日の金曜日になってからだった。

その間、インターネットで調べたニュースによると、九月十五日に流麗島で行なわれた選挙では、坂本蒔生が引き続き村長に当選したらしい。そして、村会議員の当選者の苗字も、全員坂本だった。どうやら、戸張辰巳が逮捕されるという不祥事が起こったため、戸張家の人間は全員立候補を取り下げたようだった。

「それで？　話って何だ？」

放課後、坂本先輩は、四十人ほどを収容できる教室の一番前の席に座り、そう尋ねた。教室の中にいるのは、僕と灯影院と坂本先輩の三人だけだった。空いている教室を勝手に使っているのだが、人通りの少ない場所にある教室を選んだので、邪魔者が来る可能性は低いだろう。

「幸生くんの死について、別の可能性を考えてみました。それで、ちょっとお見せしたいものがあるんです」

そう言って、灯影院はノートパソコンの画面を坂本先輩に向けた。

実を言うと、僕もまだ事件の「別解答」を灯影院から聞いていないので、坂本先輩と一緒に画面を覗き込んだ。

「何だ、これ？」

坂本先輩はつまらなさそうな表情で顔を上げてそう尋ねた。

「気象庁のサイトです。九月十四日——幸生くんが亡くなった日の干潮と満潮の時刻を調べたものです。ところで、坂本先輩は満潮と干潮についてどれくらい知っていますか？」

「満潮と干潮っていうのは、あれだろ？　ちょっとエロい響きがある言葉だろ？」

「それは坂本先輩の心が汚れているからそう感じるだけです……」

こんなときなのに、ついつい、僕はツッコミを入れてしまった。習慣というのは恐ろしいものである。

「島育ちなのに知らないわけがないと思うんですが、山育ちのアヤタのために一応説明しておきます。満潮は海面が最も高くなる時間のことで、干潮は海面が最も低くなる時間のことです。地球の自転に従い、海面の上下動は約半日周期で変動します。ある地点での干潮と満潮は、通常だと一日に二回起こります。潮の満ち引き――潮汐（ちょうせき）が起こる原因は地球とか月とか太陽の天体運動によるものなんですけど、実際の満潮と干潮は、海水の慣性や海流、湾岸の形状、塩分濃度、水温、気圧などの影響を受けるため、必ずしも計算通りの時刻には起こりません。特に、あの日は台風十八号が接近中でしたから、なおさらです」

「それで？」

坂本先輩は先を促した。

「気象庁のサイトには、全国数十ヶ所の干潮と満潮の予測時刻が載っています。今は、流麗島から一番近い観測ポイントである三国（みくに）での満潮と干潮の予測時刻を表示しています。さっきは通常だと一日に二回、干潮と満潮が起こると言いましたが、この日は台風の影響で、一回ずつしか満潮と干潮が起こりませんでした。満潮時刻は午前八時二十二分で、潮位は四十四センチ、干潮時刻は十六時四十六分で、潮位は二十三センチでした。そして、その次の満潮は、翌日の午前零時二十二分で、潮位は三十八センチでした」

「だから、それが何だって言うんだ？」

坂本先輩は欠伸混じりに訊いた。

「この情報から、幸生くんの死亡推定時刻のときには、干潮から満潮に向かう時間帯だったことが読み取れます。つまり、海面が上昇している時間帯だったわけですね。この日は上弦の月の翌日だったので、満潮時と干潮時の潮位の差が少ない小潮だったのですが、それでも二十センチ前後の差があったことになります。三国の観測ポイントは本土に面した場所ですからこの程度の差になっていますが、小さな孤島である流麗島ではもっと満潮時と干潮時の潮位の差は大きかったことでしょう」

「確かにそうかもしれないな。でも、それが幸生の死とどう関係してくるんだ？」

坂本先輩は少し苛立った表情で訊ねた。

「はい。俺は、こんな可能性を思いつきました。あの島には岩礁がありましたよね。

――アヤタは岩礁の説明できるか？」

「え？　えっと……海の近くの岩、で合ってるか？」

突然話を振られて、僕は馬鹿っぽい解答しかできなかった。

「正確には、海中に隠れたり、水面上に僅かに姿を現したりしている岩のことだな。干潮時には海面より上に出ているけど、満潮時には完全に海に隠れてしまう岩礁も多い。以前、流麗島を訪れたという地質学者に電話で問い合わせたところ、幸生くんの遺体が発見された戸張岬の下の方に、そういった場所が何ヶ所かあったそうだ。さて、干潮時に、その岩礁の上に浮き輪が置いてあるところを想像してみろ」

「浮き輪？」

思いがけない言葉に戸惑ったが、僕は何とか、海岸近くの岩礁の上に浮き輪が浮いているところを想像した。

「その浮き輪は、干潮時には波の影響を受けないため動かないが、満潮になると波に攫われ、流されてしまうんだ。アヤタ、ここまでは想像できたか？」

「な、何とか……」

「そして、その浮き輪の穴にすっぽりと、漬物石が載っているところを想像してみろ」

「漬物石だって？」

「別に漬物石じゃなくて、ボウリングの球でも、鉄アレイでも、何でもいいんだけどな。とにかく、浮き輪の上に重りが載っているところを想像しろ」

「そ、想像した……」

図に描いてくれれば分かりやすいのに、と思ったら、思いが通じたのか、灯影院が黒板に簡単な図を描いてくれた。

「浮き輪の上に重りが載っていようといまいと、その浮き輪は干潮から満潮に移り変わる、ある特定の時間になると波に流されていくんだ。さて、その重りには釣り糸が結び付けてあり、戸張岬の上の方まで伸ばしてある。そして、そこへ宴会を抜け出してきた幸生くんがやってくる」

死んだ幸生くんの名前が出てきて、僕は緊張した。

「幸生くんは、どこかに結び付けて固定してあったその釣り糸を解いて手に持ち、遺体が発見された場所まで移動する。糸を引っ張って長さを調整し、ある程度ピンと張ったところで、釣り糸に包丁を結びつける。おそらく、包丁の柄の部分には予め穴を開けてあったんだろうな。そして、幸生くんはその包丁を自分の胸に刺し、自殺した」

「……えっ？」

僕は声を上げてしまったが、坂本先輩は微動だにしなかった。眉一つ動かさなかった。

「こうして、幸生くんは死んだ。胸には包丁が突き刺さったまま、数十分が経過する。やがて、波が浮き輪を攫うと、釣り糸が引っ張られ、包丁が抜ける。凶器の包丁は波に流されていき、やがて浮き輪の空気が抜ければ重りに引っ張られて海の底に沈んでいくだろう。まあ、重りなんかなくても包丁自体は水に沈むけど。包丁が岩とかに引っかからないように、包丁の近くには釣りに使うような浮きが結ばれていたかもしれないな。重りが沈んだのが、水深が深い場所なら、もう絶対に見つからない。——こうして、他殺死体に見える自殺死体の出来上がり、というわけだ」

「幸生くんは、自殺したって言うのか？」

「いや。俺は、その可能性もある、と指摘しているだけだ」

「でも、それじゃあ、戸張辰巳の家で発見されたという包丁はどうなる」

「それこそ、誰かが予め用意しておいたんだろ。辰巳はあまり綺麗好きそうな性格には見えなかったし、辰巳の家に忍び込んで、適当な場所に隠しておけばいい。掃除をしないと見つからないけど、少し探せばすぐに見つかる場所に」

「でも、もしも辰巳と鉢合わせしたらどうする？」

「それは、幸生くん本人が囮になって辰巳を引き付けておけば問題ない。ほら、俺とアヤタと幸生くんとカナちゃんの四人で散歩をしていて、辰巳が怒鳴りつけてきたあのときなんか、最良のタイミングだろうな」

「でも、散歩は灯影院が言い出したことじゃないか」

「俺が言い出さなかったら、幸生くんの方から言い出すつもりだったんだろ。娯楽の少ない島だし、外に出てすることと言ったら散歩くらいだし、外に出たいと言えば自然と坂本商店へ行くことになっていただろうし」

「だけど……当然、辰巳の家で発見された包丁と、実際に幸生くんの胸に刺さった凶器は別のものなんだろ？」

「大量生産されたものだし、同じ型の包丁を用意し、予め幸生くんの血液を付着させておけば本物と見分けなんてつかないだろう。幸生くんは病気のために採血をすることも多かっただろうし、注射の痕の一つや二つくらいあったって不思議じゃないし」

「辰巳の指紋がついていた、っていうのは？」

「普段から辰巳が使っていた包丁だったんだろう。あの島には、お店は坂本商店しかない。当然、包丁を売っているお店も坂本商店だけだ。辰巳が使っている包丁も、坂本商店で購入されたものである可能性は高い。だったら、辰巳が普段料理に使っている包丁――つまり辰巳の指紋がついた包丁に、幸生くんが自殺するのに使った包丁の種類を合わせるのは簡単だよな」

「浮き輪に重りを載せ、釣り糸を伸ばすのも、辰巳の家に包丁を隠すのも、車椅子に乗っていた幸生くんには不可能だ。つまり、共犯者がいたんだよな？」

「それはもちろん。名前までは分からないけど、坂本家の中の誰かなのは間違いないだろうな」

「でも、幸生くんは何のために、そんな方法で自殺したんだ？」

「決まってるだろ。選挙に勝つためだよ。辰巳が逮捕された結果、戸張一族はスキャンダルが大きくなるのを恐れて立候補を取り下げた。当選したのは全員、坂本一族だった。純粋に結果だけを見れば、幸生くんがそんな方法で自殺した理由は明白じゃないか」

「そんな――そんなことのために？」

冗談だろ？

幸生くんは父親を選挙で勝たせるために自殺したというのか？

悪い冗談であってほしかった。

だが、灯影院は冗談を言っているような顔ではなかった。坂本先輩も、冗談を聞いているような顔ではなかった。

幸生くんは、本当にそんな理由で、そんな方法で自殺したのだろうか？　信じ難い話だ。

だが、幸生くんは言っていた。

どうせ死ぬのなら、誰かの役に立ってから死にたいと。

確かにそう言っていた。

そして僕は、さらなる疑問点を思いついた。

「もしかして……。坂本家の全員にアリバイが成立したのって……」

「坂本一族は全員、その時間に幸生くんが自殺することを知っていた。だから、アリバイを成立させるために彼らは宴会場の外には出なかったんだ。ただし、この方法には穴がある。それは、身内の証言は警察にアリバイとして通用しない、という点だ。それを解決するためだけに、俺とお前とカナちゃんは、あの島に呼ばれたんだよ。本当は、坂本先輩は以前所属していたボウリング・サークルのメンバーを連れて行く予定だったんだろうけど、鈴木ダグラスが新歓で急性アルコール中毒になった結果、サークルは崩壊してしまった。もちろん、サークルが崩壊したからといって友情関係まで崩壊したとは限らないけど、急性アルコール中毒で新入生を殺すような奴らは、当然、お酒が大好きだろう。そして、酔っ払ってしまうとアリバイの証言に信憑性がなくなってしまう。その点、お酒を殆ど飲まない俺とアヤタとか、年齢的に絶対にお酒を飲ませるわけにはいかないカナちゃんなんかは、アリバイの証人として最適だったことだろう。探偵同好会を発足させた日、坂本先輩がそこまで計算して同好会に入ったとしても、俺は驚かないな。それと、カナちゃんを誘ってほしいと坂本先輩が頼んだのには、別の理由もある」

「トイレの問題、だろ？」

「そうだ。宴会の間、飲み食いしないわけにはいかないから、いくら事前にトイレを済ませておいたとしても、トイレに行きたくなってしまう人も出るだろう。そのときは、アリバイの証人と一緒に行動すればいい。それが、あの不自然な連れションの真相だったってわけだ。ただし、俺とアヤタだけだと自然な形で連れションできるのは男性だけになっちゃうから、トイレに行きたくなった女性の一族のために、カナちゃんは呼ばれたんだ。もしもカナちゃんが流麗島に行くのを断ったときは、どこかから利害関係のない女性を連れて来ればいいだけの話だし、一族は何十人もいるんだからそんなに難しい話じゃない」

「でも、幸生くんの自殺を他殺に見せかけるトリックは、そんなに上手くいくのか？

例えば釣り糸がどこかに引っかかってしまい、包丁が抜けなかったらアリバイは台無しになるじゃないか。それどころか、残った仕掛けから、坂本一族全員が幸生くんを自殺に追い込んだことが明らかになるかもしれないじゃないか」

「だから、一応、保険はかけておいたと思うよ。例えば、包丁の柄の部分に、非合法に入手した、防水加工されていないケータイを貼り付けておくんだ。そうすれば、ケータイが——つまり包丁が海に落ちればケータイが壊れるから、電話をかけるだけでトリックが成功したのかどうか判断できる」

「でも——でも——」

僕は、灯影院の「別解答」を否定する言葉を探した。

「でも、お見合いはどうなる？　あの日、坂本先輩はお見合いをしてたんだろ。被害者とはいえ殺人事件に巻き込まれたなんてことになったら、上流階級の人たちは嫌がって破談にするんじゃないのか？」

「それが狙いだったとしたら？」

「え？」

「もしかすると、坂本家の当主である坂本蒔生氏にとってあの縁談は、不本意なものだったのかもしれない。坂本先輩には、政治家にさせるのにもっと相応しい相手がいると考えていたのかもしれない。しかし、お見合いの話を持ってきたのが目上の相手だったら、坂本家の方から断るのは難しいよな。そこで、相手の方からお見合いを断るように仕向けたとしたら？」

「さっきは選挙に勝つために幸生くんは自殺したって言ってたのに……」

「もちろん、それが第一の理由だ。しかし、ついでに不本意なお見合いを破談にすることもできれば一石二鳥、みたいな感じでその日にお見合いをセッティングしたんじゃないかな？　どうなんですか、坂本先輩」

灯影院は坂本先輩を見つめた。たっぷり十秒ほど経ってから、ようやく坂本先輩は口を開いた。

「あのお見合いが、俺の親父にとっても不本意なものだったのは確かだ」

「じゃあ――」

「だが、一族全員で幸生の自殺に手を貸したなんて言われるのは心外だな。あいつだって本家の一員だったのに、わざわざ自殺させることはないだろう」

坂本先輩は不敵な笑みを浮かべた。

「でも、幸生くんは言っていました。自分は二十歳までは生きられないだろうと医者から宣告されていると。それはつまり――選挙権を得る前に幸生くんは亡くなってしまう可能性が高い、ということを意味しているんじゃありませんか？　あの島では、村長や議員になることがすべてだった。それに手を貸すことができない幸生くんは、だから、だからつまり――。あなた達にとって、幸生くんは役立たずだった。だからせめて、自分で動けて、役に立つうちに死んでもらうことにした。そうなんじゃないですか？」

僕はそう問い質した。口にしながら、その内容のあまりのおぞましさに、吐き気がしそうだった。

「だから、そんな証拠がどこにあるんだよ？　とりあえず最後まで灯影院の話を聞いてやろうと思って黙ってたけど、全部ただの妄想じゃないか」

坂本先輩はうんざりした表情で言った。

「だから、最初に言ったでしょう。俺は、幸生くんの死について別の可能性を示唆したいだけだと。証拠はないけど、そういう可能性もある、と指摘したかっただけです」

灯影院は苦しそうな表情で言った。

「そうか。でも、俺とお前たちの友情も、これっきりだな。ここまで言われて友人関係を続けられるほど、俺は温厚な性格じゃない」

「そうですね。それは俺も残念です。だから、これが最後だと思って、もう少しだけ俺の話に付き合ってください。流麗島に滞在中、坂本先輩は何度か吐いていましたけど、あれって悪阻なんじゃないんですか？　先輩は今、妊娠しているんじゃないですか？」

13

「妊娠……？　坂本先輩が……？」

　僕はそう言いながら、流麗島に着いて船から降りた坂本先輩が吐いているのを見ていたときの、髭モジャさんの奇妙な目つきを思い出した。

「さらに言うと、慌ててお見合いをセッティングしようとしていたのも、お腹の子の父親を誤魔化すためだったんでしょう。まあ、結果的に坂本蒔生にとっても不本意な縁談を持ちかけられたから破談にしたかったようですけど。ところで、お腹の子の父親は誰なんですか？」

「さあな。同時期に数十人と関係を持っていたから、父親が誰なのかは俺にも分からないな」

「ま、マジックスか……。病気とか大丈夫ですか？」

　さすがの灯影院も、引いている様子だった。

「さあな。もしかすると大丈夫じゃないかもしれない。でも、俺は産むつもりだ。俺の子供は俺のものだ。父親なんかいらない。父親なんて――絶対に、要らない」

「それは、お父さんである坂本蒔生氏に対する反抗心からそう思っているんですか？」

「どうとでも思えよ。好きなだけ軽蔑すればいいさ。最低の女だ、ってな」

「その言葉遣い……性同一性障害というわけでもないのに男っぽい喋り方をするのも、お父さんにとっての理想の娘像を裏切るためのものなんですか？」

カナが初めて坂本先輩と会話をしたとき、坂本先輩が「俺」という一人称を使ったのを聞いて、カナが驚いた表情で僕を見たのを思い出す。黒髪ロングで化粧っけがなく、清楚な美人に見える坂本先輩がそんな言葉遣いをするとは思わず、あのときのカナは本当に驚いていたのだろう。

「ああ、そうだよ」

「坂本家の長男であり、先輩のお兄さんである坂本蒔彦さんは、幸生くんの葬儀にも出席しなかったという噂を聞いたんですけど、もしかして、蒔彦さんはもう死んでるんじゃないんですか？」

灯影院はそう訊ねたが、僕はもう感覚が麻痺していて何も感じなかった。

「さあ、どうだろうな」

坂本先輩は否定しなかった。

「そうですか……。幸生くんが亡くなり、蒔彦さんも死んでいるのだとしたら、後は坂本蒔生氏が死ねば坂本家の財産は全部先輩が相続することになるんですよね？」

「ああ、そうなるな。親父はもう結構な年だし、若い頃の不摂生が祟って持病もたくさんあるから、それほど遠い未来の話じゃない。楽しみだぜ。坂本家を滅茶苦茶にして没落させるのが。できれば、親父が生きているうちに俺に当主の座を譲ってくれるといいんだけどな」

「結局、先輩は……あなたの行動原理は全部、お父さんへの反抗心から来たものなんですね」

灯影院は哀れむような口調で言った。

親への反抗という、多くの人が一度は通る道で、交通事故を起こしてしまったのが、坂本久生という女だったのかもしれない。

「何とでも言えばいいよ。さて、俺はそろそろ帰るけど、一つだけ忠告しておいてやるよ」

坂本先輩は立ち上がり、そう言った。

「忠告？」

「灯影院、お前じゃない、アヤタにだよ。俺の親父は、俺のお腹の子供の父親はアヤタだと思い込んでるから、気をつけた方がいいぞ。今ごろ興信所に頼んでお前の身元とか調べてるところじゃないかな」

「――はあ？」

僕は素っ頓狂な声を出してしまった。

「いや、俺は何も言ってないんだけどな。お腹の子の父親は誰だって親父に殴られても、分かんない、って答えてたから」

「でも、どうして僕が？」

僕はそう訊いたが、坂本先輩は答えてくれなかった。

しかし、代わりに灯影院がこう言った。

「そうか……島へ向かう途中、坂本先輩がアヤタに黒い小さな鞄を渡していたのは、そういうことだったんですね」

「どういう意味だ？」

僕は訳が分からず、灯影院にそう訊いた。

「ほら、あの鞄、坂本先輩は誰かのお下がりだって言ってただろ？　坂本家は女性が少ないから、きっと亡くなった母親のお下がり……別の言い方をすれば、母親の形見だったんだろう。実は、俺のトランク、誰かに漁られたような形跡があったんだ。だから、きっとアヤタのトランクも誰かが――例えば、髭モジャさんあたりが漁ったんじゃないかな。そして、アヤタのトランクの中から、坂本先輩のお母さんの形見を見つけ、こんな大事なものを預けるくらいだから、アヤタが坂本先輩の彼氏に違いない、なんてふうに誤解したんじゃないかな。——坂本先輩、どうなんですか？」

僕は灯影院の言葉を聞きながら、坂本蒔生とトイレに行ったとき、坂本先輩のことをどう思っているのかと坂本蒔生に尋ねられたのを思い出した。そのとき坂本蒔生は、僕が長々と喋った台詞の中から、坂本先輩は「輝いて見えた」という部分だけを拾っていた。さらにその後、「久生のことは、諦めてください」とも言っていた。あれは、坂本先輩と結婚するのを諦めろ、という意味だったのではないだろうか。

「まあ、それに関しては黙秘権を行使しておこうかな。とにかくアヤタ。身辺には気を付けておいた方がいいぞ。何しろ俺の親父は、俺が島に彼氏を連れて行っただけで、そいつを——いや、やめておくか。今はまだそのときじゃないからな」

言いかけてやめるという露骨な嫌がらせをしてから、坂本先輩は教室から出ていった。

——と思いきや、数秒後に戻ってきた。

「灯影院。お前が謎を解かなければ丸く納まっていたのにな」

それは、いつかどこかで聞いたフレーズだった。わざわざそれを言うためだけに戻ってきたのだろう、坂本先輩は今度こそ僕たちの前から姿を消した。

僕と灯影院は、しばらく、放心状態でその場に取り残された。

ただし、灯影院と僕が放心していた理由は違うだろう。

坂本先輩が去り、冷静になった僕は、思い出してしまったのだ。幸生くんとの会話を。

『宴会の後、また話をしよう』

『……そうですね。もしもそんな時間があったら、いいですよ。ええと……ありがとうございます。お礼ついでに、もう一回忠告しておいてあげます。この島の人間は皆、嘘(うそ)つきです。僕や久生も含めて。誰の言葉も信用せず、言葉の裏の意味を読まないと、足を掬(すく)われますよ』


あの言葉は、遺言だったのだ。

「もしもそんな時間があったら、いいですよ」というのは「そんな時間はないから話はできない」という意味だったのだ。だって幸生くんは、宴会が終わるまでに自殺するつもりだったのだから。

そして、幸生くんはこうも言っていた。

『とにかく、悪いことは言わないからすぐに帰った方がいいですよ』

『あなたなんかに僕を救うことはできません。久生のお見合いを阻止できなかったのと同じように。できることがあるとすれば、せいぜい、さっきも言ったように今すぐ帰ることくらいです。台風十八号が近づいていますし、今のうちに帰った方がいいですよ』

『できる範囲はゼロです。あなた達にできるのは、今すぐにこの家を出ていくことくらいです』

あれは、文字通りの意味だったのではないだろうか？

僕や灯影院やカナが流麗島に残らず、宴会が始まるまでに帰っていれば、アリバイの証人がいなくなるため、幸生くんは周囲の圧力に負けて自殺に追い込まれずに済んだかもしれない。

あれが幸生くんにできる、ルレイ島に軟禁されていた十三歳の少年にできる、精一杯のSOSのサインだったのではないだろうか？

あのときの僕にできる、幸生くんを救う唯一の方法は、流麗島を出て自分の家に帰ることだったのに。

幸生くんはあんなに何度も何度も、僕に、島を出て家に帰るようにと言っていたのに。

僕は島に残ってしまった。幸生くんの言葉を無視して、島に残ってしまった。

どうして、僕は、幸生くんのたった一つの願いを聞いてあげることができなかったのだろう。

せめて、僕じゃなくて灯影院に相談してくれていれば、灯影院は幸生くんの言葉の真意に気付いたかもしれないのに。

……いや、そうか。違うか。

幸生くんが相談相手として灯影院ではなく僕を選んだのにも、理由がある。幸生くんも、坂本蒔生とか常さんとか髭(ひげ)モジャさんと同じように、勘違いしていたのだ。坂本先輩のお腹の子供の父親が僕なのだと。だから、幸生くんは僕なんかに一目置き、灯影院ではなく僕に相談してしまったのだ。

第六話

郵便受けの中に

1

　僕と灯影院(ほかげいん)が坂本先輩を糾弾した九月二十日を最後に、彼女は大学に来なくなった。スマホの電源もずっと切ったままになっているらしく、連絡がとれなくなっていた。

「文集、どうしようか」

　カレーライスを食べながら僕がそう言うと、灯影院は溜(た)め息(いき)をついた。

「坂本先輩の評論の原稿もらってないし、たった二人じゃな。せっかく『笹丸(ささまる)教授、電撃休講事件　～春に咲く紅(あか)い向日葵(ひまわり)～』を小説化してくれたアヤタには悪いけど、文集を出すのは諦(あきら)めようか」

「いや、またタイトル変わってるんだけど。あの『笹丸先生休講事件』には向日葵とか出てこなかったし」

「だって、『笹丸先生休講事件』じゃ絶対に売れないだろ。そんなタイトルの本を買う物好きがいるとは思えない。それと、紅い向日葵っていうのは、血溜まりの比喩(ひゆ)だよ。向日葵と血溜まりは語呂(ごろ)も似てるし、それくらい分かれよ」

灯影院はそう言って、たらこスパゲティを食べた。

「分かるか！　そもそも、『悲しい行き違い』なんてタイトルの小説を書いた奴に駄目出しされたくないんだけど。……タイトルと言えば、よく考えたら文集のタイトルも決めてなかったな」

灯影院のボケに、いつものキレがないなと思いながら、僕はそう言った。

冷たい現実とか、希望を持てない未来とか、そういうものを直視しないために、僕たちはグダグダな会話で分厚くコーティングし、その中身を見ないようにして生きている。しかし、あの流霊島事件は、そういういつものやり方ではカバーできないくらい、酷い真相だった。

「決めなくていいよ。文集出すのはやめよう」

「それはいいけど、印刷所からキャンセル料とかとられるんじゃないか？」

「俺の親戚がやってる印刷所に頼む予定だったし、本契約を交わしたわけじゃないから大丈夫だよ。ただ、問題は文化祭で何をやるかだな」

九月二十七日、金曜日。僕と灯影院は昼休みに学生食堂で文化祭について話し合っていた。

「何もやらない、というのは駄目なのか？」

「駄目に決まってるだろ。文化祭で文集を出すという条件で同好会を設立したのに、その文集が駄目になったんだから、何か代わりのものを用意しないと」

たらこスパゲティを食べ終えた灯影院は腕を組み、考え込むような表情になった。

「屋台でもやろうか？　僕、お好み焼きとかなら自信あるけど」

「既に探偵同好会の出展スペースは実行委員会に申請し終えているんだけど、そこは飲食店禁止のエリアなんだよ。出展の内容を変えるくらいなら許可してもらえるだろうけど、飲食店のエリアはもう埋まっているから、食べ物屋は無理だな。それに、お好み焼きとミステリーは全然関係ないし」

「じゃあ……ミステリーの即売会っていうのはどうだ？　古本市みたいな感じで」

「いいかもしれないな。ただ、その売る本はどうやって集めるんだ？」

「少しくらいなら僕の蔵書を放出してもいいけど。あ、でも、気に入ってる本は読み返したいし、気に入ってないやつだけにしたいな」

「そんなんでお客さん来るわけないだろ。話にならん」

「いいアイデアだと思ったんだけどな……」

「うん。でも、方向性は間違ってないな。ミステリーが好きな人が集まれば、新入部員が見つかるかもしれないし」

「新入部員？」

「同好会だから、新入会員と言うべきかもしれないけど」

「いや、そうじゃなくて、新しいメンバーを探すつもりなのか？」

「ああ。だって、坂本先輩がこのまま大学に来なくなっちゃって中退でもしたら、自動的に廃部になるし。同好会は三人以上じゃないと認められないからな」

「そうか……。でも、僕はやっぱり、坂本先輩と最後まで同好会やりたかったな」

「あんなことがあったのに？」

「あんなことがなければ、の話だよ。……それなんだけど、ずっと灯影院に謝ろうと思っていたんだ」

「謝る？　何を？」

「嫌な役を押し付けちゃったな、と思って。僕が『別解』を知りたいなんて言ったから、灯影院は友達の罪を暴(あば)くことになっちゃっただろ」

灯影院は僕の期待に応(こた)えようとして無理をしているという意味のことを、カナから言われたのを思い出す。本来ならば、坂本先輩を断罪したことに対する責任は、推理した灯影院ではなく、それを頼んだ僕が負うべきものなのかもしれない。

「何だ。そんなこと気にしてたのか。俺がやりたくてやったことなんだから、アヤタが気に病むことないのに」

「うん……。でも、もし灯影院の推理が正しいのだとしたら、戸張辰巳(たつみ)は無実の罪で投獄されることになるだろ。だから、警察にも坂本家が一族ぐるみで幸生(ゆきお)くんを自殺に追い込んだ可能性を話すべきじゃないかと思ってるんだ」

「そのことなら、もう警察に話したよ」

「え？」

「先週の土曜日に、あの沼田って刑事から再度、アリバイを確認する電話がかかってきたから、そのときに話したんだ」

「僕のところには電話なんてかかってこなかったのに。先に灯影院に電話したときに、幸生くんが自殺したかもしれないという話を聞いたから、アリバイの確認なんてどうでもよくなったのかな」

「さあ、どうだろう」

「沼田さんはどう考えてるみたいだった？」

「一応、その可能性は考慮してみるとは言っていた。警察の中にも何人かは、戸張辰巳が犯人だというのは不自然だと考えている人がいるみたいだったから」

「どうして不自然だと思うんだ？」

「それは話してくれなかったけど、想像はつく。戸張辰巳の家から、辰巳の指紋と幸生くんの血のついた包丁が見つかったのがおかしいと考えているんだろう」

「それの何がおかしいんだ？」

「幸生くんを殺した現場の目の前に海が広がっているのに、海に捨てず、わざわざ凶器を持ち帰ったことだよ」

「何も考えずに、ただ自分のものだからと持ち帰ったのかもしれないじゃないか。酒に酔っていて頭が働かなかったのかも」

「血を拭いもせず、凶器を自宅に持ち帰るか？　それが見つかってしまったら、私が犯人ですと言わんばかりじゃないか」

「そういうのを証拠過多って言うんだけどな」

「それは俺の台詞だ。パクるな」

「あ、そうだったっけ。――ところでさ、もし坂本一族が犯人だと明らかになったとして、坂本先輩はどんな罪に問われるんだろう」

「普通に考えれば、自殺幇助だろうな。後は、ある種の児童虐待とか。どちらにしろ、主犯と思われる坂本蒔生は起訴されて有罪になるかもしれないけど、共犯の坂本先輩を起訴するのは難しいんじゃないのかな」

「えっ。そうなのか？」

「ああ。もし坂本先輩が起訴されて有罪になったとしても、執行猶予がつく可能性が高いだろう」

「それって――何だか納得がいかないな。いや、坂本先輩に刑務所に入ってほしいわけじゃないんだけど、幸生くんが死に追いやられることを知っていて、黙って見過ごしていたのに、大した罪にならないなんて……」

「でも、本当に幸生くんが自殺だったとして、事件の真相が明るみに出れば、坂本先輩も世間から非難されることになるだろう。成人しているから名前も報道されるかもしれないし、父親の坂本蒔生が政治家として失脚することになれば、これから生きていく上で不便になることもあるだろう」

「……僕が言いたいのはそういうことじゃなくて、坂本先輩は幸生くんを救うことができたのに、そうしなかった。それがなんていうか——」

何なのだろう？

許せない、だろうか？　しかし、僕には坂本先輩を裁く権利はないのだから、許せないも何もない。

気持ち悪い、という感じが一番近いかもしれない。

「でも、坂本先輩だって親から虐待を受けてたんだからな。自分とお腹(なか)の赤ちゃんの身を守るのに精一杯だったのかもしれない」

「うん……。あのさ、灯影院は、坂本先輩の住んでいるマンション、知ってるか？」

マンションで一人暮らしをしていること自体は以前聞いたことがあったのだが、僕はその場所を知らなかった。

「知らないけど、もし先輩のマンションが分かったとして、どうしたいんだ？」

「会って話がしたい。これからどうするつもりなのか知りたい」

「そうか……。じゃあ、調べてみるか」

「どうやって？」

　個人情報の扱いにはかなり厳しくなっているご時世なので、総務課に訊きにいっても教えてくれないだろう。

「まだ何も考えはないけど、手当たり次第に聞き込みしてみよう。三年生なら、坂本先輩のマンションを知っている人もいるかもしれない」

「あ。僕、確実に坂本先輩のマンションを知っている人を知ってる」

「心当たりがあるなら先に言え。誰だよ」

「広瀬さん。日本文化研究会の。坂本先輩と同じクラスの男の人で、確か、家が近いこともあって坂本先輩と仲良くなったって言ってた」

「いや、だから誰だよそれ。そんな奴聞いたことないんだけど」

「あれ？　白紙の短冊の事件のとき、灯影院はいなかったんだっけ？　――あ、そうか。あのときは風邪を引いて休んでいたのか」

　僕は改めて、七月の初めに起こった事件について説明した。

　坂本先輩の推理について聞いた灯影院は、何というか、戸惑ったような表情になった。

「白紙の短冊は、ミサンガの紐をカムフラージュするためのものだった。アヤタは、この推理を聞いて何とも思わなかったのか？」

「鋭い推理だな、って思ったけど」

「そうじゃなくて、ミサンガだよ、ミサンガ。白紙の短冊についていた紐の色は白と水色とピンクだったんだよな？」

「うん。そうだけど、それがどうかしたの？」

「本当に憶えていないのか？　それとも、最初から気付いてなかったのか？」

灯影院は呆れたような表情で訊ねた。

「もったいぶらずに、教えてくれよ」

「それ、坂本先輩のミサンガだったんじゃないのか？」

灯影院は疑るような視線を僕に向けた。

「え？　坂本先輩、ミサンガなんてしてたっけ？」

僕は記憶を探ったが、坂本先輩がミサンガをしていたのかどうか、全く思い出すことができなかった。

「その様子だと、最初から気付いてなかったみたいだな。まあ、アヤタって妙に他人に興味がないところがあるし、無理もないのかもしれないけど」

他人に興味がない。

厳しい言葉だが、当たっているような気がした。もっと言うと、僕は他人と深く関わるのが苦手で、最初から他人に興味を抱かないようにしているのだろう。唯一の例外である灯影院がいつも傍にいたから、今までそれが問題になることが少なかっただけだ。

「……ということは、坂本先輩は、白紙の短冊を飾った犯人は自分だったのに、知らん顔して他人事のように推理してみせた、ってことなのか」

「と言うよりも、自分が犯人ですと自白したようなものだったんだろうけどな。まさか、ミサンガをしていたのをアヤタが気付いてないとは思ってなかったんだろう」

僕は幸生くんのことを思い出した。

僕は、本当に何も見ていなかったんだな、と思った。

幸生くんも、自分が自殺するところまで追い詰められているのを、僕が気付いていることを前提にして話を進めていた。

あの姉弟は、そういうところがあった。僕だけではなく、あの二人も、人を見る目がないな。僕が鈍感で他人に興味がない人間だということを見抜けなかったのだから。

「広瀬さんは、坂本先輩の推理を聞いて、坂本先輩がミサンガの主だと気付いたのかな」

「おそらくな」

だとしたら――。

何だろう。何かが分かりかけているのに、分からないような、そんなもどかしさがあった。

2

日本文化研究会は探偵同好会と違って正式なサークルとして大学に認められているため、部室が与えられていた。昼休みはもう時間がなかったので、講義が全部終わるのを待ってから、僕と灯影院は部室棟にある日本文化研究会の部室を訪ねた。

ノックし、ドアを開けると、中にいた五、六人の男女が一斉に僕と灯影院の方を見た。その中には広瀬さんもいた。

「こんにちは。あの、広瀬さん。僕、探偵同好会の田中です。七夕のときにお会いしましたよね」

「ああ。坂本の後輩の。ちょうどよかった。僕もきみを探していたんだ」

そう言うと、広瀬さんは仲間に「ちょっと出てくる」と断ってから部室を出た。部室棟の傍のテニスコートの中に移動し、僕たちはコートの隅のベンチに座った。

「紹介します。僕と同じく探偵同好会のメンバーの灯影院です」

僕は灯影院を広瀬さんに紹介した。

「よろしくお願いします」

灯影院は小さく頭を下げた。

「僕は広瀬隆弘だ。よろしく。灯影院くんのことは坂本から聞いてるよ」

「そのことなんですけど、最近、坂本先輩と会いましたか？」

「いいや。あいつ、夏休みが終わってから一度も大学に来ていないみたいで、会えていないんだ。弟さんが亡くなったから忌引きをする、という噂は聞いていたんだけど」

「いえ、九月二十日には大学に来ていますよ」

灯影院はそう言った。

「そうなのか？」

広瀬さんは驚いたように訊いた。

「ええ。と言っても、もう講義は終わっている時間でしたし、俺やアヤタと少し話した後、すぐに帰っちゃったみたいですけど」

「帰ったって——実家にか？」

「いえ、それは分かりませんけど。それより、本題に入りますけど、俺たち、坂本先輩と連絡がとれなくて困ってるんです。これからアヤタと二人で、坂本先輩のマンションを訊ねてみようかと思うんですけど、マンションの場所が分からなくて、それでこうして広瀬さんに会いに来たんです」

「連絡がとれないのは俺も同じだよ。今週の月曜日になっても坂本が大学に来ないから、心配になって電話したんだけど、電源が入っていないみたいだった。坂本のマンションに行ったんだけど、マンションはもう引き払われていた。だから、マンションに行っても無駄だと思う」

広瀬さんは暗い表情で言った。

「引き払われていたって、引っ越したってことなんですか？」

「そうらしい。俺も詳しいことは分からないんだ。カーテンのなくなった窓から部屋の中を覗いてみると、部屋の中は空っぽになっていた。それで、マンションの玄関に書かれていた管理人の電話番号に電話して聞いてみたんだけど、もう退去したって言われた」

「そうだったんですか……。いつ引っ越したんでしょう？」

「二十二日の夜中らしい」

「それって――」

灯影院は何かに気付いたような表情になった。が、そのまま話は続けず、一呼吸おいてから、こう訊ねた。

「引っ越し先の住所は訊きましたか？」

「実家に帰ったって言われたよ」

「でも、坂本先輩はまだ三年生ですけど、単位とか大丈夫なんでしょうか？」

「選択科目とかは順調に単位をとっていたみたいだけど、卒業に必要不可欠な、必修の単位がまだ残っているはずだ。その必修の授業は三年生の後期以降しかとれないから、坂本もまだとっていないはずなんだけど、出席率が重視される科目だから、このままだと単位を落としちゃうだろうな。最悪、その単位をとるのは来年でも大丈夫なはずだけど、卒業見込みがもらえなくなって、就職活動に影響があるかもしれない」

「坂本先輩の実家はご存知ですか？」

灯影院は、ふと思いついたように訊ねた。

「ああ。流麗島（りゅうれいとう）だろ？　俺も一回だけ行ったことがあるから、一応知ってるよ」

広瀬さんは何気なくそう言った。

「え？　本当に、流麗島に行ったことがあるんですか？」

灯影院は驚いた様子でそう訊いた。

「ああ。それがどうかしたのか？」

「ということは、広瀬さん――あなたが、坂本先輩の彼氏だったんですね」

3

「そうだけど、それがどうかしたのか？　っていうか、まだ知らなかったのか？」

　広瀬さんは戸惑ったようにそう訊いた。

「ちょ、ちょっと待てよ、灯影院。何で広瀬さんが坂本先輩の彼氏だって分かったんだ？」

　僕がそう訊くと、灯影院は面倒くさそうにこう答えた。

「幸生くんが言ってたじゃないか。『久生(ひさお)が島の外の友達を家に連れてきたのだって、これが初めてなんです』って。でも、広瀬さんは流麗島に行ったのに、坂本先輩の友達としてカウントされていない。ということは、広瀬さんは友達以外の関係として流麗島を訪れたことになるから、広瀬さんが坂本先輩の彼氏だったとしか考えられないじゃないか。七月の初めに、広瀬さんはアヤタに、彼女の親に挨拶(あいさつ)に行くと言っていたらしいし」

「なるほど……」

　そうやって論理立てて言われると、気付かなかった僕が馬鹿(ばか)みたいだ。

「それに何より、広瀬さんもミサンガをしてるし」

灯影院にそう言われて確認すると、確かに広瀬さんは左手首にミサンガをつけていた。こんな目立つものを見落としていたなんて、僕の目は本当に節穴だった。

「でも、広瀬さん。どうして七月の初めに会ったときは、坂本先輩と付き合ってることを隠していたんですか？」

その点は確認しておきたいと思い、僕はそう訊いた。

「いや、俺と坂本が恋人同士なのを田中くんは知らない様子だったから、黙っていた方が面白いかな、と思って」

広瀬さんは平然とそう言った。

「面白いかな、って……。僕をからかってたんですか？」

「うん」

全く悪びれた様子もなく、広瀬さんは頷いた。そうだった。この人は、優しそうな外見や口調と裏腹に、性格が良くないんだった……。

「流麗島へ行ったときのことを教えてください」

灯影院はそう頼んだ。

「ああ。あまり思い出したくないけどね。僕が坂本と一緒に、坂本の実家へ行ったのは、七月三十一日のことだった。まず、『ご挨拶に伺いました』と言って、僕は彼女のお父さんに菓子折りを渡そうとしたんだけど、受け取ってもらえなかった。名前とか、親の職業とか、家柄とか、親の年収とかを細かく訊かれた後、『帰れ』と言われた。彼の顔は怒りのせいか真っ赤になっていた。交際を続けるのを許してもらえないかもしれないとは思ったけど、あそこまで露骨な態度をとられるとは思わなかったから、僕は呆然として坂本を見た。すると彼女は、ガタガタと震えていた。蟬が鳴いていて、あんなに暑かったのに、坂本は震えていたんだ。大丈夫か、と僕が坂本に触れようとすると、彼女のお父さんは僕に湯呑み茶碗を投げつけてきた。『娘に触るな！』と叫んで。幸い、冷たいお茶だったから火傷の心配とかはなかったけど、こんな家に彼女を置いておくわけにはいかないと思って、僕は彼女を立たせて一緒にこっちに帰ろうと思った。でも、僕が彼女の手を引いても、彼女は立ち上がる気力を失くしてしまったかのように、畳の上に座り込んでいた。

『ごめんなさい』

彼女は僕の方を見ずにそう言った。その目は涙で濡れていて、僕はどうすればいいのか分からなくなった。そうこうしているうちに、彼女のお父さんの怒鳴り声を聞いて、男の人が何人も駆けつけてきて、僕を羽交い絞めにして部屋から引きずり出そうとした。

『坂本！　いや、久生！』

僕は必死に彼女の名前を呼んだんだけど、彼女はずっと泣いているばかりで、返事をしてくれなかった。そのまま僕は男たちに車に押し込まれて、港の船まで連れて行かれた。船に乗っているときにも両脇に男たちが控えていて、どうしようもなかった。やがて本土の港に着くと、僕は荷物ごと放り出されて、船は岸から離れて行った。僕はすぐに流麗島に引き返そうと思って、近くの漁師さんとかに、流麗島へ向かう船はないかと訊いて回ったんだけど、皆は口を揃えてこう答えた。

『あんたを流麗島に連れて行くわけにはいかない。そんなことをしたら、俺たちの首が飛んじまう。仮に流麗島に上陸したところで、すぐに追い出されるだろう。頼むから帰ってくれ』

　彼女のお父さんが既に根回ししていたんだろうね。誰に聞いても同じだった。船をチャーターしようかと電話帳を引いて電話してみても、行き先が流麗島だと分かると全部の業者に断られたのには驚いたよ。……情けない話だけど、僕はすごすごと自分の家に帰るしかなかった。家に帰ってから鞄を開けると、中から封筒が出てきた。その中には百万円入ってたよ」

「百万円ですか。大金ですね。それ、どうしたんですか？」

　灯影院はそう訊いたが、僕は、あの男にとっては、はした金なんだろうなと思った。

「とりあえず、手つかずで銀行に預けてある。坂本と会ったら、坂本に返そうと思っていたんだけど、夏休み中は殆どマンションに帰ってこなかったみたいで会えなくて、それっきりだよ。坂本に電話やメールをしても、着信拒否されてるし、公衆電話からの電話にも出てくれなかったし、途方に暮れていたんだ。それでも諦めずに他の人からケータイを借りて電話していたら、電源を切られちゃったし」

「坂本先輩の実家の固定電話には電話しましたか？」

「したけど、常って人が電話を取り次いでくれなかった。坂本は今、実家に軟禁されているんじゃないかと思う。もう僕には坂本を救うことはできないのかもしれないけど、きみたちなら、できるかもしれない。僕に協力できることがあったら何でもするから、遠慮なく言って欲しい」

「そう言われても……」

僕は灯影院の方を見た。

灯影院はそう尋ねた。

「じゃあ、とりあえず、坂本先輩が引き払ったマンションを教えてもらえますか？」

「ああ。坂本ハイツの五〇五号室だよ」

「坂本ハイツって……」

「彼女の親戚が所有しているマンションらしい」

「場所はどこですか？」

「星見台駅の南口のすぐ目の前にある茶色いマンションだ。行けばすぐに分かると思うよ」

「分かりました。ありがとうございました」

灯影院はそう言って立ち上がった。僕も立ち上がったが、広瀬さんの左手につけられたミサンガから目を離すことができなかった。

七夕の日には「彼女と結婚できますように」と短冊に書いていた広瀬さんだったが、今は何を願ってミサンガをしているのだろう。そしてあのとき坂本先輩は何を願っていたのだろう。

そう言えば——父親の反対によって愛し合う二人が引き裂かれたり、妊娠した女性がそれまでいた場所から連れていかれたりするなんて、坂本先輩と広瀬さんは織姫と彦星（ひこぼし）みたいだな、と僕は陳腐なことを考えた。

4

「星見台駅なら、車で五分もかからないな。俺の車で一緒に行こう」

広瀬さんとスマホの番号を交換した後、彼が見えなくなる位置まで歩いてから、灯影院はそう言った。

「その前に確認しておきたいんだけど、坂本先輩が妊娠していることについて質問しなかったのは、わざとか？」

「もちろん、わざとだ。タイミングを考えると、おそらく広瀬さんは坂本先輩の妊娠を知らないだろうからな」

「坂本先輩のお腹の子の父親は、やっぱり広瀬さんなのかな」

「そうだろう。二十日に先輩と会ったときには、数十人と同時期に関係を持ったから父親が分からないなんて言われてうっかり信じそうになったけど、あれはおそらく、広瀬さんを庇うための発言だったんだろう。父親が広瀬さんだということになったら、広瀬さんは坂本蒔生から半殺しにされかねないから、そんな嘘をついたんだろうな。だからこそ、お腹の子の父親候補としてアヤタみたいなのまでが考慮されていたんだろうけど」

「みたいなの、って何だよ」

「ああ、ごめんごめん。今のは失言だった。とにかく、坂本先輩は、広瀬さんを庇うために、お腹の子の父親が誰なのか分からないと嘘をついていた。そしてその嘘が露見しないように、俺たちにも同じ嘘を繰り返したんだろう。さらに、父親たちに対してはアヤタを現在の彼氏だと思い込ませてスケープゴートにしようとしていたんじゃないかな。アヤタと広瀬さんは雰囲気が似てるし、ちょうどいいや、みたいな感じで」

「え？　僕と広瀬さん、似てるか？」

スケープゴートにされかけていたことに関しては、僕は実害を被っていないので何とも思わなかった。

「うん。顔立ちとか喋り方とか、かなり似てるよ」

灯影院は僕の顔を見ながらそう答えた。

自分のことはよく分からないものだ。ただ、正直、あまり性格がよくないと認識していた人に似ていると言われても嬉しくなかった。

「そうか……。ところで、灯影院はさっき、坂本先輩が二十二日の夜中にマンションを引き払ったと聞いて、顔色を変えていなかったか？」

「ああ。俺が沼田刑事に、坂本一族が幸生くんを自殺に追い込んだんじゃないかと話したのが、その前の日だったからな。警察は俺の説を考慮に入れて、坂本一族を事情聴取した。そして、まさか俺が推理で導き出した仮説だとは思わない坂本蒔生は、坂本先輩が裏切って警察に話したとでも思ったんじゃないだろうか。だから、坂本先輩のマンションを解約して実家に連れ戻すことにしたんだ」

「でも、そんなことしたら、大学に通えなくなるじゃないか」

「どうせ、出産の前後には大学を休学しないといけないからな。それが少し早まるだけ、くらいに考えていたのかもしれない」

「ああ、それはありそうだな」

　駐車場に着いた。僕たちは灯影院の車に乗り、灯影院は星見台駅に向かって車を発進させた。

「俺、あまり星見台駅の方には行ったことがないんだけど、アヤタは土地勘あるか？」

「多少は。――でも、今さら坂本先輩のマンションへ行ってどうするんだ？」

「とりあえず管理人に話を聞こうと思う」

「坂本先輩の親戚だっていう人か」

「そうだ」

「素直に教えてくれるかな。僕と灯影院が来ても何も話すな、くらいのことは根回ししてあるような気がするんだけど」

「だとしても、当たって砕けろだ」

　――数分後、灯影院は坂本ハイツの来客用の駐車場に車を停めた。

　ファミリー向けのマンションらしく、ドアとドアの間隔が離れていた。いいところに住んでたんだな、と思った。

　エントランスの前には郵便受けと管理人室があったが、今は無人だったので、そのまま通り抜けようとして――できなかった。ガラス製の両開きの自動ドアだったのだが、ドアの前に立っても反応しなかった。その隣にはインターホンや暗証番号を入力する機械が設置してあった。

「オートロックがかかってるんだな」

「どうする？　適当な番号を押して、中の人に開けてもらうか？　それとも、住人の誰かが帰ってくるのを待って、その人と一緒に入るか？」

「その必要はない。ほら、左右のドアの間に隙間が空いてるだろ？」

「それがどうしたんだよ。そんな隙間じゃ通れないぞ」

「まあ見てろって」

灯影院は鞄の中からルーズリーフを出すと、四枚をセロハンテープで繋げて大きな紙を作った。次に、着ていたパーカーの紐を外し、その紐をセロハンテープでルーズリーフにくっつけた。そして、紙をドアの隙間から向こう側に通す。そのまましばらく、紐を引っ張って紙を動かしていると、中のセンサーが反応し、ドアが開いた。

「よし、開いたぞ。行こう」

「お前、どこでそんな知識を身につけたんだよ」

「え？　このくらい常識だろ。セキュリティとしては、自動ドアよりも、出るときにいちいち鍵を回さないといけない、手で押すタイプのドアの方が有能なんだよ」

灯影院はそう言いながらエレベーターのボタンを押した。僕たちは、すぐに開いたドアの中に入り、五階のボタンを押した。

「はあ。いいのかなあ……」

「大丈夫、大丈夫。マンションの共用部分は、基本的に誰でも出入りできるから、不法侵入にはならないから。……たぶん」

「不安になる言葉が最後にあった気がするんだけど」

「聞かなかったことにしろ。そういうの得意だろ」

「まあな」

見えないふり、聞こえないふりは、僕の得意技だ。

エレベーターが開く。少し歩くと、五〇五号室に着いた。

「広瀬さんは窓から中を見たって言ってたけど、この廊下側の窓、すりガラスじゃないか」

僕は文句を言ったが、灯影院はすりガラスの表面を撫(な)でると、こう言った。

「いや、これなら大丈夫だ」

灯影院はすりガラスに先ほどのセロハンテープを貼(は)った。すると、表面の凸凹が緩和され、中の様子がうっすらと透けて見えた。確かにその部屋の中にはカーテンも家具もなく、引き払われた様子なのが分かった。

「こんな方法があったのか……」

「すりガラスで目隠しをするんなら、凸凹になっている方を部屋の内側にしないといけないんだけどな。どうもこのマンションはセキュリティが甘いな」

「でも、やっぱり部屋の中は空っぽみたいだし、ここに手がかりはないんじゃないのか？」

「いや、原始的な方法で聞き込みをしてみよう」

そう言うと、灯影院は隣の五〇三号室のインターホンを押した。四は不吉な数字だからか、このマンションでは四号室を飛ばしているらしく、五〇五号室の隣は五〇三号室だった。五〇三号室は留守のようだが、五〇六号室の住人は出てくれた。お喋り好きなその部屋の住人の女性は、確かに坂本先輩が二十二日の夜中に引っ越したこと、随分と大がかりな人数で、まるで夜逃げするみたいだったことを教えてくれた。引っ越し先についで聞くと、おそらく実家に帰ったのだろうと言われた。

「管理人に訊いてもこれ以上の情報は教えてくれないだろうし、もう帰ろうか。結局、広瀬さんの言っていたことが本当だったのを確認して回っただけだけど」

灯影院がそう言ったので、僕たちは今度こそ普通にオートロックの自動ドアを抜け、マンションの外に出た。そのときも、やはり管理人室は無人のままで、セキュリティの低さを露呈していた。

駐車していた車に乗り込んだところで、灯影院のスマホが着信した。

「電話だ。——はい。——ああ、沼田さん」

刑事の名前が聞こえてきたので、僕は灯影院のスマホに耳を近づけた。

「きみは、坂本久生の行方を知らないか？」

沼田さんの声が聞こえた。

「実家に帰って、そこに閉じ込められているんじゃないんですか？」

「いや、俺たちもそう思わされていたんだけど、どうやら昨日、脱走したらしいんだ」

「脱走？」

「坂本久生の妊娠の経過を見ようと、熊谷（くまがや）先生が診療に来て、そのときに、軟禁状態にあった彼女を逃がしてあげたらしいんだ」

「坂本先輩は流麗島の外に出たってことですか？」

「そうだろう。おそらく、戸張家の者に力を借りたんだと思う。今まで話した感じだと、どうやら彼女は父親に反感を持っているらしいし、彼女の証言があれば、父親の坂本蒔生を自殺幇助および児童虐待の容疑で逮捕できるかもしれない。だからこそ、何としても坂本蒔生より先に彼女を発見して保護したいんだが、どこに行っているのか心当たりはないか？」

「それだったら——もしかすると、広瀬隆弘さんに会いに行くかもしれません」

「広瀬隆弘？　誰だ、それは」

警察も広瀬さんが坂本先輩の彼氏だったことを把握していなかったらしい。おそらく、坂本一族の全員でグルになって隠していたせいだろう。

「坂本先輩のお腹の子の父親の可能性が高い人物です。七月までは結婚を意識して付き合っていたらしいんですけど、父親に反対されたせいで絶縁状態になってしまった、坂本先輩の彼氏です。先輩のクラスメートでもあるんですけど」

「分かった。広瀬くんの連絡先を教えてもらえるか？」

沼田さんにそう訊かれ、どうせ少し調べれば分かることだからと、灯影院は広瀬さんのスマホの番号を教えた。

「ありがとう。これからも、何か気付いたことがあったら連絡してくれ」

「分かりました。失礼します」

5

それから何日も経過したが、坂本先輩は見つからないままだった。

そして、十月十二日。文化祭の一日目がやってきた。

「暇だな……」

何度目になるか分からない発言をして、灯影院は欠伸をした。

「いいアイデアだと思ったんだけどなあ」

灯影院の隣に座っている僕は申し訳なく思いながら言った。

「どこがだよ。全然お客さん来ないじゃないか」

灯影院は机の向こうを見た。人通りはあるのだが、誰も立ち止まってくれないのだ。

「灯影院だって、賛成したくせに」

「賛成というか、もう時間がないからこれしかない、って感じだったんだけどな。あー
あ、やっぱり、そうそう依頼なんて来るわけないか」

僕たちは学生会館の一画に出展スペースを借り、「臨時探偵事務所　あなたの悩み事、推理で解決します」という看板を掲げていたのだが、閑古鳥が鳴いていた。

「何がいけないんだろう」

僕は腕を組みながらそう言った。臨時探偵事務所を開くというのは僕のアイデアだったので、多少は責任を感じていた。

「需要がないんだよ。誰が好き好んで大学の文化祭に出展してる探偵事務所に依頼を持ち込むんだよ。これは、あれか。明日はいよいよ、探偵のコスプレをしないといけないか。アヤタは、シャーロック・ホームズと金田一耕助だったらどっちの方が好きだ？」

「僕は絶対にコスプレなんかしないからな。やるなら灯影院一人でやれよ」

「もしくは、看板を変えて『占いの館2号店』とでもしてみるか」

　斜向かいにある「占いの館」を出店しているオカルト研究会が盛況なのを見て、灯影院は小さな声で言った。

「いや、駄目だろ。探偵もミステリーも関係ないから、自治会に提出する活動報告書に書けないだろ」

「占い師の探偵って、実は結構多いんだけどな」

「多くても駄目なものは駄目だ。そんなこと言ったら、探偵役になってない職業を探す方が難しいし。よし、こうなったら、呼び込みでもするか。ティッシュでも配るか」

「いや、それはちょっと恥ずかしいかも……」

「灯影院って、変なところで恥ずかしがり屋だな！　コスプレの方がよっぽど恥ずかしいと思うんだけど。それに——生きることは恥の連続だ。少しくらい恥の上塗りをした方が、人生楽しいぞ」

「そうかなあ？　もし仮に生きることが恥の連続だったとしても、恥をかかずに済むのならそれに越したことはないと思うんだけど」

「さっきの名言っぽい台詞、元々はお前が僕に言った台詞なんだけど！」

　僕がそう言うと、灯影院は同好会設立のときのことを思い出したらしく、気まずそうな表情になった。

「それはさておき、宣伝が足りないのは一理あるな。よし、とりあえずこうしてみよう」

そう言うと、灯影院は用意していた画用紙にマジックで「初回特典！　今なら相談料および解決料が無料！」と書いて、机の前に貼った。ちなみに、文化祭の実行委員会から許可が下りなかったため、最初から相談料や解決料をとるつもりなどなかったので、誇大広告である。

「こんな怪しい広告に引っかかる人がいるわけ――」

僕はそう言いかけたが、通路を歩いていた坊主頭の大柄な男が、その広告に釣られて立ち止まった。

「引っかかる人、いた⁉」

「しっ。アヤタ、静かにしろ。――いらっしゃいませ」

灯影院は取り繕ってそう言った。

「あの、本当に無料なんッスか」

顔も体も声も、すべてがビッグサイズの男は、そう訊いた。何となく柔道でもやっていそうな雰囲気の男で、寝技のやりすぎなのか、耳が餃子のように膨れている。

「はい。無料ですよ」

「本当ッスか。後で、相談料と解決料は無料だけど、依頼料は有料だったとか言わないッスか」

　男は疑り深そうな視線を灯影院に向けた。

「言いませんよ。もし後でお金を請求することがあったら、文化祭の実行委員会にでも訴えてください。まあまあ、とりあえずお座りください」

　灯影院が机の前の椅子を手で示すと、男はゆっくりと座った。どうやら腰か膝を痛めているらしいな、と僕は思った。

「悩み事というのは、柔道に関することですか？　あなたはもう、柔道は引退しており、他のスポーツもやるつもりがないのに、体格がいいせいで運動部から勧誘されて困っているんでしょう。だったら、探偵同好会に入るといいですよ。もうサークルに入っているからと勧誘を断ることができますし、探偵同好会は探偵初心者でも大歓迎ですから」

　いくら何でも勧誘が性急すぎる。

　そんなんでは、同好会に入ってくれる人も入ってくれないだろう。

「ど、どうして俺が元柔道部だって分かったんッスか！」

　男は驚いたように目を見開いた。

「その喋り方、体型、髪型、寝技のやり過ぎで餃子のようになってしまった耳、腰か膝を痛めているような座り方から推理したんですよ。なあに、これくらい、初歩的な推理ですよ、ワトスン君」

「す、凄ッス！ 本当に名探偵ッス！」

男は目を輝かせて言った。

えー……。

感動しているところ悪いけど、そのくらいの推理なら僕にでもできる。っていうか、誰にでもできると思うんだけど……。

灯影院が調子に乗るから、あまり甘やかさないでほしい。

「というわけで、こちらの入部届にサインをお願いします」

灯影院は机の下から入部届とボールペンを取り出した。

だから勧誘が性急すぎるって。こいつ、営業の才能ないな。

「あ、でも、俺が今回相談したかったのは、運動部からの勧誘がしつこくて困っていることじゃないッス」

相談料や解決料はとられなくても、代わりに勧誘されることが分かった男は、少し椅子を引いて灯影院から距離をとった。

「そうなんですか。それでは、本日はどのようなご相談なのでしょうか？」

「えーと、何か俺、ストーカーされてるみたいなんッス」

「ストーカー、ですか」

僕と灯影院は男を見た。顔は……まあ、好みが分かれるところとしても、あまりモテるタイプには見えない。大柄な体型が好きな人からは確実にモテモテだろうが。

「あ、その目は信じてない目ッスね。でも、本当なんです」

「具体的にどのような被害に遭ってるんですか？」

「まず、町中とかキャンパスを歩いていると、誰かの視線を感じるんです」

視線、か。とにかく目立つ男なので、すれ違った人から見られることもあるだろう。特に、今は運動部から勧誘されているらしいし、と僕は思った。

「それだけですか？」

「それと、最近引っ越したんですけど、その引っ越し先のマンションの郵便受けに変なものが入ってるんです」

「変なもの？」

灯影院が質問すると、男はキョロキョロと左右を見回してから小声で言った。

「それが……女性物の下着が入ってるんです」

「女性物の下着、ですか」

灯影院は首を傾（かし）げた。

「お、大きな声で言わないでください！　誰かに聞かれたらどうするんッスか！」

確実に男の声の方が大きい。占いの館に並んでいる女の人たちが不思議そうにこちらを見ていた。

「でも、別にあなたが盗んだわけじゃないんでしょう？」

「当たり前ッス！　俺はそんなことはしないッス！」

男は、雨に濡れた犬のように大げさな身振りで首を左右に振った。

「下着はどのような状態で入っていたんですか？」

「袋に入っていて、中を見たら折り畳まれていました」

「どんな袋ですか？」

「布製の、黒い小さな鞄みたいなのッス。その内側に、透明なビニール袋に入った下着が入ってました」

「それを見つけたあなたはどうしましたか？」

「何だか怖くなって、そのまま戻しました」

「それはいつの話ですか？」

「引っ越した次の日だから、十月二日でした」

「その後はどうなりましたか？」

「次の日……十月三日に郵便受けの中を覗いたら、消えていました」

「郵便受けの中に入っていたのは、下着だけですか？」

「いえ……飲みかけのジュースのペットボトルとか、女性物の上着が入っていたこともあります」

「ペットボトルは、よく自販機で売っている、五百ミリリットルのやつですか？」

「そうッス」

「それが、封がきられて、中身がある程度減った状態で郵便受けの中に入っていたわけですね」

「そうッス。引っ越してきてから、こんなことが何日も続いているんです」

「それは確かに気持ち悪いですね」

「そうでしょう？　でも、こんなこと、誰にも相談できなくて困ってたッス。だから、名探偵さんに解決してほしいッス」

「分かりました。上着はどのような上着でしたか？」

「黒っぽい色で、薄手の長袖（ながそで）でした」

「サイズは？」

「サイズまでは見てないッス」

「見た感じ、どれくらいの大きさでしたか？」

「女性物のサイズは全部同じに見えるから、分かんないッス。小さかったから、そんなに太った人は着れないと思いますが」

この男から見れば大抵のサイズは小さく見えるだろうから、あまりあてにならない。

しかし、話を聞いた感じ、男がストーカーの被害に遭っているというのは事実のようだ。男は本当に怯えている様子で、演技だとしたら、上手すぎる。

「その飲みかけのペットボトルや黒い上着を発見したあなたは、どうしたんですか？」

「何だか怖かったので、戻しました。すると、やはり翌朝には消えていました」

「下着や上着やペットボトルを発見したのは、時間帯で言うといつですか？」

「夕方ッス」

「そして、翌朝郵便受けを見たときには消えているんですね？」

「そうッス」

「なるほど。だいたい分かってきました」

「本当ッスか！」

男は驚いた様子で言った。

「はい。その郵便受けは、ダイヤル式のものなんじゃないですか？」

「そうッス。ダイヤルを左右に回して暗証番号に合わせると開錠できるッス」

「そして、中身を取り出した後は、いつも出鱈目な番号にしているんですか？」

「いえ、数字のゼロに合わせておきます」

「それには何か理由があるんですか？」

「四桁の暗証番号の最初の数字がゼロだからッス。そうしておくと、次に開けるときに楽なんス」

「なるほど。――こんな中途半端な時期に引っ越しをした理由を教えてもらえますか？」

「親の干渉がうるさくなってきたからッス。柔道部をやめてからは家でゴロゴロしてたんスけど、そしたら両親から色々と小言を言われるようになって……。大学が遠くて通うのが大変だからという言い訳で、引っ越しすることにしたんです」

「マンションを決めたのはいつのことですか？」

「九月二十七日ッス。二十六日にマンションを見て、翌日契約したッス」

「そして、十月一日に引っ越したら、翌日から郵便受けに変なものが入っているようになったんですね？」

「そうッス」

「……ところで、見た感じ、家は結構裕福な家庭なんじゃないですか？」

灯影院は男が着ている服を見てそう訊いた。引っ越しをしたいと言って、すぐに引越しできるだけの余裕があることからもそう判断したのだろう。

「そうッスね……。父親がクロサキスポーツの社長ッスから。あまり言いふらしたくはないけど、割と裕福な方だと思うッス」

クロサキスポーツと言えば、スポーツとは縁のない僕でも名前を知っているスポーツメーカーだった。独自の特許や技術をいくつも持っており、儲かっているのだと聞いたことがある。

「じゃあ、次に――あなたが住んでいるのは、星見台駅の南口前にある坂本ハイツの五〇五号室ですね？」

6

「ど、どうして分かったんッスか⁉　俺、住んでいるマンションの名前や住所は言わなかったッスよね？」

男は本当に驚いていた。もう周囲の目を気にする余裕すらなくなっているようだった。

一方、僕も驚いていた。その住所は――。

「まあ、ちょっとした推理の結果です」

灯影院はそう言ったが、そんな説明で男が納得するわけがない。と言うか、僕も納得できない。

「どういうことッスか？　詳しく教えて欲しいッス」

「それは、今はまだお教えできません。でも、安心してください。郵便受けに変なものを入れているのは、ストーカーじゃありませんから」

「どうしてそう言えるッスか？」

「それはまた、明日にでも説明します。とにかく、犯人はストーカーじゃありませんし、二、三日もすれば、郵便受けに変なものが入っていることもなくなるでしょうし」

「本当ッスか？」

「ええ。とりあえず、今日のところは俺を信じて、これでお引き取りください」

「そうッスね……。俺のマンションの住所を言い当てた名探偵の言うことッスから、あなたを信頼するッス。あざーっした！」

　男はそう言って頭を下げると、去っていった。

「……おい。まさか、僕にも、さっきの客のマンションの住所を言い当てた理由を説明しない、なんて言わないよな？　というか、その住所って坂本先輩のマンションの住所だよな？」

「さすがにアヤタには教えるよ。でも、ちょっとだけ待ってくれ。電話したいところがあるから」

　灯影院はそう言うと、スマホを取り出した。これ以上隠し事をされるのは嫌だったので、いけないことと知りつつスマホを覗き見すると、電話帳の名前は「広瀬隆弘」となっていた。

「——あ、広瀬さんですか？　坂本先輩の居場所が分かったので、会いたいんですけど。——今は、探偵同好会の出展スペースにいます。——ええ、分かりました。お待ちしています」

灯影院は通話を切った。

「今から広瀬さん、ここに来るのか？」

「そうだ。本日二人目のお客さんだ」

「それより、坂本先輩の居場所が分かったって？」

「広瀬さんが来たら説明するよ。二度手間は嫌だから」

それきり、灯影院は、僕が説明を要求するのをのらりくらりとかわした。

幸い、広瀬さんはすぐにやってきた。肩を上下させているところから見て、走ってきたのだろう。灯影院が机の前の椅子を勧めると、広瀬さんは素直に座った。

「それで？　坂本は今、どこにいるんだ？」

「まあまあ。結果だけ言ってもすぐには納得できないでしょうから、順番を追って説明します。実はさっき、坂本先輩の住んでいたマンションに引っ越してきた男の人が、ここを訪ねて来たんです。そしてその新しい入居者は、毎日郵便受けに変な物が入っていると相談しに来たんです」

「変な物？」

「女性物の下着と上着と、飲みかけのペットボトルです。これはおそらく、坂本先輩のものです。坂本先輩は一度実家に連れ戻された後、そこを脱走し、また元のマンションに戻ってきたのでしょう。しかし、五〇五号室の鍵が交換されていたのか、それとも鍵を取り上げられていたのか、部屋には入ることができなかった。それで、今は仕方なく、どこかのネットカフェとか安ホテルで寝泊まりしているのではないかと思います。しかし、そんな坂本先輩にも希望の光があった」

「希望の光？」

広瀬さんは眉根（まゆね）を寄せた。

「そう。織姫を照らす希望の光。それは、広瀬さん、あなたです。坂本先輩は、広瀬さんに会おうとしたんでしょう。だから、毎日広瀬さんのマンションの前で待ち伏せしていたのではないでしょうか。その際、飲みかけのペットボトルとか、替えの服が邪魔になります。少しでも負担を減らそうと、元のマンションの郵便受けをコインロッカー代わりにして、荷物を預けていたのです。あそこのマンションの管理は杜撰（ずさん）で、管理人も常駐はしていませんし、ダイヤルで暗証番号を入力するタイプの郵便受けなので、それくらいなら大丈夫だと思ったのでしょう。――ちなみに、新しい入居者が入っていることに坂本先輩が気付かなかったのは、坂本先輩も新しい入居者も、二人とも郵便受けから荷物を出したら暗証番号を数字のゼロに合わせる癖があったからなのでしょう」

「上着は分かるけど、下着まで？」

「妊娠中ですからね。思いがけず下着が汚れてしまうこともあるから、万が一のときのために用意して持ち歩いていたのでしょう。郵便受けに預けていたのも、身重の身体なので体調が悪く、少しでも負担を減らそうと思ったからでしょう」

「ちょ、ちょっと待ってくれ。妊娠？　坂本は妊娠しているのか？」

「ええ。おそらく、あなたの子供を」

「そんな――どうして言ってくれなかったんだ！」

広瀬さんは机を拳で叩いた。その音に驚いたらしく、占いの館に並んでいる女性客たちがこちらを見たが、僕に見られていることに気が付くと、怯えた様子で視線を逸らした。そのとき、僕は、女性客の向こう側から、身を隠すようにしてこちらを見ている男の姿を発見した。

「言えなかったのでしょう。坂本先輩は広瀬さんを庇って、父親が誰か分からないということにしていましたから。タイミング的には、坂本先輩が妊娠に気付いたのは、父親に広瀬さんとの交際を続けるのを禁じられた後みたいですし。……おそらく、監視の目もついており、あなたと連絡をとることができなかった。だから、あなたに危害が及ばないように、あなたの前から姿を消したのです。しかし、流麗島を脱走した坂本先輩は、今度はあなたを頼ろうとし、あなたに会いに行った」

「電話かメールをしてくれればよかったのに」

「スマホも没収されていたんでしょう。番号もメールアドレスも全部スマホの電話帳に登録してありますから、暗記していなくて、スマホがなくなったら、直接広瀬さんに会いに行くしかなかった。そして、遠巻きに広瀬さんを発見した坂本先輩は、広瀬さんに尾行がついていることに気付き、絶望する」

「尾行？」

広瀬さんはあたりを見回した。

「しっ。やめてください。占いの館の外で列を作っている女性客の向こうに、不審な男が見えます。あの男が広瀬さんについている尾行でしょう」

「尾行っていうと、刑事か？」

「いえ、刑事ではないと思います。あの男の顔には見覚えがあります。話したことはありませんけど、流麗島の宴会に参加していた男なので、坂本家の一族の者でしょう。おそらく坂本蒔生に命令されて広瀬さんを尾行していたんでしょう。坂本先輩が広瀬さんに接触したら捕まえるために」

「そうか。尾行がついていたから、坂本は僕に話しかけられなかったのか」

「それと、もしかしたら広瀬さんが自分を裏切るかもしれない、という一抹の不安もあったのでしょう。坂本先輩が脱走したのはおそらく、赤ん坊を産んだら父親の坂本蒔生に取り上げられてしまうかもしれないと思ったからでしょう。今、坂本先輩にとって一番大事なのはお腹の赤ちゃんなんです。それを最優先に考えた結果、どうしてもあなたに声をかけられなかったのだと思います。特に、あなたは一度、自分が拒絶してしまった相手ですし」

灯影院がそう言うと、広瀬さんは少し黙った後、こう言った。

「……家族に紹介したいから流麗島へ来てほしい、と誘ったのは坂本の方だったんだ。そのときは、殆どプロポーズ同然のことも言われた。でも、坂本のお父さんから『久生にはもっと相応(ふさわ)しい男がいる』と言われて、坂本がその言葉を否定しなかったとき、僕はこう思ったんだ。もしかして、坂本は僕を利用しようとしていたんじゃないか、って」

「利用？」

思いがけない言葉に、僕はそう訊いた。

僕は最近、自分が灯影院を利用していることを自覚し始めていた。進路の決定とか、サークル選びとか、そういう自分で主体性を持って決めなければならないことを、僕はいつも灯影院に丸投げしていた。僕は、灯影院に甘えていた。灯影院が何でもしてくれるものだから、僕はいつの間にか灯影院以外の人に対する興味を失ってしまっていた。

誰だって、利用されるのは嫌なはずだ。

それなのに、灯影院はどうして、僕のことを嫌いにならないのだろう。

「ああ。坂本は、親の決めた相手と結婚したくなかった。だから、親が決めた相手以外なら誰でもよくて、僕に求婚したんじゃないか、って……。でも、どうやら違ったみたいだ。僕は今、坂本が僕を頼りにしてくれていることが、凄く嬉しい」

そんなふうに話す広瀬さんを、僕は眩しいような思いで見た。

利用されるのは嫌でも、頼られるのは嬉しい。

それは矛盾しているのではないだろうか。利用されるのと頼られるのは、何が違うのだろう。受け取り手の認識の問題なのだろうか。

「本当ですね？」

灯影院は広瀬さんにそう確認した。

「もちろんだ」

「じゃあ、俺とアヤタがあの尾行の男を引き付けていますから、その隙に逃げてください。GPSが作動しないようにスマホの電源も切って、坂本先輩のマンションの郵便受けが見える位置で張り込みをしてください。そうすれば、きっと坂本先輩と会って話ができるはずです。できますね？」

「できる。それくらい、朝飯前だ」

早速、広瀬さんはスマホの電源を切った。

「それから、坂本先輩にこう伝えてください。『自首して、警察に保護してもらってくれ』と」

「自首？　何のことだ？」

「そう言ってくれれば分かります。詳しくは坂本先輩から聞いてください。俺やアヤタの言葉は届かなかったけど、広瀬さんの言葉なら、先輩の心も動くかもしれません。それじゃあ――もう行ってください。尾行の男は任せてください」

「ありがとう。恩に着る」

広瀬さんはそう言うと、席を立ち、早足で駐車場の方へ向かった。尾行の男が動き出すと、灯影院はその男に近づいていき、話しかけた。

「お兄さん。さっき、こっちを窺（うかが）ってましたよね。前のお客さんは帰りましたから、どうぞ。今なら初回特典で、相談料と解決料が、何と無料ですよ！」

「あ？　俺は――」

尾行の男が広瀬さんを追おうとすると、灯影院は強引に尾行の男の肩を摑（つか）んで止めた。

「まあまあまあ。そう言わずに、よっていってくださいよ」

「うるせえ、どけ！」

尾行の男は灯影院を突き飛ばした。灯影院は近くにあった立て看板にぶつかり、派手な音を立てて転がった。占いの館の前にいた女性客たちが悲鳴を上げて逃げ出す。

こうなったら、仕方がない。自信はないけど、僕が男を止めるしかない。そう思い、僕は尾行の男の前に立ちはだかった。

僕の身体にぶつかり、尾行の男が転倒する。が、男はすぐに立ち上がり、広瀬さんを追おうとする——。

と思いきや、再び尾行の男の前に、大柄な男が立ちはだかった。先ほどの元柔道部の男だった。元柔道部の男が、軽い動作で大外刈りをかけると、尾行の男は面白いように宙を舞った。まるで、尾行の男が自分から飛び上がったように見えた。さらに、元柔道部の男は尾行の男に寝技をかけ、動けないようにした。

「何かよく分かんなかったけど、とりあえず止めたッス」

「ありがとうございます！　もういいですよ」

灯影院が立ち上がりながらそう言うと、元柔道部の男は尾行の男を解放した。尾行の男はふらふらとした足取りで広瀬さんを追っていったが、これでおそらく、広瀬さんは尾行を撒くことができただろう。

「腰か膝を痛めてるんじゃなかったんですか？　大丈夫ですか？」

僕は心配になって、そう訊ねた。

「あれくらいなら平気ッス。腰に負担がかからないようにしたッスから。プロには通用しないけど、素人にはあれで充分ッス」

「いやあ、あの男が怪しいと一目で見抜くなんて、やっぱりあなた、スジがいいですね。探偵の素質がありますよ。その素質を伸ばすために、探偵同好会に入りませんか？」

この期に及んで、灯影院は勧誘を続けていた。

「そうッスね……。そこまで言うなら」

驚いたことに、男は照れくさそうに承諾した。

「よし、これで三人メンバーが揃ったから、坂本先輩がいなくなっても同好会を存続できるぞ！　これからよろしくお願いします」

「よろしくッス。そう言えば、まだ名探偵さんのお名前を聞いてなかったッスね。あ、ちなみに俺は、黒崎大吉ッス」

「俺の名前は佐々木灯影院です。こっちは田中綾高」

名探偵はそう言って、いい笑顔を見せた。

7

その後、黒崎大吉という新メンバーは、友達と約束があるからと言って、探偵同好会のスペースから去っていった。

「さて、お客さんも二人来たことだし、そろそろ店仕舞いするか」

灯影院はそんなことを言い出した。

「いやいや、いくら何でも早過ぎるだろ。まだお昼じゃないか」

「文集を出していたら、赤字にならないように一冊でも売ろうと頑張っただろうけど、この臨時探偵事務所は、いくらお客さんが来ても儲からないからなあ」

「あ、そうだ。思い出した。実は僕、『笹丸先生休講事件』以外に、自動車学校の話と、買ったばっかりのお弁当を捨てた女の人の話を小説化してみたんだけど……」

僕はそう言いながら、原稿をプリントアウトしたものを鞄から取り出した。坂本先輩の評論の原稿の代わりになればと思い、こっそりと書いていたのだ。

「へえ。読ませてもらってもいいか？」

「うん……。恥ずかしいけど」

僕はそう言い、灯影院に原稿を渡した。灯影院が僕の書いた文章を読んでいるのかと思うと、日記を読まれているような気分になり、直視することができなかった。僕は文庫本を取り出し、それを読んでいるふりをしていたのだが、内容に集中できず、同じページを何回も読んでしまった。

やがて、灯影院は原稿を最後まで読み終えた。

「どうだった？」

不安に感じながら、僕はそう訊いた。

「俺、アヤタの目には、こんなに名探偵っぽく映ってたんだな。これからもお前の期待に応えられるように頑張るよ」

灯影院は照れくさそうな表情でそう言った。

……あれ？　これ、カナの言ったこと、そのまんまなんじゃないのか？

『ほかげっちは無理してるような気がする。アヤタの期待に応えようとして。それって、あんまりいい関係じゃないと思う。そんなバランスの悪い関係は、いつか破綻しちゃう』

期待。

灯影院は、いつだって僕の期待に応えようとしている。

僕が進路やサークル選びなどで迷っていたときは、いつも手助けしてくれる。

高校のときだってそうだ。灯影院が僕より先に幽霊部員になったり、退部したりしたときは、灯影院に見捨てられたような気分になった。しかし、今なら分かる。あのとき灯影院は、彼に続いて僕が退部しやすいように、先に退部してくれたのだ。

もしかして……。

僕は、灯影院が持っている原稿に目を落とした。

もしかして、探偵同好会のメンバーで文集を出そうと言っていたのは、文芸部時代の心残りを解消させるために灯影院が用意したイベントだったのかもしれない。

そもそも、探偵同好会を設立したのだって、僕がサークル選びに困っていたからだ。僕が新しい人間関係を築くのが苦手だということを知っていた灯影院は、箱庭のように小さな同好会を作ることにしたのではないか。既存のサークルや同好会と被（かぶ）らない内容ならば何でもよかったが、たまたまあのとき僕が貸していた本に、三文字姓の探偵が多いという文章が書かれていたから、探偵同好会ということにしたのだろう。

三人目のメンバーとして坂本先輩を選んだのは、高校時代、僕が文芸部を辞めることになっても庇ってくれた人だったからだろう。もしかすると、灯影院は坂本先輩を自然な形で誘うために、笹丸先生は轢（ひ）き逃げ犯だ、などという推理をしたのかもしれない。

そこまで思考を進めてから、僕は硬直した。

待て。

僕は今、何を考えた？

灯影院は、廃部が決定しかかっていたボウリング・サークルに所属していた坂本先輩を自然な形で誘うために、推理を捻（ね）じ曲げた。

そう考えた。考えてしまった。

そしておそらく、この考えは当たっている。

初めて遭遇した事件でいきなり推理ミスをする探偵というのはちょっと面白いな、なんて他人事のように考えていたこともあった。しかしあのとき、灯影院は最初から、笹丸先生が急病で休講にした可能性を指摘していた。が、僕が「靴底をすり減らすタイプの刑事もの」ではなく「安楽椅子探偵ものっぽい推理を期待して問題を出し」たと言ったから、あえて可能性の低い推理を披露したのだ。

僕のバイト先のコンビニに、買ったばかりの弁当を捨てる女が現れたときだって同じだ。あのとき僕はカナから、僕があの女に変なことをしたから弁当を捨てられたのではないか、というあらぬ疑いをかけられていた。灯影院は、そんな僕を助けるために、あの女がホームレスの人を陰ながら援助するために弁当を捨てていたのだと推理した。

しかし、よくよく考えてみれば、カナの言うように僕があの女に変なことをしたから弁当を捨てられた可能性とか、何かを買ったつもりで貯金する「つもり貯金」のように何かを食べたつもりでダイエットする「つもりダイエット」の儀式のようなものだった可能性とか、あの女はストーカーで僕の気を引くためにあんなことをしていた可能性とか、弁当に異物が混入していた可能性とか、無限の可能性があったのだ。

灯影院は、その無限の可能性の中からあえて、ホームレスの人を陰ながら応援するためにお弁当を捨てていた、という可能性を引き出した。それが一番心温まる可能性だったからだ。

流霊島事件のときだって、戸張辰巳が犯人だという警察の見解に僕が納得できず、「別解答」を欲しがったからこそ、灯影院は真剣に推理し始めたのだ。

そして今度は、坂本先輩が幸生くんの自殺の責任の一端を担っていたことに僕がショックを受けているのを知ると、坂本先輩を助ける方向で動き始めた。

助手の期待に応えるためだけに推理をする名探偵。

推理が合っているかどうかよりも、助手の求める解答であるかどうかを優先し、推理を捻じ曲げることすら厭わない名探偵。

こんな奴がいてもいいのか？

もしかすると、僕はとんでもない奴と友人関係を築いているのかもしれない。

どうして灯影院は、ここまで僕に献身的に尽くしてくれるのだろう。

その理由は、一応想像がついている。小学三年生の頃、灯影院が変な名前だといじめられていたのを、僕が恰好いい名前だと上書きしたから、その恩返しをしているつもりなのではないだろうか。本当は、最初に変な名前だと言い出したのも僕なので、マッチポンプなのだが、灯影院自身はまだ気付いていないはずだ。

しかし、いくら何でも、そんな子供の頃の恩返しをしているだけとも思えない。きっかけは、僕が灯影院をいじめから救ったことだったとしても、それだけではないはずだ。

利用、という言葉が脳裏に浮かんだ。

僕は、灯影院を利用していることを自覚し始めていた。しかし、灯影院の方だって、僕を利用していたのではないだろうか？

数多くある人間の欲求の中には、「他人から認められたい」という、承認欲求というものがある。

ある意味では、僕は灯影院を崇拝している。灯影院の信者だと言ってもいい。僕を傍に置いておくことで、灯影院は存分に承認欲求を満たすことができただろう。

……いや。

さすがに、いくら何でもこれは考えすぎだと思う。

灯影院は、単に、僕を過大評価しているだけなのではないだろうか。いじめから救ったことで、僕を実物以上の人物だと思い込んでいるのではないだろうか。

しかし、いつかは灯影院も、僕が平凡極まりないつまらない人間だということに気付き、僕から巣立っていくだろう。そのときは僕もちゃんと自立しなければならない。

でも。

今がそのときである必要はない。

「どうした？　急にぼーっとして」

僕の醜い思考を知らない灯影院は、不思議そうに言った。

「あ、いや。何でもない」

僕はそう言って誤魔化(ごまか)した。

「そうか。アヤタの書いた小説を読んで、また新しいトリックを思いついたぞ」

「どうせまた、オヤジギャグみたいなトリックなんだろ」

さっき考えたことは胸の奥に仕舞い、いつものように僕は反射的にそう言った。

このゆるやかな日常を護るために。

本書は第一回「新潮ミステリー大賞」最終選考候補作を改稿した。

法条遥著
忘却のレーテ

記憶消去薬「レーテ」の臨床実験中、参加者が目にした死体の謎とは……忘却の彼方に隠された真実に戦慄走る記憶喪失ミステリ！

里見蘭著
暗殺者ソラ
―大神兄弟探偵社―

悪党と戦うのは正義のためではない。気に入った仕事のみ高額報酬で引き受ける、「自己満足探偵」4人組が挑む超弩級ミッション！

神西亜樹著
坂東蛍子、日常に飽き飽き
新潮nex大賞受賞

その女子高生、名を坂東蛍子という。容姿端麗、学業優秀、運動万能ながら、道を歩けば事件に当たる、疾風怒濤の主人公である。

青柳碧人著
ブタカン！
～池谷美咲の演劇部日誌～

都立駒川台高校演劇部に、遅れて入部した美咲。公演成功に向けて、練習合宿時々謎解き、舞台監督大奮闘。新☆青春（ブカツ）ミステリ始動！

森川智喜著
未来探偵アドのネジれた事件簿
―タイムパラドクスイリ―

23世紀からやってきた探偵アド。時間移動装置を使って依頼を解決するが未来犯罪に巻き込まれて……。爽快な時空間ミステリ、誕生！

里見蘭著
大神兄弟探偵社

気に入った仕事のみ、高額報酬で引き受けます――頭脳×人脈×技×体力で、悪党どもをとことん追いつめる、超弩級ミッション！

杉江松恋著
神崎裕也原作

ウロボロス ORIGINAL NOVEL
—イクオ篇・タツヤ篇—

一つの事件が二つの顔を覗かせる。刑事イクオが闇の相棒竜哉と事件の真相に迫る。人気コミックスのオリジナル小説版二冊同時刊行。

榎田ユウリ著

ここで死神から残念なお知らせです。

「あなた、もう死んでるんですけど」——自分の死に気づかない人間を、問答無用にあの世へと送る、前代未聞、死神お仕事小説！

島田荘司著

ロシア幽霊軍艦事件
—名探偵 御手洗潔—

箱根・芦ノ湖にロシア軍艦が突如現れ、一夜で消えた。そこに隠されたロマノフ朝の謎……。御手洗潔が解き明かす世紀のミステリー。

島田荘司著

御手洗潔と進々堂珈琲

京大裏の珈琲店「進々堂」。世界一周を終えた御手洗潔は、予備校生のサトルに旅路の物語を語り聞かせる。悲哀と郷愁に満ちた四篇。

知念実希人著

天久鷹央の推理カルテ

お前の病気（ナゾ）、私が診断してやろう——。河童、人魂、処女受胎。そんな事件に隠された〝病〟とは？　新感覚メディカル・ミステリー。

知念実希人著

天久鷹央の推理カルテⅡ
—ファントムの病棟—

毒入り飲料殺人。病棟の吸血鬼。舞い降りる天使。事件の〝犯人〟は、あの〝病気〟……？　新感覚メディカル・ミステリー第2弾。

デザイン　鈴木久美

さとり世代(せだい)探偵(たんてい)のゆるやかな日常(にちじょう)

新潮文庫　く－49－1

平成二十七年五月一日発行

著者　九頭竜正志(くずりゅうまさし)

発行者　佐藤隆信

発行所　株式会社新潮社

郵便番号　一六二―八七一一
東京都新宿区矢来町七一
電話 編集部(〇三)三二六六―五四四〇
読者係(〇三)三二六六―五一一一
http://www.shinchosha.co.jp

価格はカバーに表示してあります。

乱丁・落丁本は、ご面倒ですが小社読者係宛ご送付ください。送料小社負担にてお取替えいたします。

印刷・錦明印刷株式会社　製本・錦明印刷株式会社

ISBN978-4-10-180032-5 C0193